Nominado a los Goodreads Choice Awards 2024 de novela debut y terror

Premio Bram Stoker a la mejor primera novela

Seleccionado por *The New York Times* como uno de los mejores libros de terror de 2024

Libro imprescindible de 2024 según *Time*

Finalista del Premio Shirley Jackson a la mejor novela

Seleccionado por Barnes & Noble como uno de los mejores libros de terror de 2024

LA CRÍTICA HA DICHO:

«El debut en la novela de la estadounidense Monika Kim es un impactante libro de menos de 400 páginas que combina terror, crítica social y una narrativa de gran ritmo e intriga. Con una prosa afilada que bebe de la mejor tradición coreana, Kim irrumpe como la nueva voz del terror literario.»

Álvaro de Luna, *Esquire*

«*Los ojos son la mejor parte* bascula entre la novela costumbrista familiar y la novela negra con toques de fantasía, *thriller* y terror, algo difícilmente clasificable y, a mi juicio, combinado de la mejor forma posible.»

Elena de Pablos, *La huella digital*

«Un debut extraordinario… Violento, inteligente, grotesco y salvajemente original.»

The New York Times Book Review

«Me atrapó desde la primera línea.»

Oyinkan Braithwaite, autora de
Mi hermana, asesina en serie

«Un relato inventivo y aterrador sobre la misoginia, la fetichización asiática y el canibalismo.»

Time

«Un delicioso cuento de hadas moderno.»

The Times

«Un ritmo impecable que cautiva al lector. Su protagonista deja una huella imborrable.»

Library Journal

«Una nueva voz en el terror... Una novela brillante sobre una mujer empujada a lo impensable.»

Booklist

«Oscuramente divertida.»

Fern Brady, autora de *Strong Female Character*

«Absolutamente fantástica: terror de venganza femenina en su máxima expresión. Perfecta para lectoras y lectores de *Cadáver exquisito*.»

Waterstones

«Inteligentemente escrita... Un debut afilado, mordaz y prometedor. Una carta de presentación de una autora a la que hay que seguir de cerca.»

The Big Issue

«Desbordante en su capacidad de atrapar al lector... Kim ha entregado una obra entretenida y grotesca sobre la ira femenina.»

ABC

Los ojos son la mejor parte

Crimen y Misterio

Biografía

Monika Kim es licenciada en Comunicación por la Universidad de California-Davis, trabaja en una agencia medioambiental en el sur de California. *Los ojos son la mejor parte* (Seix Barral, 2025), su debut literario, ha sido aclamado por la crítica y los lectores, y ha sido reconocida como una de las mejores novelas del año por *TIME*, *The New York Times*, *Vulture* y *Goodreads*, entre otros. Vive en Koreatown, Los Ángeles, con su familia y su gato Velvet. De origen coreano-americano, Monika creció aprendiendo sobre supersticiones, como la creencia de que comer ojos de pescado trae buena suerte, que le transmitió su madre, quien en 1985 emigró de Seúl a Estados Unidos.

Monika Kim

Los ojos son la mejor parte

Traducción del inglés por Albert Fuentes

Seix Barral

PEFC Certificado

El papel de este libro procede de bosques gestionados de forma sostenible

PEFC

PEFC/14-38-00305

www.pefc.es

Título original: *The Eyes Are The Best Part*

Seix Barral, un sello editorial de Editorial Planeta, S. A.
Avda. Diagonal, 662-664, 08034 Barcelona (España)
www.seix-barral.es
www.planetadelibros.com

Adaptación de la cubierta: Booket / Área Editorial Grupo Planeta a partir de la idea original de © Mel Four
Ilustración de la cubierta: © Mel Four
Primera edición en Colección Booket: mayo de 2026
Segunda impresión: agosto de 2026

Depósito legal: B. 25.211-2026
ISBN: 978-84-322-4977-8
Impreso en España

Mi madre tal vez sea demasiado débil,
y mi hermana, demasiado joven.
Pero yo no soy ni lo uno ni lo otro...

A mi umma

1

Umma me dice que los ojos son la mejor parte.

La miro mientras se inclina sobre la mesa de la cena, su pelo oscuro bien recogido detrás de las orejas, sus dedos bien cuidados trabajando con agilidad y destreza en el pescado que tiene en la bandeja. Lo ha hecho tantas veces que podría hacerlo con los ojos cerrados. Primero, parte el pescado por la mitad, usando sus palillos de metal para abrir el cuerpo por arriba, donde la cabeza se une con las aletas dorsales, revelando una hilera de espinas diminutas, casi invisibles.

La carne todavía humea, pero mi madre no parece notar nada. Tira de la raspa, que sale entera, y la deja a un lado antes de volver a concentrarse en la blanda carne blanca.

Cuando termina, el pescado está completamente diseccionado, con las espinas bien apiladas sobre una servilleta de papel al lado de la bandeja. *Umma* levanta la vista y nos mira a Ji-hyun y a mí, con una gran sonrisa que cubre todo su rostro. Sabemos qué va a decirnos, pero aun así nos encogemos incómodas.

—¿Quién quiere el ojo? —pregunta señalándonos

la bandeja. El pescado nos mira boquiabierto, con los ojos en blanco.

Ji-hyun, mi hermana, tiene quince años y es la persona más escrupulosa con la comida que conozco. Ni siquiera puede comerse un tomate sin tener náuseas; la textura babosa le da ganas de vomitar. Cada vez que mi madre saca el tema de los ojos del pescado, Ji-hyun se queda pálida y se le forma una película de sudor en la frente.

—Ni hablar. —Mi hermana sacude la cabeza, apartándose de la mesa—. Antes, muerta.

Umma ni se inmuta al oír su reacción.

—¿Ji-won? —pregunta—. ¿Y tú? ¿Quieres el ojo?

Me estremezco.

—No. De verdad que no.

—¡Pues más para mí! —dice *umma* alegremente.

Coge un palillo de metal con los dedos y lo clava en la cabeza del pez. A mi lado, Ji-hyun suelta un ruido que está a medio camino entre el jadeo y la arcada. No me hace falta mirarla para saber que la boca le cuelga abierta. La mía está paralizada de la misma manera, nuestros semblantes son dos espejos que se miran.

Al cabo de unos segundos, *umma* coge los palillos y los levanta bien arriba para que Ji-hyun y yo podamos ver la bolita blanca, sujeta entre las finas varas de metal. Tiene un gesto triunfante, sus ojos brillan, y antes de que podamos impedírselo se mete esa asquerosidad en la boca.

—¡Delicioso! —exclama, y abre la boca y nos saca la lengua a las dos. La luz se refleja en sus empastes plateados—. ¿Lo veis? *Umma* no os engaña. Chicas, de verdad que vosotras os lo perdéis.

Nos ha amargado la cena. Ji-hyun y yo nos comemos el pescado con desgana e intentamos concentrarnos en el arroz al vapor y las guarniciones. Ese pez llevaba un buen rato muerto antes de que mi madre le sacara el ojo de la cabeza, lo sé, pero de todos modos me sigue pareciendo un poco excesivo.

Antes de que *umma* empezara a hacer eso, nunca me había sentido mal por comer pescado. Cada vez que había para cenar, lo devoraba, dejando las espinas absolutamente limpias. Ahora no puedo mirar un pez muerto sin sentirme cruel. Esa cosa fue un ser vivo, que respiraba en el agua. Veía con los ojos, sentía y pensaba. Seguramente tenía familia, e incluso hasta amigos.

Umma sigue con su cháchara, ajena a nuestro malestar, metiéndose paladas de arroz y pescado en la boca. Ni con la boca llena deja de hablar, y de vez en cuando se le caen trozos de arroz a medio masticar sobre la mesa. Por si eso fuera poco, coge la piel del pescado, que está frita, doradita y chorreando aceite, y se la mete en la boca. Cruje entre sus dientes.

—Es porque sois jóvenes todavía —dice riéndose—. De niña odiaba estas cosas, la piel del pescado, los ojos. Seguramente porque mis padres me obligaban a comérmelas. Éramos pobres y no querían tirar nada. Nos decían que comerse los ojos daba buena suerte, pero yo me negaba igualmente. No empecé a comer este tipo de cosas hasta que me hice mayor, hasta que me vine a California y conocí a vuestro padre...

Se interrumpe de golpe. Cuando deja de farfullar, de repente se hace un silencio incómodo, insoportable, entre nosotras. Mi hermana y yo nos miramos con el rabillo del ojo. Es la primera vez que *umma* menciona a nuestro padre desde que se marchó sin previo aviso hace un par de semanas.

Umma se aparta el flequillo de la frente con la mano y las comisuras de sus labios se elevan con un gesto crispado. Es una sonrisa forzada. Se pone de pie y su silla araña ruidosamente el suelo de linóleo.

—Qué bien hemos comido —dice—. Estoy tan llena que voy a reventar.

Asiento intentando mantener un gesto neutro.

—Estaba delicioso —digo.

Umma deja sus platos en el fregadero y abre el grifo. Ji-hyun y yo oímos el gorgoteo del estropajo en la mano de nuestra madre y el agua que golpea el metal. Entonces, sin mediar palabra, se marcha a su cuarto. Sus pasos son suaves.

Vivimos en un piso pequeño. La cocina y el salón están pegados, y detrás de una esquina hay un pasillo muy corto y el cuarto de baño que compartimos. Luego están las dos habitaciones. Son sesenta y cinco metros cuadrados y se oye todo. Cada susurro, cada paso, cada crujido, cada vez que tiramos de la cadena.

Espero a que *umma* cierre la puerta de la habitación antes de ponerme de pie y recoger la bandeja en la que yace el pescado, a medio comer, con un agujero donde debería tener el ojo. Aún está caliente.

—No quieres más de esto, ¿no? —pregunto a Ji-hyun.

Ella ladea la cabeza y me mira con los ojos entornados.

—Claro que no.

Me acerco al cubo de la basura y, con el tenedor, vacío la fuente de los restos de pescado. Los dientes chirrían cuando los paso contra la loza. El pescado aterriza sobre posos de café y pieles rizadas de cebolla, desde donde me mira con gesto acusador, como si hubiera sido yo la que le ha hecho daño. Si Ji-hyun no estuviera aquí, le habría dicho: «No es culpa mía. No he sido yo».

No siento algo de alivio hasta que la tapa se cierra.

2

Siendo sincera, hasta hace un par de semanas no tenía ni idea de por qué la gente se comía los ojos del pescado. La primera vez que pasó, estaba convencida de que mi madre había perdido la cabeza porque mi padre se había marchado.

Fue unos días después de que se marchara *appa*. *Umma* estaba desconsolada. Se pasaba la noche sollozando y, aunque intentara que no nos diéramos cuenta, era evidente. Por la mañana tenía los ojos rojos e hinchados, y la punta de la nariz irritada de tanto sonarse. Además, podíamos oírlo todo, sus gemidos discretos, sus quejidos de dolor, que atravesaban la delgada pared y entraban flotando en nuestra habitación, en la que Ji-hyun y yo estábamos echadas en la cama que compartimos. Desveladas, nos mirábamos la una a la otra.

Fue Ji-hyun la primera en decir algo. Me susurró en una voz tan baja que me costó oírla:

—¿Tendríamos que decirle algo?

—No —musité—. No quiero que se sienta ridícula.

Si soy sincera, tenía miedo. Ji-hyun quería que tomara las riendas, que adoptara el papel de hermana mayor.

Quizá debería haberlo hecho. Pero se me revolvía el estómago con solo pensar en entrar ahí y ver a mi madre tirada sobre su almohada. Yo quería dormir, olvidarme de todo lo que estaba pasando. Cada vez que cerraba los ojos, los ruidos que hacía mi madre al llorar se intensificaban, llenando nuestro cuarto hasta que ya no quedaba espacio para respirar.

Ji-hyun me dio un toque con el codo.

—¿Qué? —pregunté.

—*Appa* va a volver, ¿no? —me susurró—. No nos dejaría así.

Me quedé mirando las mantas que me cubrían.

—Estoy segura de que nunca haría algo tan horrible —continuó Ji-hyun—. ¿Tú qué opinas?

Yo ya sabía la verdad. Que nuestro padre no iba a volver. Pero, aunque estuviéramos a oscuras, pude ver la expresión de mi hermana, las arrugas que surcaban su frente. Me dolió tanto verla así que tuve que mentirle.

—Claro que va a volver.

Se volvió hacia mí, apoyándose en el codo, y se mordió el labio inferior.

—¿Por qué estás tan segura?

—Porque lo estoy.

Más tranquila, Ji-hyun se acurrucó a mi lado como una gamba cocida, con los pies colgando fuera de la cama. Acaricié su pelo sedoso y oscuro, mientras miraba cómo su pecho se alzaba y caía. Finalmente se durmió. Se la veía tan relajada y cómoda que casi no me sentí culpable. Me quedé despierta hasta mucho después de que mi madre callara por fin. Ji-hyun roncaba a mi lado. Solo entonces, el horror de la situación en la que nos encontrábamos volvió nadando a mi corazón.

Mi madre preparó todo un banquete para la noche siguiente. No nos lo esperábamos, a la vista de lo aletargada y hundida que había estado esa mañana. Regresó antes del trabajo, saltó por encima de Ji-hyun y su montaña de deberes en el suelo, y se pasó toda la tarde cocinando como en un arrebato. El sudor le goteaba de la frente. Se lo secó antes de llamarnos a la mesa, con un grito:

—¡La cena está lista!

Una calina de humo llenaba el apartamento. Había oído a mi madre trasteando de la cocina al salón, pero aun así me sorprendió ver que la mesita rectangular en la que comíamos estaba repleta hasta el último centímetro de comida. En el centro había un gran bol de piedra lleno de tiras de costilla estofadas, el plato favorito de mi padre. Al lado, reposando sobre papel absorbente, un pez entero frito, como lo hacía mi madre, en una olla llena de aceite. Vi tofu blando marinado en soja y huevos al vapor con trocitos de cebollino que vibraban cada vez que tocábamos la mesa. También había un colorido repertorio de guarniciones, todas preparadas en casa: espinacas rehogadas, de un verde intenso, completamente empapadas en aceite de sésamo, germinados de soja aliñados, de los que asomaban sus cabecitas amarillas, y brotes de helecho, sofritos con ajo hasta alcanzar un tono marrón terroso. *Umma* incluso había hecho *kimchi* fresco: los trozos crujientes de repollo blanco contrastaban con el rojo brillante de la cayena picada. Casi no había espacio para apoyar los codos, e imaginé que la mesa se combaba bajo el peso de nuestra cena.

Era mucha comida para solo tres personas, pero cuando vi un servicio de mesa en el sitio en el que mi padre se sentaba casi siempre, lo entendí. Ji-hyun y yo nos sentamos en nuestras sillas habituales, rodeadas de platos y boles, y empezamos a comer. Mi madre, en cambio, se sentó en el borde de la silla, con una cuchara colgando inerte de sus dedos. Toda su atención iba dirigida a la puerta de entrada, como si *appa* estuviera a punto de aparecer de sopetón.

Ji-hyun me miró levantando las cejas y me señaló con la cabeza el cuerpo tenso de *umma*. Yo carraspeé.

—Has pasado mucho tiempo preparando la cena. Por lo menos, come un bocado.

A regañadientes, *umma* desgajó un trozo de carne y lo colocó encima de su plato de arroz. Cuando empezó a hurgar en la montaña humeante de comida, oímos un débil tintineo en el rellano de la escalera. *Umma* se puso en pie de un salto y corrió a la puerta. Yo contuve el aliento y me quedé mirándola mientras ella sostenía la mano encima del pomo. Todas esperábamos que empezara a girar. Oímos, en cambio, una voz chillona:

—Me he equivocado de puerta. ¡Lo siento!

Era el vecino, un viejo olvidadizo que intentaba abrir nuestra puerta por lo menos una vez a la semana. *Umma* se derrumbó en el suelo y se llevó las manos a la cara. Un sollozo ahogado escapó de sus labios. Ji-hyun y yo corrimos hacia ella. Cuando le acaricié el hombro con dulzura, se apartó de golpe. Volvió la cabeza hacia mí y vi que el rímel, aplicado con esmero, le corría ahora mejillas abajo.

Ji-hyun y yo la ayudamos a ponerse de pie y volver a la mesa. Se sentó, marchita como una flor sedienta, con el pelo alborotado. Levantó la vista y, después de mirar primero a Ji-hyun y luego a mí, se echó a reír. La risa era estridente y daba miedo.

—¿Creéis que tengo mala suerte? —preguntó *umma*.

—No —respondió Ji-hyun. Estaba asustada, con las

manos aferradas al canto de la mesa. Los nudillos se le habían quedado blancos—. ¿Por qué?

Umma se encogió de hombros y señaló el montón de pescado que nos esperaba en la mesa.

—Los ojos de pescado dan buena suerte. Si me como uno, quizá me traiga de vuelta a vuestro padre.

Antes de que pudiera decir nada, *umma* arrancó el ojo de la cabeza del pescado. Tenía trozos gelatinosos pegados, restos de piel y de carne. Sin dudar, se metió esa cosa en la boca y empezó a masticarla. Ji-hyun y yo chillamos al mismo tiempo.

—¡Escúpelo!

Horripiladas, vimos cómo lo engullía. Su garganta se movió de arriba abajo. Ajena a nuestro asco, *umma* le dio la vuelta al pescado.

—¡Mirad! ¡Aquí tiene el otro ojo! ¿Quién quiere probarlo?

El tofu osciló como si fuera a caerse cuando Ji-hyun y yo nos apartamos de la mesa. La silla de mi hermana se inclinó hacia atrás y cayó ruidosamente al suelo.

Fue la primera vez que *umma* nos obsequió con una risa sincera esa noche.

—No os obligaré a comerlo, chicas —dijo sonriendo entre lágrimas—. En realidad, me alegra que no queráis probarlo. Vuestra madre necesita toda la suerte de este mundo.

3

La verdad es que *appa* se marchó porque conoció a otra mujer. Lo sé porque yo misma le oí decirlo.

Fue a principios de julio. Había pasado el Día de la Independencia, pero la gente seguía tirando petardos por toda la ciudad. Me desperté sobresaltada por un repentino estallido y abrí los ojos justo a tiempo de ver una lluvia de chispas en mi ventana, acompañadas de espirales de humo que se demoraron perezosas en el aire. Refunfuñando, me desenrollé de las sábanas y aparté el brazo de Ji-hyun, que descansaba sobre mi pecho. Hacía un calor sofocante en la habitación, y la proximidad del cuerpo de mi hermana no hacía sino empeorar el agobio. Inexplicablemente, el estallido no la había despertado. Oí gritos en la calle. Supuse que los vecinos volvían a andar a la greña. Me froté la cara con las manos y me volví para intentar oír qué pasaba.

Justo entonces me di cuenta de que las voces no procedían de la calle. Venían de la habitación de mis padres, justo al lado. Eran las doce de la noche pasadas. No me extrañó que estuvieran despiertos porque mi padre se acostaba tarde muchas veces. Lo que sí me pareció extraño fue el tono de voz de mi madre. No terminé de entender qué decía, pero aun así supe que algo iba muy mal.

Umma era una mujer de buen trato, pero sin iniciativa. Nunca se atrevió a discutir con mi padre, que en nuestra casa era rey y dios al mismo tiempo. Su palabra era ley y nosotras, sus peones, hacíamos lo que nos ordenara.

Del todo desvelada, aplasté la oreja contra la pared. Pude oír cada palabra con claridad: la aspereza y la acritud en el tono de mi padre y esa sensación de voz encharcada en el tono de mi madre, como si alguien le hubiera hundido la cabeza bajo el agua. Lloraba.

—Pero ¿por qué? —preguntaba *umma*—. No entiendo por qué quieres marcharte. ¿No me quieres? ¿No quieres a las niñas?

—Pues claro que las quiero —le soltó *appa*—. No metas a Ji-won y a Ji-hyun en esto. No tiene nada que ver con ellas.

—Entonces ¿qué motivos tienes? ¿De verdad que es por mí? Yeobo, por favor. Dame la oportunidad de arreglarlo. No he sido una buena esposa contigo últimamente. Ahora lo entiendo. Puedo portarme mejor. Me portaré mejor.

Al oírlos, sentí que el nudo que me oprimía el pecho se estrechaba todavía más. Tenía que apartarme de la pared, tenía que parar de escucharlos, pero al mismo tiempo la necesidad de saber me superaba. ¿Cómo iba a responder *appa*? Esperé, aguantando la respiración.

Mi padre habló tan bajo que tuve que aguzar el oído para entender sus palabras.

—No puedo quedarme —dijo—. He conocido a otra mujer.

Después de una pausa, se oyó un ruido terrible. Empezó despacio, pero luego fue ganando volumen y amplitud hasta que se adueñó de todo el apartamento. Me tapé los oídos, sin ser capaz de entender plenamente lo que estaba ocurriendo.

Mi madre aullaba. El dolor de su grito era tan desgarrador que se me erizó la piel del cuello. Me volví hacia Ji-hyun, convencida de que estaría despierta. Pero sus ojos seguían cerrados. Me metí bajo las sábanas, a su lado, con la piel caliente y erizada.

No quise oír más. No quise saber más. Lo único que quería era dormir, olvidar. Pero los sollozos de mi madre no pararon en toda la noche. Me pregunté cómo podía soportarlo mi padre, acostado a su lado como si nada. Incluso cuando intenté amortiguar esos sonidos, abrazándome la cabeza con la almohada, fue como si *umma* estuviera conmigo en la habitación.

4

Han pasado dos meses desde esa noche y *umma* sigue esperando. Pulula por el recibidor, que está lleno de abrigos viejos, paraguas rotos y adornos navideños que no hemos colgado en años. Todos los días asegura que tiene que poner orden en el recibidor, pero a mí no me engaña. Lo que hace es aguzar el oído, esperando los pasos de mi padre, su caminar pesado. Tiene la esperanza de que lo pensará mejor y volverá. Cuando la veo así, me dan ganas de decirle: «No pierdas el tiempo» o «No tiene sentido», pero sé que no importa. Es obvio que no me hará caso.

Umma es una mujer acostumbrada a esperar. De hecho, creo que ha pasado más tiempo esperando cosas en su vida que no esperándolas.

Durante los años setenta, cuando mi madre era una niña, Corea estaba devastada por la pobreza. La mayoría de la gente pasaba hambre.

Pero la situación fue especialmente terrible en la aldea de Seúl donde vivía su familia. Eran siete y todo el mundo sabía que estaban al borde de la inanición. Como sus hermanos, *umma* solo tenía dos mudas de ropa andrajosa y solo comía una vez al día, unas gachas aguadas, más agua que arroz.

Los padres de mi madre se vieron ante un dilema. La familia necesitaba más ropa de abrigo para el invierno que llegaba. Según les habían contado, iba a ser especialmente crudo. También necesitaban arroz y harina, y sal y medicamentos, porque los niños no paraban de enfermar por culpa de la malnutrición. Pero había mucho desempleo y nadie encontraba trabajo.

Cuando la niña de los vecinos de al lado murió mientras dormía, no era más que un saco de huesos. Mis abuelos encajaron muy mal la noticia. Después de ver su cuerpo sin vida en el funeral, la ropa que colgaba de sus huesos, llegaron a la conclusión de que tendrían que marcharse de la aldea para poder sobrevivir. No quedaba otra opción.

De madrugada, mis abuelos despertaron a Ha-joon, que era el hermano mayor de la familia. Mi tío estaba desorientado cuando le pusieron algo de dinero en la palma de la mano y le susurraron un montón de instrucciones. Antes de que pudiera entender lo que estaba pasando, mis abuelos ya se habían marchado sigilosamente por la puerta para desaparecer en el frío aire de aquella noche de otoño. Nadie más los vio marcharse.

El dinero se acabó en menos de un mes, gastado en frivolidades como chucherías y revistas. El escaso arroz que les hubieran dejado debió de agotarse enseguida, y los niños se morían de hambre. ¿De verdad podía sorprender a alguien que esos niños no supieran valerse solos? Ha-joon solo tenía catorce años.

El invierno, que fue tan brutal como habían vaticinado los expertos, bombardeó Seúl y alrededores con una gélida capa de escarcha y nieve. La pequeña casa de hojalata no tenía aislamiento y los niños enfermaron: sus cabezas y sus cuerpos ardían de fiebre, las mangas de las camisas parecían de cartón por los mocos secos y amarillentos. Ha-joon tenía una tos de perro y sus pulmones silbaban.

Cayó una segunda nevada, incluso más cruel y húmeda que la anterior, y Ha-joon decidió que cogería a sus hermanos y seguiría los pasos de sus padres: se echaría a la carretera para buscar trabajo. Estaba íntimamente convencido de que los habían abandonado y de que nadie iría a buscarlos.

Sus hermanos aceptaron, con la única excepción de mi madre, que se negó a marcharse. Ha-joon se peleó con ella hasta el final, la sacó de casa tirándole de los pelos, pero ella pataleó y gritó hasta que él la soltó.

El día que se marcharon, Ha-joon no podía parar de llorar. Aunque era demasiado pequeño e ingenuo para entender nada, sabía qué pasaría si la dejaba sola. Se giraba y la llamaba a cada paso que daba alejándose de la casa.

—¿Estás segura? ¡Aún puedes venir con nosotros!

—Estoy segura.

Otro paso.

—¿Estás segura? ¿Al cien por cien?

—¡Sí, estoy segura!

Pasaron los meses. Para sobrevivir, mi madre comió nieve, cortezas de árbol, de vez en cuando algún conejo o rata, que solo pudo cazar por pura desesperación. La mayor parte del tiempo se quedaba dentro, tiritando del frío. En primavera encontró cebollas silvestres, ajos, artemisa y apio de agua, con los que hacía un caldo aguado e insípido. En verano cogía cigarras que zumbaban en los árboles y setas en el bosque.

Sobrevivió de milagro, aunque no sin secuelas. Cuando sus padres finalmente regresaron a casa a finales del otoño siguiente, estaba muy delicada y abultaba lo que una niña con la mitad de sus años. Era un saquito de huesos.

Mis abuelos se sorprendieron al ver a mi madre sola y se temieron lo peor. Casi no articulaba palabra y parecía no tener la menor idea de lo que pasaba a su alrededor. A la postre, pudieron encontrar a Ha-joon y el resto de los hermanos, desperdigados por el sur del país. Cuando vio a mi madre, Ha-joon se quedó blanco como el papel y se postró a sus pies. Estaba seguro de que había muerto durante los meses de invierno, y pensó que esa figura pálida, cadavérica, que tenía ante sí era el fantasma de mi madre, que había venido para atormentarlo.

Me cuesta no preguntarme cómo habría sido *umma* si hubiera seguido a sus hermanos y hermanas, en lugar de quedarse atrás. ¿Habría sido esta misma persona que espera a mi padre pese a que él no la quiere?

A veces me parece rarísima, incomprensible, mi madre. La primera vez que me habló de esos primeros años, de esos meses que pasó sola por elección propia, me dieron ganas de gritarle, de zarandearla por los hombros. Me pareció tan tonta e ingenua que casi no pude soportarlo.

—¿Por qué? —le pregunté. La voz me temblaba, traicionando lo que pensaba—. ¿No te preocupaba que *halmeoni* y *harabuji* no volvieran nunca?

—Nunca. Nunca dudé de ellos. Ni un segundo.

—Pero ¿cómo estabas tan segura?

—Eran mis padres —me dijo con dulzura—. Sabía que volverían.

Abrí la boca, incapaz de reprimir la rabia que crecía dentro de mí. Salió como bilis, la necesidad de soltarle algo cruel e hiriente, el deseo de matarla por haber sido tan estúpida. El ansia de hacerla sentir pequeña. Pero enseguida ese sentimiento dio paso a la tristeza. Me supo mal por ella. Me supo mal que su vida, en todas sus facetas, estuviera marcada por la miseria. Me supo mal que incluso ahora estuviera sufriendo.

Tenía la mirada perdida. Estaba ensimismada, perdida en sus pensamientos, sin tener la menor idea de lo mal que me estaba haciendo sentir. Pero yo sabía dónde estaba, sabía qué estaba recordando. Volvía a estar en esa casucha de hojalata, mientras el granizo reventaba ruidosamente contra las paredes. Era invierno, estaba sola, sus gritos se perdían en el viento.

Hay cosas de las que una no puede escapar nunca. No realmente. Quizá por eso, aún hoy, mi madre sigue atascada en el pasado, mucho tiempo después de que los demás hayamos pasado página.

5

—La otra noche leí un artículo interesante —dice *umma*, echándonos una mirada por encima de las gafas de ojos de gato que utiliza para leer.

Está en el sofá, con las piernas cruzadas y los pies mirando a la puerta. Es posible que Ji-hyun no haya reparado en ese pequeño detalle, pero a mí no se me ha escapado. Como mínimo ya hace unos días que no finge que limpia el armario o el zapatero. Yo lo considero una mejora tremenda.

Las clases empezaron hace unas semanas, pero ya estoy hasta arriba de deberes. Desde donde estoy sentada, miro la mesa de la cocina, donde tengo todos los libros abiertos. Hay virutas de goma de borrar por todas partes. Me las sacudo del jersey y las veo caer flotando al suelo. Ji-hyun está sentada a mi lado y se rodea las piernas con un brazo. Con la otra mano, mira el móvil como una boba. No hay atisbo de que haya oído nada de lo que ha dicho *umma.*

Umma carraspea y dice levantando ligeramente la voz:

—Era un artículo muy revelador.

Últimamente, nuestra madre intenta provocar conversaciones estúpidas con nosotras. Saca temas loquísimos, como conspiranoias sobre las que ha leído algo en internet, o noticias que nadie en sus cabales pensaría que son ciertas. La otra noche se emperró en que el alunizaje fue un montaje. Cuando Ji-hyun y yo empezamos a discutir con ella, casi parecía feliz, aunque el resultado fuera una bronca de casi una hora entera que dejó llorando a mi hermana. No sé si es porque *umma* se siente sola o porque está aburrida, pero Ji-hyun y yo hemos empezado a tener cuidado de no incitarla.

—¿Por qué ignoráis a vuestra pobre madre?

—Yo no te ignoro —replica Ji-hyun rotundamente, sin levantar la vista.

—Es lo que parece.

—Vale.

Para distraerme, empiezo a hojear mi libro. Este trimestre me he matriculado en Filosofía 4: Análisis Filosófico de Cuestiones Morales Contemporáneas. No es nada fácil, y el material es confuso y denso. Ji-hyun siempre me dice que soy demasiado dura conmigo misma cada vez que me da por quejarme.

—Vale —salta *umma*—. Si ninguna de las dos me quiere, pues me arrastro hasta un agujero y me dejo morir. Cuando ya no esté, os arrepentiréis de no haber sido más buenas conmigo.

Le noto un cambio en la voz, una nota de desesperación. *Umma* habla más deprisa ahora, el coreano mana de sus labios como el agua. No hace pausas entre palabra y palabra como acostumbra cuando quiere darnos tiempo para entender algo. Ji-hyun afila la mirada. Mi hermana sabe tan bien como yo que, si seguimos ignorando a nuestra madre, terminará hecha un mar de lágrimas o bien tendrá un ataque de furia. Con un suspiro, dejo el lápiz sobre la mesa y me froto lo restos de grafito que me han quedado en la muñeca.

—¿Qué? Te escucho.

Umma alegra la cara al instante, su pose melancólica desaparece y se inclina hacia delante, juntando las manos. El sofá suelta un crujido de protesta con cada movimiento suyo.

—El artículo era sobre una mujer que quedó con cien hombres distintos en cien noches distintas —dice—. Era un experimento para ver cuáles eran los peores hombres con los que tener una cita y cuáles los mejores.

Eso despierta la curiosidad de Ji-hyun. Deja el teléfono y levanta la vista con gesto expectante; quiere que *umma* siga hablando. Reprimo una risita. Mi hermana está colada por un chico. Cuando le pregunto si le gusta alguien del instituto, Ji-hyun intenta disimular sus sentimientos y se queda callada. No sabe que he encontrado su diario en el armario, en el que ha escrito largo y tendido sobre un tal «Andrew».

—¿Y? —pregunta Ji-hyun.

—¿Y qué? —dice *umma* con una gran sonrisa.

—Para de hacerte la interesante —se queja Ji-hyun—. Dinos, ¿quién era el mejor y quién era el peor?

Umma respira hondo.

—La mujer dijo que los blancos eran los mejores y los coreanos, los peores.

—¿Qué? ¿Por qué? —pregunto. Es obvio que *umma* intenta enzarzarnos en una de sus conversaciones ridículas, pero no consigo resistirme. También me ha picado la curiosidad.

—¿No lo veis? Los hombres coreanos son groseros, tozudos, inconstantes y exaltados. —Nuestra madre se sorbe los mocos sonoramente y echa un vistazo a la puerta—. Son incapaces de adaptarse. Siempre piensan que saben más que los demás. La articulista decía que los coreanos con los que quedó la embaucaron para que pagara la cena y luego la dejaron tirada por teléfono.

—No creo que eso signifique nada —digo sopesando las palabras. No quiero disgustarla ni provocar una bronca—. Que ese tipo fuera lamentable no significa que todos los coreanos lo sean también.

—Claro que sí —me suelta *umma*—. Pregúntaselo a quien quieras. Acuérdate de las mujeres con las que trabajo en el supermercado. Ni una sola tiene un marido decente. Son unos canallas que no valen para nada. ¿Y sabes qué es lo que tienen en común? ¡Que son todos coreanos!

—Pero, a ver, ¿con cuántos hombres quedó esa mujer? —pregunto cortando su diatriba—. Si solo salió con un coreano y luego dice que todos son lamentables basándose en esa experiencia, ¿no te parece un poco raro? ¿Por qué llega a conclusiones sobre todo un grupo de personas? Es como cuando la gente me dice que las mates se me deben de dar bien, o que soy una mala conductora, solo porque soy asiática...

—Eres mala conductora —dice Ji-hyun. La fulmino con la mirada.

Umma tuerce el gesto y cruza los brazos sobre el pecho.

—¿No podéis darme la razón ni que sea una vez?

Meneo la cabeza y Ji-hyun tiene la sensatez de cambiar de tema.

—Lo que me interesa es por qué son mejores los hombres blancos —dice.

—¿En serio te crees esa bazofia? —pregunto.

—Deja que hable. Quiero saberlo, *unni*.

Umma la mira feliz.

—Cariñito —le susurra antes de continuar—. La autora decía que los hombres blancos eran los más educados y atentos. Sabían escuchar y hablaban de sus sentimientos con franqueza, sin ninguna hostilidad. Le preguntaron dónde quería cenar y no discutieron con ella por tonterías. Algunos incluso le llevaron flores en su primera cita.

—Menuda cursilada —dice Ji-hyun.

—Eso lo piensas ahora, pero espera a hacerte mayor. —*Umma* se sube las gafas. Tiene la cara brillante, y se le está formando una línea de gotitas de sudor en la frente—. Entonces querrás las flores. Ya lo verás. Además, ¿habéis oído que algún hombre blanco trate mal a su novia o a su mujer? ¡Porque yo nunca!

—Eso es ridículo. Y tú no conoces a ningún hombre blanco —digo.

—No es verdad. Conozco a muchos. Algunos vienen a comprar al supermercado a veces, y son muy amables y muy guapos. Altos. —Levanta la mano para indicarnos cuánto.

—Estás generalizando, *umma* —dice Ji-hyun.

Umma no sabe qué significa eso de generalizar, pero sí sabe que es algo malo. Sus labios se comprimen formando una fina línea. La barbilla empieza a movérsele como un flan. Los ojos se le llenan de lágrimas y de pronto empieza a berrear. Mi hermana y yo nos levantamos de un salto, sorprendidas, y nos miramos.

—¿Por qué no me hacéis caso nunca? ¿Es tan malo que quiera lo mejor para vosotras? —exclama *umma*—. Sois todo lo que tengo en este mundo. No me queda nadie más. Lo único que quiero es que estéis cuidadas, que conozcáis a alguien que os haga bien. No quiero... No quiero que os pase esto. —Se lleva las manos a la cara y se inclina hacia delante, hecha un ovillo—. Soy una mujer vieja y fea sin nadie que me quiera. Estaré sola hasta que me muera. No tendría que haberme casado con vuestro padre... Tendría que haber esperado un poco... Tendría que haber encontrado a un hombre blanco y bueno. Ahora no estaría en esta situación.

El tiempo se congela. Siento un ardor que crece en mi pecho. Ver a mi madre tan disgustada —con la boca abierta, las lágrimas que caen sobre su camisa— es algo que no puedo soportar. Quiero escapar de nuestro piso, quiero desaparecer. ¿Por qué no deja de llorar? Cierro los ojos y la voz de Ji-hyun penetra en el ruido.

—No eres vieja —dice.

Al oírla, *umma* deja de chillar.

—¿No?

—No. Solo tienes cincuenta y tres años. A esa edad aún se es joven. Además, ¿cómo puedes decir que eres fea? Todas mis amigas piensan que eres preciosa. Y si te hubieras casado con alguien que no fuera *appa*, entonces *unni* y yo no habríamos nacido.

La opresión que siento en el pecho se relaja. Mi hermana tiene el don de saber esquivar los conflictos, calmar las tensiones, darles la vuelta a las cosas. Yo, por mi parte, soy una persona torpe y complicada. Los momentos de estrés me dan pánico. *Umma* dice que Ji-hyun tiene un buen *nunchi*, y que por su buen sentido del tacto es más coreana que yo.

—¿Eso es lo que quieres? —continúa Ji-hyun—. ¿Dos hijas que no seamos nosotras?

Espero la reacción de *umma* conteniendo el aliento. Respiro más tranquila cuando veo que le da un ataque de risa.

—Tienes razón —dice acercándose a Ji-hyun para cogerle el mentón—. Mi hija pequeña es muy sabia. —Ji-hyun y yo nos tiramos encima de ella y, por un instante, formamos una montaña feliz de cuerpos que han olvidado sus problemas. Entonces, *umma* vuelve a ponerse seria. Frunce el ceño—. De todos modos, lo digo en serio. Sé que aún falta mucho para que os caséis, pero nunca viene mal prepararse para lo que ha de venir. Nada de hombres coreanos. Si hay la posibilidad, por pequeña que sea, de que terminéis como yo, ¿por qué arriesgarse?

Sin dudar, enlazo el meñique con el suyo para prometerle que seguiré su consejo. De todos modos, ¿a mí qué más me da? Ahora mismo, lo único que me preocupa es que haya paz. Quiero cambiar de tema, volver a la mesa y a la seguridad de mis libros de texto.

Ji-hyun, en cambio, niega con la cabeza.

—Yo no prometo nada —dice.

Estamos de suerte. Por una vez, *umma* aparca el tema.

6

Cenamos de nuevo pescado esta noche. *Umma* cumple con su rutina habitual, separa la piel y quita las espinas mientras Ji-hyun y yo la miramos. Doy golpecitos con el pie en el suelo y hago temblar la mesa. Ji-hyun me pone la mano sobre la rodilla para hacerme parar.

Esta mañana, cuando mi madre ha sacado el pescado del congelador, he decidido que iba a ser valiente. La caballa ha estado en la encimera durante horas, descongelándose lentamente, en medio de un gran charco que goteaba en el fregadero. Cada vez que he ido a por un vaso de agua, el pez me ha mirado con furia, como si supiera lo que me disponía a hacer.

Aunque me sienta culpable, tengo que zanjar esta historia de una vez. *Umma* vuelve a estar de un humor de perros, con un ánimo más bajo de lo habitual, que ya es decir. A Ji-hyun hemos tenido que sacarla a rastras de la cama esta mañana y se ha pasado todo el día con la cara mustia. No se me ocurre otra forma de alegrarla y demostrarle que la quiero.

Anoche llamó mi padre. Era la primera vez que tenía noticias suyas desde que se marchó. Aun así, no contó mucho, y me tocó a mí llevar todo el peso de la conversación. Sus respuestas a mis preguntas fueron apresuradas e imprecisas.

—¿Qué haces? —le pregunté.

—Oh, de todo un poco —dijo él.

—¿Dónde estás?

—Cerca.

Era obvio que tenía ganas de colgar cuanto antes. Quizá por la persona que estaba con él. Fuera quien fuese, intentaba ser muy discreta, pero no lo conseguía. Me llegaron ruiditos de fondo: un taconeo ligero, un tintineo de vasos, un estornudo amortiguado. Me apreté el teléfono contra la oreja para oír mejor. ¿Quién era? ¿Su nueva novia? ¿Cómo me la imaginaba? ¿Tenía la voz bonita? Como me roía la curiosidad, no paré de hacerle preguntas para que siguiera hablando. Pero al cabo de un minuto colgó después de despedirse de mí por las bravas. No preguntó por *umma*, que estaba pululando a mi lado, esperando el móvil, con la mano tendida.

Se le cayó el alma a los pies.

—¿No quería hablar conmigo? —me preguntó.

Me planteé mentir. Pero ¿qué podía decirle que no supiera ya?

—No —respondí con mucha pena—. Tenía que colgar. Me ha parecido que estaba ocupado.

—Vale —dijo ella con un hilo de voz.

Luego, *umma* se puso a limpiar el apartamento frenéticamente. Ji-hyun la seguía por todas las habitaciones de la casa. De vez en cuando volvía la cabeza para mirarme preocupada. Entendí por qué. Nuestro padre no había recogido sus cosas después de marcharse. Todo estaba repartido por el piso. Esas cosas nos sorprendían de pronto, cuando menos lo esperabas, cada vez que bajábamos la guardia. Me preocupé al pensar qué podría encontrar *umma*.

La otra noche me topé con un par de calcetines de *appa*, sudados, tirados detrás del cesto de la ropa sucia que tenemos en el cuarto de baño. Llevaban meses olvidados allí, y verlos casi me hizo llorar. Y en los cajones de la cocina encontré varias tarjetas de crédito viejas, caducadas desde hacía tiempo, debajo de un montón de cartas sin abrir.

Pero lo peor es cuando encuentro los caramelitos rojos y blancos con los que quiso dejar de fumar. Siempre llevaba varios encima. Ahora, cada vez que cazo un aroma a menta u oigo el crepitar del envoltorio de plástico, siento un pequeño calambre, una corriente de electricidad que recorre todo mi cuerpo. Un recuerdo de que en otro tiempo tuve un padre.

—¿Alguna de las dos se atreve esta noche? —pregunta *umma*. Sus palillos están suspendidos encima de la cabeza del pez.

—Yo. Probaré el ojo —respondo armándome de valor.

La cara de mi madre se abre como una grieta para dibujar una sonrisa enorme. He acertado con mi decisión.

—¿De verdad? ¿Lo harás?

Me limito a asentir con la cabeza porque me da miedo abrir la boca.

Extrae el ojo y lo deja sobre mi plato vacío. Rueda y rueda sin parar, girando enloquecido, antes de detenerse en el centro.

—Vamos. ¡Pruébalo! —me anima *umma*.

Los ojos de pescado son resbaladizos. Mi habilidad con los palillos, que tampoco era gran cosa, queda reducida a la inutilidad. Me concentro y finalmente consigo coger el ojo, pero enseguida vuelve a escurrirse. Cae sobre la loza con un leve *plof*.

—¡Con los dedos! —dice *umma*.

—Vale.

Cierro los ojos con fuerza y voy palpando a ciegas antes de cazar el ojo con el índice y el pulgar. Me sorprende su solidez, nada que ver con lo que había imaginado. Tiemblo cuando me lo echo en la boca. Tengo arcadas en cuanto roza mi lengua.

—Qué asco —chilla Ji-hyun, apartándose de la mesa.

Tengo que recordarme que no lo hago por mí. Lo hago por *umma*. Me mira con tanta ternura que me fuerzo a mantener el ojo en la boca. Cuando la primera arcada recula, lo hago rodar hacia la carne de la mejilla. Es una sensación extraña. La cara exterior del ojo es grasa, de una consistencia parecida a la confitura, con un sabor salado, a pescado. Debajo de ese pringue gelatinoso hay una esfera blanca que no sabe a nada. La muerdo, sonriendo a mi madre, y engullo.

—¡Tachán! —Abro la boca todo lo que da.

Ji-hyun se tapa los ojos. *Umma* aplaude.

—¡Qué bien, Ji-won! —exclama eufórica—. Eso significa que has madurado. Ahora eres una mujer hecha y derecha.

—¿De verdad?

—Sí.

No le señalo el detalle de que tengo dieciocho años, una edad a la que a la gente ya suele considerársela adulta.

—No me lo creo —dice Ji-hyun con cara de reproche—. Eres asquerosa.

—¡No pasa nada! Deberías probarlo tú también. Toma... —Empujo la fuente de pescado hacia mi hermana, pero ella aparta mi mano de un manotazo.

—Déjame en paz, rarita comeojos de pescado. Se me ha quitado el hambre.

—Estoy segura de que ese ojo te va a traer mucha suerte —dice *umma* alegremente—. ¡Ya lo verás! Quizá incluso encuentres novio este año. ¿Qué te parece?

Me pongo roja. Mi madre está obsesionada con mi vida amorosa. Se pasa el día preguntándome por los chicos, por si hay alguno que me guste, aunque siempre le responda lo mismo, que tengo demasiado trabajo y que debo concentrarme en los estudios. Pero si dijera que no quiero enamorarme, por lo menos una vez en la vida, sería mentira.

Umma le da la vuelta al pescado y arranca el otro ojo. Tiendo la mano para cogerlo, de pronto me muero de hambre, pero antes de que pueda decir nada, *umma* se lo mete en la boca con una sonrisa, y se acabó pensar en *appa* por esta noche.

7

Appa siempre ha alimentado grandes sueños, es el típico hombre inteligente que trabaja sin descanso pero que no consigue progresar en la vida por las cartas que el azar puso en su mano. En coreano, la palabra «suerte» es *palja*. Procede del término *saju palja*, que significa «los cuatro pilares del destino». Esos cuatro pilares se basan en el año, el mes, el día y la hora de tu nacimiento. Y, según mi padre, esos cuatro ingredientes aparentemente anodinos determinan si tu breve existencia será buena o mala antes incluso de que hayas tenido la oportunidad de vivir.

Desde que tengo uso de razón, mi padre siempre ha lamentado su *palja*. De niño se crio en uno de los pueblos más pobres de Busán, incluso más pobre que el de mi madre y su familia, si es que eso es posible. Sus padres, que eran granjeros, fueron expulsados de sus tierras durante la ocupación japonesa y tuvieron que marcharse con lo puesto, sin un céntimo. No habían pisado una escuela y nunca pudieron aprender a leer y escribir. *Appa* y sus dos hermanas mayores se enfrentaron a destinos parecidos. Los tres trabajaron duro para ayudar a mantener la familia desde que aprendieron a caminar y hablar, vendiendo boniatos asados en cualquier esquina, mientras veían cómo los otros niños iban al colegio.

Para las hermanas de *appa* era suficiente. Estaban resignadas a su suerte. Venderían boniatos hasta que encontrasen otro trabajo miserable, después de lo cual se casarían con otro pobre desgraciado, otra persona con un *palja* lamentable que encajara con el suyo.

Appa, en cambio, luchó contra su destino a cada oportunidad. Aprendió solo a leer y escribir escarbando en las montañas de basura en busca de periódicos viejos. En su tiempo libre, cuando no estaba mendigando o buscando trabajo, trasnochaba leyéndolos de punta a cabo, en silencio, haciendo sonar las palabras en su cabeza.

Para él, las palabras eran magia. La gente que sabía utilizarlas, que era capaz de doblegarlas a su antojo, vivía en casas bonitas y tenía un plato de carne cada vez que se sentaba a la mesa. Esa gente se paseaba con su elegante ropa de corte occidental, con trajes bien planchados y camisas tan lujosas que *appa* se moría de ganas de notar su tacto con los dedos. Las palabras, así lo entendía él, eran un camino que llevaba a ese mundo.

Finalmente, ahorró lo suficiente para presentarse a las pruebas de acceso a la universidad. La puntuación que obtuvo le valió un artículo en el periódico —segunda página, breve, solo cuatro líneas—, así como una plaza en la mejor universidad del país: la Nacional de Seúl.

Si mi padre hubiera sido otra persona, sus problemas habrían terminado ese día. Estudiar en la Universidad Nacional de Seúl te abre puertas, incluso cuando todas deberían estar cerradas a cal y canto. Pero por algún motivo inexplicable *appa* no pudo encontrar un trabajo en condiciones después de graduarse. No hubo nadie que quisiera ayudarlo, nadie que le franqueara las puertas de una de esas imponentes torres de oficinas que contemplaba todos los días con ojos codiciosos. A la postre, tras años de intentos fallidos, arrojó la toalla y se resignó a tener una vida que no lo llenara dedicándose a trabajos no cualificados.

Un día, mi padre recibió una carta en el buzón. Era de Min-ho, un amigo con el que hacía años que no hablaba. Min-ho había emigrado a California y era zapatero, con su propio taller. El negocio le iba bien y necesitaba alguien que le echara una mano. Había recordado que mi padre era muy trabajador y diestro con las manos.

«Si puedes venirte, tengo un trabajo para ti —le prometía la carta—. No te arrepentirás. California es un sitio increíble.» Debajo, garabateada, había la dirección.

Appa no sabía nada de California más allá de algún comentario que había oído de pasada o las cosas que había visto en las películas. Supuestamente, era un sitio en el que la gente se ponía gorda y se hacía rica en casas enormes y en ruidosos coches americanos. Era un sitio en el que los sueños se hacían realidad.

No tardó mucho en decidirse. En menos de una semana se había gastado todos los ahorros en un billete solo de ida a Los Ángeles. Lo que no le cupo en la maleta lo regaló. Y cuando embarcó en el avión, *appa* juró que dejaría atrás su mala suerte.

Mi padre se puso a trabajar nada más llegar a California. Nunca había remendado zapatos, pero era alguien que aprendía rápido. Min-ho le había dicho la verdad. No tardó nada en ganar más dinero del que nunca había tenido en Seúl. Un año después, la mujer de Min-ho le presentó a mi madre. Salían los cuatro juntos, en parejas, a cenar o a tomar unas copas. Mi madre y mi padre se quedaban en el restaurante durante horas, mucho después de que Min-ho y su esposa se hubieran marchado a casa. Tardaron solo seis semanas en casarse, y *appa* pensó que su suerte había cambiado para siempre.

Cuando *umma* me contó la historia de cómo se habían conocido, me dijo que había sido amor a primera vista. «No para mí, desde luego —dijo soltando una risita—. Para tu padre. Se quedó prendado en cuanto puso sus ojos en mí. Me llevó a Gladstones. En Malibú. ¿Sabes qué sitio digo? Es famoso.»

La tintorería estaba a punto de quebrar y la compraron muy barata cuando Ji-hyun estaba terminando la primaria. Los dueños habían perdido la esperanza de hacer remontar el negocio y no veían la hora de quitárselo de encima. A *appa* le dio igual. Vio que las paredes desconchadas y los techos agrietados del edificio tenían potencial. Lo pintó y arregló hasta el último detalle él mismo. Se tiraba un montón de horas allí todos los días, y al final su trabajo duro tuvo recompensa.

Con su éxito recién descubierto, mis padres compraron la casa. No era nada del otro mundo, pequeña, destartalada, un solo piso, apenas un poco más grande que el apartamento infestado de cucarachas en el que vivíamos en aquella época. Sin embargo, para *appa* era un tesoro.

Unos meses después de mudarnos, mi madre tuvo un sueño. La tienda, la casa y todas sus propiedades ardían en llamas. *Umma* se despertó aterrorizada, pero *appa* estaba entusiasmado. Para él, el fuego era un buen presagio, una señal de buena suerte.

Ocho meses después, Min-ho, con quien habían perdido el contacto con el paso de los años, llamó a mi padre inesperadamente. Tenía una oportunidad de inversión, un negocio nuevo que planeaba abrir en Koreatown, cerca de donde vivíamos. A *umma*, su repentina reaparición en nuestras vidas la inquietó, pero *appa* estaba convencido de que eso era lo que había anunciado su sueño.

Por desgracia, mi madre tenía razón. No había oportunidad de inversión, ni negocio. Min-ho estaba de deudas hasta el cuello porque era adicto al juego y, temiendo a sus acreedores y sus amenazas, cogió el dinero y se largó. No volvimos a saber de él. De la noche a la mañana, todo el esfuerzo de mis padres había quedado reducido a polvo y el viento se lo llevó.

Puedes burlar el destino una vez, quizá dos con un poco de suerte. Pero los coreanos entendemos que el curso de nuestras vidas está marcado indeleblemente por nuestro *palja*.

Cuando mi padre aún vivía en casa, notaba cómo echaba de menos lo perdido, aunque mi madre y mi hermana no se dieran cuenta. Su expresión soñadora cuando estaba ensimismado, en su propio mundo. Cómo se quedaba con la boca pasmada, sin venir a cuento, en cualquier momento del día. Supe que en esos instantes imaginaba maneras de escapar de esa vida pequeña e intranscendente. De nuestra vida pequeña e intranscendente.

Odiaba el apartamento minúsculo al que nos mudamos después de perder la casa. Odiaba que las habitaciones estuvieran tan juntas que no pudiéramos disfrutar ni de una pizca de intimidad. Odiaba que yo no hubiera nacido niño y que Ji-hyun tampoco lo hubiera sido. Odiaba el Honda abollado de *umma*, con sus veinte años a cuestas, y odiaba más aún su camioneta siempre averiada. Odiaba las broncas mensuales con el casero por el alquiler. Odiaba que la tintorería hubiera cerrado después de tan solo dos años.

Pero, por encima de todo, odiaba que en su vida todo fuera un recordatorio de sus fracasos.

No lo culpo. Quizá porque sé cómo se siente uno cuando se tiene una vida marcada a fuego por la necesidad. Por eso fui capaz de reconocerlo en él. Lo que vi fue lo que yo sentía desde hacía muchísimo tiempo.

8

La noche que me comí mi primer ojo de pescado me costó horrores conciliar el sueño. Estaba en vela en la cama, recordando el sabor salado.

Por la mañana no paro de apagar la alarma del móvil una y otra vez hasta que Ji-hyun me da un codazo para despertarme de una vez. Abro los ojos y me la encuentro encima de mí. Las puntas de sus cabellos me hacen cosquillas en la cara.

—Has perdido el autobús —me dice, con una alegría que me parece excesiva.

—¿Qué? —Despabilada por completo, salgo a toda prisa de la cama—. ¿De qué vas, Ji-hyun? ¿Por qué has dejado que me durmiera?

Mi hermana tuerce el morro.

—No es cosa mía despertarte.

Sale corriendo por la puerta y alcanzo a ver un destello de su manga. El color lila me suena. Se ha puesto mi jersey favorito.

—¡Te he visto! —le grito—. Si te vuelvo a pillar hurgando en mis cosas, ¡estás muerta!

Por fortuna, *umma* me da las llaves del coche sin tener que pelearme con ella. La dejo en el trabajo de camino a la universidad, ignorando sus peticiones de que vaya más despacio. Los otros coches me pitan cuando salto de un carril a otro. Cuando llegamos al supermercado, mi madre está lívida.

—No vuelvas a conducir así —me regaña, antes de marcharse dando un traspié.

Llego a la clase de Filosofía diez minutos tarde. El único asiento libre queda en un rincón de la última fila y me deslizo en él sin hacer ruido, hiperconsciente de que la gente me mira. Cuando me siento, choco la rodilla sin querer con una chica negra que está sentada a mi lado. La línea de piercings en su oreja hace que me distraiga un momento, pero recobro la compostura y susurro una disculpa apresurada en su dirección. Ella asiente y me dice con los labios:

—No pasa nada.

El chico que se sienta a mi otro lado busca mi mirada y, cuando la tiene, me suelta una deslumbrante sonrisa dentuda. Es blanco, con unos grandes ojos marrones y el pelo largo, pasado por detrás de las orejas. Tiene un poco de pelusilla en el labio. Lleva una camiseta negra con mensaje que no puedo leer del todo desde este ángulo. Lo único que alcanzo a leer son las palabras ELLA PERSEVERÓ en letras de molde, sobre la espalda. Cuando se mueve en su asiento, leo en la parte de delante: A PESAR DE TODO.

Enseguida se me pasa el chute de adrenalina por haber perdido el autobús. Un cansancio aletargado hace presa en mi cuerpo. La cabeza me cae sobre la mesa. Me tiro toda la clase durmiendo y me despierto justo antes de que termine, muriéndome por una almohada bien mullida.

Si pudiera, me volvería a mi casa, me metería en la cama y me pasaría el resto del día durmiendo. Pero todavía tengo dos clases, con descansos de una hora entremedias. Y como esta mañana se me han pegado las sábanas, no he tenido la oportunidad de prepararme un café. Me siento delante de la cafetería del campus que me queda más cerca y la miro.

Todo está carísimo. En condiciones normales, la idea de que me obliguen a pagar siete dólares por una taza de café no tendría un pase, pero hoy me siento tan cansada que estoy dispuesta a saltarme las reglas. Cuando la puerta se abre, una nube que huele a tierra y humo sale a la calle.

Como de costumbre, hay mucha cola. Toda la gente que espera parece destrozada. Me cuelo por delante de las repisas repletas de unos aparatosos tazones de colorines y de los paquetes de muestra con café en grano fresco para colocarme detrás de un grupito de chicos blancos, altos y cuadrados. Aunque fuera hace frío, van todos de conjunto, con pantalones cortos y unas holgadas camisetas sin mangas con símbolos griegos. El que tengo justo enfrente, con la visera de la gorra hacia atrás y el pelo rubio, me suena de algo. Lo observo con curiosidad, arrimándome un poco para estudiar su perfil.

Hay mucho ruido. El molinillo del café hace un ruido zumbante y se para, zumba y se para. Cada vez que el sonido se interrumpe, consigo cazar retazos de su conversación.

—Anoche me acosté con Sharon —dice de pronto Gorra al Revés con una sonrisita en la cara. Es pálido, con los mofletes rosados y un hoyuelo profundo en el mentón.

—¡Tío! ¡Guay!

—Está buena, pero no tiene tetas... —responde el alto pecoso.

—Sí, pero lo compensa de sobra en la cama. Hace lo que le pidas y te suplica más. ¿Sabéis lo que dicen de las asiáticas? Todo verdad.

—Ya sabéis lo que dicen. Cuando te tiras a una asiática, no vuelves con una caucásica —dice el pecoso.

Se parten de risa y yo reculo, dando un traspié, desesperada por desaparecer. Me he puesto roja y siento un hormigueo en la cara.

Piso a la persona que tengo detrás, que suelta un aullido de sorpresa.

—Lo siento muchísimo —digo mirando al suelo. Me da miedo mirar a esa persona a los ojos teniendo a esos palurdos asquerosos justo delante.

—No pasa nada. Oye, ¿no acabamos de vernos en mi última clase?

Sorprendida, levanto la vista. Es míster Ella Perseveró, de Filosofía 4. Me tiende la mano y se la estrecho de mala gana. Tengo las palmas sudadas y frías. Me las seco en los vaqueros.

—¿Cómo te llamas? —me pregunta.

—Ji-won —digo.

Miro con recelo a los chicos de delante. ¿Me estarán observando? Ahora me dan la espalda y me cuesta no pensar que su conducta es sospechosa. ¿Sabrán que lo he oído todo?

El chico de Filosofía sigue hablando, pero lo interrumpo:

—Lo siento... Tengo que marcharme.

—Oh. ¿Adónde vas?

—No lo sé. A cualquier sitio. Fuera, supongo.

Me sigue, pasando el brazo junto a mi hombro, con cuidado, para abrirme la puerta.

Salgo como puedo, me siento a una de las mesas que quedan más cerca y espero a que mi corazón deje de martillear.

—Te decía cómo me llamo, dentro —prosigue, sentándose a mi lado—. Soy Geoffrey. Con G, no con J. Se escribe G-E-O-F-F-R-E-Y.

—¿Has oído lo que decían? —pregunto entonces cortándolo.

—No, ¿por qué? —Afila la mirada.

Respiro hondo. La voz me tiembla.

—No quiero...

Geoffrey con G se inclina hacia delante, cruza las piernas e hinca el codo sobre la rodilla. Estamos sentados exactamente en la misma postura. Nuestros cuerpos son un espejo el uno del otro.

—No te juzgaré.

Se me calienta la cara.

Él espera con gesto comprensivo, levantando una ceja.

—Te veo disgustada. ¿Puedo hacer algo?

Se me llenan los ojos de lágrimas, bajo la cabeza y me miro el regazo, esforzándome porque no caigan. Siento un roce muy leve en el hombro. Entonces levanto la vista sorprendida y veo que la mano de Geoffrey me da palmaditas cariñosas en el brazo. Ese gesto hace que me acuerde de todas las veces que consolé a Ji-hyun cuando era pequeña.

—No llores —dice—. No hace falta que lo hablemos. —Luego retira la mano y se muerde el labio—. Lo siento. No se me da bien ayudar a que la gente se sienta mejor. Nunca sé qué he de hacer.

—No, no —respondo yo—. Lo entiendo. A mí tampoco se me da bien consolar a la gente. Siempre digo lo contrario de lo que la gente espera oír. Lo pillo. Ya me siento mejor.

Hay un largo silencio entre nosotros. Me pongo nerviosa. Sin pensarlo, le suelto:

—Esos tíos de ahí dentro estaban hablando de las mujeres asiáticas. Y decían cosas asquerosas sobre nosotras. —Trago saliva con fuerza—. A ver, no es la primera vez que oigo esas historias. No es nada nuevo. Y esos tíos ni siquiera estaban hablando de mí. Pero lo he sentido en plan personal, ¿lo entiendes?

Geoffrey aprieta los dientes. Sus manos se convierten en puños.

—¿Quiénes eran? —Se vuelve, como si estuviera a punto de salir corriendo de vuelta a la cafetería.

—¡No! No pasa nada —digo aturullada—. Olvida lo que he dicho.

—Claro que pasa. Esos tíos son unos capullos. Si buscas «masculinidad tóxica» en Google, seguro que encuentras imágenes de esos payasos. No entienden toda la mierda que tienen que aguantar las mujeres. Para mí es importante que las mujeres se sientan seguras conmigo. No tienes por qué estar avergonzada. Son ellos los que deberían sentir vergüenza.

Lo miro pasmada.

—Tienes razón.

Se levanta de la mesa.

—Tengo que irme pitando a mi siguiente clase, pero ya estás mejor, ¿no? —Saca la mano derecha para chocar su puño conmigo.

Asiento y toco su puño con el mío.

—Gracias por el cable y por hablar conmigo.

—Aquí estoy. Te veo en Filosofía el jueves.

Lo miro mientras se pierde en una marea de estudiantes antes de ponerme de pie. Es raro. No recuerdo la última vez que alguien fue tan amable conmigo.

9

Cuando llego a casa, al caer la tarde, Ji-hyun está sola, paseándose por nuestro cuarto. Lo cual no es mucho decir, porque nuestra habitación es minúscula: entre la cama y el escritorio que tenemos arrimado a un rincón, solo hay espacio para dar dos o tres pasos. Aun así, su miedo es patente. Dejo mi mochila en el suelo.

—¿Qué te pasa? ¿Ha ocurrido algo en el insti? —pregunto.

—No —dice ella—. ¿Has notado algo raro en *umma* últimamente?

Me siento en el borde de la cama y me quito los calcetines de uno en uno. Ji-hyun no rechista, aunque me haya sentado con la «ropa de calle» en la cama, algo de lo que se queja a menudo.

—Creo que no. ¿Por qué lo dices?

—¿No la has oído hablando por teléfono? ¿De noche? —Ji-hyun se sienta en la cama a mi lado, frunciendo el ceño—. No en su habitación. En el cuarto de baño. Pone el ventilador para que no podamos oírla.

—¿Qué? ¿Estás segura de que no son imaginaciones

tuyas? —Le doy un pellizco en el brazo, pero no le arranco una sonrisa ni por casualidad.

—Sí. Creo que habla con un hombre.

—Qué va. Mamá sigue... Bueno, ya me entiendes.

—Creo que no. Ya han pasado casi tres meses desde que...

Titubea y se interrumpe. Sus palabras se apagan a media frase. La mano queda suspendida sobre el tobillo. Ji-hyun es una angustias, siempre está pensando diez pasos por delante. De bebé, se rascaba los tobillos hasta dejarlos en carne viva y las heridas se le infectaban. En el hospital, el médico les dijo a nuestros padres que lo hacía por estrés. *Umma* y *appa* se lo tomaron a guasa y al salir dijeron: «¿De qué va a estresarse una niña de dos años?». El caso es que aún hoy tiene una fea cicatriz violeta en un tobillo por lo demás impoluto. Cada vez que le entra el ansia, se la rasca sin darse cuenta.

Le agarro la muñeca.

—Para —le digo—. Así no arreglas nada.

—Pero es que no tiene arreglo —murmura. De pronto me mira directamente a los ojos—. He encontrado los papeles del divorcio. *Appa* los rellenó en cuanto se marchó. Hay un tiempo de espera, pero termina a los tres meses.

El corazón se me para en el pecho. *Umma* no ha comentado nada del divorcio y creo que, en cierta medida, Ji-hyun y yo, sin haberlo verbalizado siquiera, estábamos convencidas de que las cosas iban a arreglarse solas. Tampoco ayuda que un divorcio sea algo casi inimaginable en nuestra cultura: todos los matrimonios infelices que conocen nuestros padres aguantan juntos contra viento y marea.

—Fíjate en ella esta noche —me dice Ji-hyun en voz

baja. Apoya la cabeza en mi hombro. Nos quedamos calladas, pero me cuesta no preguntarme qué estará pensando mi hermana.

¿Se acordará de esa noche de julio en la que me preguntó si se arreglaría todo? ¿Se acuerda de que le mentí?

Ji-hyun tiene razón.

Umma está alegre. Demasiado. Cuando la observo con más atención, me doy cuenta de que está radiante. Ha recuperado parte del peso que perdió cuando *appa* se marchó: sus mejillas están más llenas, más redondeadas, lo que le da un aspecto más joven. Sus ojos tienen vida, se ven más alegres. Se levanta de la mesa varias veces y, disculpándose, desaparece en el cuarto de baño.

Me cuesta oír lo que dice con el zumbido del ventilador. Nos llegan risitas quedas, amortiguadas, y mi hermana levanta las cejas.

—¿Qué te dije? —susurra—. Tenemos que hacer algo. —La mano ya se le ha enganchado al tobillo y se lo rasca con furia.

—¿Hacer qué? ¿Qué nos importa si tiene novio?

—¡A mí me importa! ¡Solo han pasado unos meses! —La voz de Ji-hyun sube de tono—. Es una mujer vulnerable y triste y... ¿Qué pasa si es un estafador que se aprovecha de ella ahora que atraviesa un mal momento? ¿No te parece raro que haya conocido a alguien tan pronto? ¿Y si es un asesino en serie? ¿Lo has pensado?

Nuestra madre tiene un horario estricto que no le facilita conocer a gente nueva. Trabaja en un supermercado coreano a unos kilómetros de donde vivimos, normalmente de la mañana a la noche, y casi nunca tiene tiempo libre. Tampoco tiene aficiones. Y ha perdido el contacto con sus pocas amistades desde que nuestro padre se marchó. Sospechamos que es porque le da vergüenza su «situación».

—¿Podría ser alguien del trabajo? —aventuro.

—Pero ¿tú te oyes? ¿Me puedes decir qué soltero hay que valga la pena en su trabajo?

En el supermercado solo trabajan mujeres, con la excepción del señor Lee, el encargado, que es muy mayor. Sin embargo, es imposible que sea el novio secreto de mi madre. Demasiado viejo.

Justo cuando Ji-hyun abre la boca para responderme, la puerta del cuarto de baño se abre con un chirrido. Volvemos a colocarnos en nuestros sitios, haciendo como si no hubiéramos estado hablando. *Umma* se sienta. Tiene las mejillas sonrosadas.

—¿Con quién hablabas? —pregunta Ji-hyun.

—¿Qué? No hablaba con nadie. He ido al lavabo —responde *umma* a toda prisa. Se pasa el pelo por detrás de la oreja.

—*Unni* dice que te ha oído hablar con alguien ahí dentro —insiste Ji-hyun.

Le doy una patada por debajo de la mesa con todas mis fuerzas. Ella ni se inmuta.

Umma suelta una risita nerviosa.

—No, Ji-won. Son imaginaciones tuyas —dice dándome una palmada en el hombro.

Le echo una mirada asesina a Ji-hyun, con la esperanza de transferir lo que pienso de mi cabeza a la suya.

«Estás muerta», pienso. Mi hermana parece haber recibido el mensaje, porque ahora me saca la lengua.

Ya en nuestra habitación, me tiro encima de Ji-hyun y la sujeto en el suelo.

—Pide perdón —digo—. Pide perdón o ya verás.

Se resiste, me golpea con los puños, pero sus intentos son inútiles. Soy el doble de grande que ella. Le hago cosquillas hasta que termina chillando y las lágrimas corren por sus mejillas. Cuando finalmente la suelto, está tan furiosa que intenta pegarme una patada en la cabeza. Falla, naturalmente. También soy más rápida que ella.

—¡Eres lo peor! No vuelvo a hablarte en la vida —dice, antes de salir hecha una furia.

10

Una semana después, *umma* nos cuenta la verdad. Ya no le era posible seguir fingiendo que no pasaba nada. Ha estado llegando cada vez más tarde del trabajo, con la excusa de que hacía turnos más largos, aunque Ji-hyun y yo sabemos perfectamente que el súper cierra a las siete todos los días. Sus llamadas furtivas en el cuarto de baño también se han vuelto mucho más frecuentes y obvias.

—¿Puedo hablar con vosotras, chicas? —pregunta. Está nerviosa, no para de moverse, ahora manosea los cojines raídos del sofá. Hay un jarrón agrietado en la mesita junto al sofá. *Appa* lo odiaba, pero *umma* nunca le dejó tirarlo porque era un regalo de su madre, que murió hace años. Ahora pasa el dedo por la raja y de pronto me pregunto si estará acordándose de mi padre o de su madre. Ji-hyun se acurruca a su lado y *umma* le pasa el brazo por los hombros. Yo estoy a unos pasos de distancia, con las manos metidas en los bolsillos.

—¿Qué pasa? ¿Qué quieres decirnos? —pregunto.

—Estoy saliendo con alguien —dice *umma*, con una timidez de niña pequeña. Su coreano suena emocionado, con el tono subido. Las palabras buscan las notas más altas, como si cantara—. Hace poco más de un mes que lo estoy viendo.

—¿De verdad? —pregunta Ji-hyun, fingiendo sorpresa—. ¿Lo dices en serio?

—Muy en serio —dice *umma*—. No os lo habría dicho, si no. Le he contado todo sobre vosotras dos y tiene mucha ilusión en conoceros. Hemos pensado en comer un día juntos. Los cuatro. ¿Qué os parece? —Le da una palmada a Ji-hyun en la espalda.

Ella se pone tiesa.

—¿Quién es? ¿Lo conocemos?

—No, no. —Las mejillas de *umma* se ponen rojas, con el color de los trocitos de *gochugaru* que tan a menudo utiliza en sus recetas—. Lo he conocido en el trabajo.

—¡¿En el trabajo?! —saltamos Ji-hyun y yo a la vez. Cuando me vuelvo hacia mi hermana, veo que le cuelga la boca.

—Por favor, dime que no es el señor Lee —gruño.

—Claro que no. No seas tonta. Es un cliente. —Antes de que pueda abordar esta noticia asombrosa, *umma* continúa con su balbuceo—: Vino a hacer la compra y me pidió que lo ayudara. Antes de marcharse, me pidió el número de teléfono y decidimos quedar para cenar. Se llama George. Es un hombre maravilloso. Tiene un buen trabajo y es un encanto. Os gustará mucho. Lo prometo.

—Seguro que sí. —Detrás de *umma*, Ji-hyun pone una mueca que solo yo puedo ver.

—Ah. Otra cosa... —*Umma* duda—. Es blanco.

—¿Qué? ¿Te has guardado lo más importante? —grita Ji-hyun. Su voz es ensordecedora.

Le pongo la mano sobre la boca. Ella me muerde y me deja la palma llena de babas.

—¿Cómo has conocido a un blanco en un súper coreano? —pregunto secándome la mano con la camiseta. Tengo una media luna marcada en la palma: son los dientes de Ji-hyun. Me la apunto para devolvérsela luego.

—Sé que suena a chaladura, pero George es un hombre muy especial. No se parece a nadie que haya conocido. Aprecia todas las culturas, pero muy en especial la coreana porque lo destinaron a Seúl cuando estaba en el ejército. ¡Y además sabe hablar nuestra lengua! O por lo menos mejor que tú, Ji-hyun. ¿No os parece alucinante?

—Si tú lo dices —responde Ji-hyun.

Hay un momento de calma en la conversación. Y en el silencio que sigue tengo la sensación de que salgo flotando de mi propio cuerpo, y que lo rodeo como un globo que se ha soltado de su cuerda. El apartamento se me hace ajeno. Mareada, echo un vistazo a las paredes rajadas y el techo de gotelé. ¿Esa mancha de humedad ha estado siempre ahí? ¿La alfombra siempre ha estado tan descolorida? ¿Por qué están rotas o estropeadas todas nuestras cosas? El jarrón, la mesita llena de arañazos, las plantas moribundas que *umma* abandonó a su suerte hace un tiempo. Entre los huecos que han dejado algunas de las lamas rotas de las venecianas se cuelan débilmente los rayos del sol poniente.

—¿Estás contenta? —pregunta de pronto Ji-hyun a nuestra madre.

La pregunta me hace regresar a mi cuerpo.

—Mucho —dice *umma* sonriendo.

No sé qué es peor, si la sensación que tengo en el pecho o la cara que pone mi hermana. Es fugaz, y pasa tan deprisa que *umma* no repara en ella. En ese instante, sin embargo, la pena y la angustia de Ji-hyun quedan escritas de forma tan patente y completa en su gesto que tengo que reprimir el impulso de agarrarla y estrecharla entre mis brazos. Luego, las sombras se disipan, como si todo volviera a ir bien.

—Estupendo —dice ella—. De verdad. Me alegro mucho por ti, *umma*.

11

Conocemos a George un sábado. A primera hora de la mañana, unos nubarrones grises llegan casi de improviso y descargan varios chubascos seguidos que golpean y sacuden la ventana de nuestro balcón. Es nuestra primera cata de la lluvia en casi medio año y me quedo embobada mirándola, apartando el pensamiento de que ese repentino cambio de tiempo es un presagio, un anuncio de lo que pasará hoy.

La voz exasperada de Ji-hyun llega desde el cuarto de *umma*.

—¡No voy a ponerme ese vestido horrible! ¿No has mirado por la ventana? ¡Está lloviendo!

—El hombre del tiempo no dijo que fuera a llover.

—¿Por qué necesitas que te lo diga un meteorólogo? ¡Mira y ya está!

—¿No quieres ir guapa el día que vas a conocer a George? —suplica *umma*—. El vestido es precioso. ¿Qué vas a ponerte? No te dejaré ir en pantalón de chándal, Ji-hyun. No te atrevas...

—¡No he dicho que vaya a ir de chándal! Me pondré unos vaqueros.

—Pero Ji-won se pondrá una falda, y no iréis conjuntadas si vas en vaqueros.

Ji-hyun refunfuña, pero nuestra madre se impone finalmente. Al cabo de un rato, mi hermana se materializa desde nuestro cuarto en un deshilachado vestido de topos que le llega justo por debajo de las rodillas. Está enfurruñada, con los brazos cruzados, y se sienta en el sofá a mi lado. Ahogo una carcajada.

—Si dices algo, te doy un puñetazo —me gruñe.

Me aliso la falda.

—No iba a decir nada malo —le digo—. Solo que te queda bien. —Me muestro superalegre a propósito para encabronarla, y funciona. Se mueve al otro cojín del sofá y se sienta con las rodillas apuntando lejos de mí.

Umma también me ha elegido la ropa a mí: una falda larga de raso, con vuelo, y una blusa ancha de color crema que me va una talla grande. Nada que ver con mi estilo. Como Ji-hyun, prefiero la ropa sencilla y cómoda, tipo vaqueros y jerséis, pero no voy a quejarme. No tiene sentido. Con Ji-hyun y conmigo, *umma* es terca y siempre se sale con la suya. Quizá porque nunca se atrevió a desafiar a *appa*, ni siquiera un poco.

La blusa es de mi madre, de hace una década. La ha sacado esta mañana del trastero. Cada vez que me muevo, me llega un olorcillo a polvo y veo pelusillas. *Umma* también me ha obligado a ponerme unos aros de oro que se me enredan en el pelo cada vez que giro la cabeza. Aun así, mi conjunto es mejor —y mucho menos humillante— que el que lleva Ji-hyun. Nos quedamos sentadas en silencio, oyendo el tamborileo de la lluvia y el chisporroteo de la plancha con la que mi madre se alisa el pelo.

Umma es presumida. Siempre lo ha sido. De todos modos, nos quedamos sorprendidas cuando aparece, con el pelo perfectamente liso y una capa de maquillaje aplicada con esmero en la cara. Lleva un vestido blanco de gasa que realza el brillante rojo coral de sus labios.

Titubea cuando advierte nuestros gestos de sorpresa.

—¿Me he pasado? —pregunta.

—No, claro que no —digo, aunque no hay duda de que se ha pasado, sobre todo teniendo en cuenta que es una comida de fin de semana.

Ji-hyun suelta un gran suspiro cuando salimos a la calle. La lluvia no cesa. *Umma* nos ha asegurado que pronto amainará, pero no hay tregua o descanso en el diluvio. Para colmo, no hemos encontrado ningún paraguas porque *umma* tiró sin darse cuenta el bueno cuando decidió vaciar el armario del recibidor hace tantos meses.

Mi madre mira la lluvia con aire sombrío mientras se pasa los dedos por el pelo perfectamente arreglado. Se le echará a perder en cuanto salgamos del toldo, pero ya llegamos tarde. No podemos entretenernos más.

—Vamos —digo cogiéndolas a las dos de la mano—. Iremos corriendo. Tampoco será para tanto, ¿no?

Cuando llegamos al coche, estamos empapadas. No queda nada de la primorosa labor de mi madre: el rímel se le ha corrido, su vestido se ha vuelto transparente y el pelo se le ha quedado crespo y sin forma. Empieza a abrir su espejito de bolsillo, con el labio tembloroso. Alargo el brazo y se lo cierro sin contemplaciones.

—No pasa nada —le digo a toda prisa—. Sigues estando muy guapa, *umma*. ¿A que sí, Ji-hyun?

Mi hermana no se digna mirarnos. Prefiere mirar por la ventanilla, apretando los dientes. Le ha salido una vena en la frente. Se contrae, palpita. *Umma* no está satisfecha con nuestras respuestas e intenta coger el espejo de nuevo. Se lo impido. Si se ve el pelo, montará un número, y se me revuelve el estómago con la idea de tener que volver a subir a casa y repetir todo el ritual. Solo quiero que nos vayamos y terminar de una vez con esta cita estúpida.

—¿Por qué no nos cuentas más cosas sobre George? —pregunto—. ¿Qué podemos esperar?

Umma recobra la alegría. Se moría de ganas de hablarnos de George. La he visto morderse la lengua y contenerse más de una vez.

—Ya me conocéis. No me enamoro fácilmente. Con vuestro padre, me hice de rogar. —Balbucea cuando pronuncia la palabra «padre». Finjo que no me doy cuenta—. Con George, ha sido sencillo. Es un hombre muy modesto. En realidad, es todo lo contrario de vuestro padre. —Esta vez no hay vacilación.

Me echa una mirada y luego hace lo mismo con Ji-hyun por el retrovisor, como si buscara nuestra aprobación.

¿A qué se refiere?
¿De verdad quiero saberlo?

—Soy muy afortunada —dice *umma*—. Me he sentido muy sola, pero ahora tengo a George. —Me da una palmada en la mano—. Y también a vosotras dos, claro.

12

George ha elegido un chino del que nunca hemos oído hablar. Cuando llegamos las tres, pasan unos minutos de las doce y el aparcamiento está vacío. El único coche que hay aparte del nuestro es una camioneta Ford. Mi madre nos la señala.

—El coche de George —dice. Cuando pasamos caminando por su lado, me parece que está nuevo. Veo un adhesivo en el parachoques trasero: SOY REPUBLICANO PORQUE EL ESTADO DEL BIENESTAR NO PUEDE CUBRIRNOS A TODOS.

Antes de entrar en el restaurante, *umma* empieza a pulular a nuestro alrededor como una mariposa en un jardín. Nos arregla el pelo empapado por la lluvia y arranca hilos invisibles de nuestra ropa. Está nerviosa. Le arreglo el pintalabios y le limpio las manchas de rímel en torno a los ojos.

—¿Tengo buen aspecto? —pregunta.

—Estás estupenda —respondo sin pensar.

Pasamos por las puertas batientes. Una sonriente camarera nos conduce al reservado en el que nos espera George. Es lo bastante grande para dar cabida a veinte personas, y, cuando lo veo sentado en esa sala tan grande, resoplo. La imagen es ridícula. Es como un rey sentado en su trono, esperando la entrada de sus súbditos.

No sé qué esperaba, pero George es un hombre completamente anodino. Se parece a cualquier otro hombre blanco de mediana edad que haya visto. Corta estatura, solo una cabeza más alto que *umma*, con una buena mata de pelo castaño tirando a rubio, cejas pobladas y unos labios finos que se repliegan en su boca cada vez que sonríe. Tiene una nariz respingona, y veo los pelillos que asoman por los orificios. Cuando se mueve, la piel que recubre su cuello, fina como el papel, se descuelga precariamente de su mentón. Si me lo cruzara por la calle, jamás volvería a mirarlo para fijarme mejor. Ahora se mira el reloj. Sigo su mirada. Es un Rolex. Intento no mostrar mi sorpresa.

—Chicas, qué tarde llegáis.

—¡George! ¡Cariño! ¡Lo siento! —chilla *umma*.

Nos empuja para apartarnos y abrazarlo, mientras su bolso de Chanel falso se columpia violentamente de su hombro. Vemos asqueadas cómo George agarra a nuestra madre por los hombros y le planta en los labios un beso baboso, con la boca abierta. Cuando se separan, una mancha roja cubre su boca. *Umma* coge una servilleta de la mesa y se la limpia. Por lo menos tiene la decencia de parecer abochornada. Nunca, ni una sola vez, vi a mis padres darse un beso.

—Lo siento —dice él con una sonrisa satisfecha—. Tenía muchas ganas de ver a vuestra madre. —Ni yo ni Ji-hyun respondemos. George le frota la espalda a mi madre y, mientras lo hace, unas arrugas de preocupación surcan su frente—. ¡Estáis empapadas, chicas! ¿Qué ha pasado? ¿Habéis salido a correr bajo la lluvia?

—No teníamos paraguas —murmura Ji-hyun.

—Pues no voy a permitirlo —dice George. Se desabrocha la chaqueta y la pasa por los hombros de *umma*—. Un momento. Voy a mi camioneta. Creo que tengo algo de ropa para las chicas...

—Estamos bien —digo negando con la cabeza.

George regaña entonces a mi madre, aunque su tono de voz es cariñoso.

—Vas a resfriarte así. Tendrías que haberme llamado. No me costaba nada ir a buscaros a vuestro coche con el paraguas. Cuando venga la camarera, le pediré que suba la calefacción.

Finalmente, se vuelve hacia nosotras y se acerca para darnos la mano.

—No sabéis la alegría que me da conoceros, chicas —dice mirándome a mí—. Tú eres Ji-hyun, ¿no?

George pronuncia «Ji-hyun» como si tuviera la boca llena de gravilla. En sus labios, el nombre de mi hermana parece un enigma, casi ininteligible.

—No, no —se ríe *umma*—. Ella es Ji-won. ¿Te acuerdas? El otro día te enseñé sus fotos.

—Me acuerdo. Ji-won. —No se le da mejor con mi nombre, y pronuncia «won» como si fuera un trofeo colgado de una pared en una feria de campo.

—Has dicho mal nuestros nombres —interviene Ji-hyun. Su tono es impasible, no le ha hecho gracia.

Umma la mira con furia. Aunque George sonríe, es evidente que no está contento con mi hermana. Las comisuras de sus labios raquíticos se tensan hacia abajo, lo que le da un gesto dolorido. Indicio suficiente para ver que no es un hombre acostumbrado a que lo corrijan.

—De acuerdo. ¿Me dices cómo debería pronunciarlos?

Está claro que no le apetece nada estar plantado delante de nosotras y que una quinceañera le lea la cartilla.

—La primera sílaba ha de sonar parecida a la palabra *genius* —explica ella—. Y el «won» lo dices muy brusco. El sonido es más un «oh» de admiración. *Ji-won*.

La frente es la primera parte del rostro de George en ponerse roja. El color se extiende hacia abajo hasta llegar a su cuello. Nadie dice nada. *Umma* alterna miradas nerviosas entre la cara de Ji-hyun y la de George. Después de lo que parece una eternidad, él dice:

—Vale. Gracias por la información. —Su tono es medido, educado. No encaja con su expresión—. ¿Sabes? Aprendí mucho coreano cuando estuve en Seúl, pero ha pasado tanto tiempo... Y, si te soy sincero, la pronunciación no es mi fuerte. Si te molesta tanto, puedo utilizar apodos con las dos.

Ji-hyun afila la mirada.

—¿Apodos?

—Sí. Tú podrías ser JH y tú... —Me señala con el dedo índice—. A ti te llamaré JW.

Ji-hyun abre la boca para replicar, pero *umma* interviene. Coge las cartas amontonadas al azar en el centro de la mesa y pega un golpe con ellas. Las fundas de plástico impactan en la madera con estrépito.

—Ya basta —dice—. ¿Por qué no pedimos la comida? Me muero de hambre. —Acompaña a Ji-hyun a una silla alejada de George y me sienta a mí entre los dos.

Se nota la tensión. Todos somos conscientes de ella. Nuestra madre, para serenar los ánimos, se vuelve hacia George y entabla conversación con él.

Es raro verlos hablar. El inglés de *umma* no es muy bueno. Las pocas veces que aparece algún cliente que solo habla inglés en el súper, se las arregla. Sin embargo, cosas más complicadas como rellenar formularios o pedir una cita le resultan imposibles si tiene que hacerlas sola. A nosotras solo nos habla en coreano, y cuando hay palabras que no entendemos utiliza una *app* de traducción del móvil.

Enseguida salta a la vista que nuestra madre ha exagerado las competencias lingüísticas de George en coreano. No entendemos palabra de lo que dice. Y tenía razón con lo de la pronunciación. Es horrorosa. Su acento transforma palabras que nos eran conocidas en un dialecto completamente ajeno, y su significado se emborrona bajo la pesadez de su lengua de trapo. Pero George ni se entera. Está satisfecho consigo mismo, al parecer, convencido de que la masacre que está cometiendo con nuestra lengua debería gustarnos.

—*Ah-nuhl moe-hat-sohn?* —nos pregunta.

Tardo un segundo en interpretar lo que intenta decirnos, y al parecer soy la única que lo entiende. Nos ha preguntado: «¿Qué habéis hecho hoy?». Pero Ji-hyun parece desconcertada, y es obvio que *umma* tampoco ha pillado nada. Sonríe y asiente antes de responder algo que no tiene nada que ver con lo preguntado.

—Me gusta la comida china —dice en su inglés zarrapastroso—. Qué bien hablas.

George frunce el ceño.

—No, no —dice, antes de volver a intentarlo—. *Ahnoor mah-hae-sooh?*

—Sí me gusta la comida china —dice *umma* levantando la voz. Señala la carta—. ¿Has probado el *tangsuyuk*?

—*Umma*, nos pregunta qué hemos hecho hoy. No está hablando sobre la comida.

—¡Oh! —A nuestra madre se le ilumina la cara—. *Oh-neul mo-haessuh-yo* —dice corrigiéndolo.

George intenta imitarla, frunciendo los labios. Al cabo de unos segundos, levanta las manos en gesto de desesperación.

No me sorprende en lo más mínimo cuando al cabo de un rato la conversación llega nuevamente a un callejón sin salida. Intentan entenderse el uno al otro, pero todo esfuerzo es en balde. Su conversación es un laberinto en el que nada tiene demasiado sentido. Cuando ocurre, Ji-hyun y yo nos vemos obligadas a intervenir para ayudarlos a comunicarse. Nuestro único papel en esta extraña comedia es el de intérprete, por lo visto.

¿Cómo es posible que se hayan visto todos estos días cuando son incapaces de comunicarse mínimamente? Me los imagino yendo de un lado a otro juntos, gruñendo y señalándose con las manos como si fueran hombres de las cavernas.

—He oído que seguirá lloviendo a cántaros los próximos días —dice George.

—¿Cántaros? —pregunta *umma* perpleja. Coge la jarra de agua que hay en medio de la mesa.

—No —le dice George, y le agarra la muñeca para impedírselo—. A cántaros. —*Umma* sigue con cara de no entender nada. Entonces, él levanta la mano y agita los dedos moviéndolos hacia abajo—. Me refiero a la lluvia.

—¿Llover? ¿Cántaros?

—*Umma* —intervengo yo, incapaz de ocultar el enfado—. Se refiere a que va a llover mucho durante los próximos días. Eso es lo que significa «llover a cántaros»...

—Lo sé —dice mi madre, interrumpiéndome con un ademán de impaciencia—. Lo sé.

Pongo cara de resignación. George rodea a *umma* con el brazo y le da un achuchón.

—Tendréis que coger mi paraguas cuando os vayáis. Además, creo que tengo uno de repuesto en el coche. Llevaos los dos.

Al oírlo, a *umma* se le ilumina la cara. Hay tanta felicidad en su gesto que siento un calambrazo en el vientre.

Oímos que alguien llama suavemente a la puerta. George grita «¡Adelante!». La puerta se abre y aparece nuestra camarera, una asiática delgada vestida con un *qipao* bordado rojo y dorado. Nos hace reverencias a todos de uno en uno antes de acceder a la sala. Su pelo negro como el carbón está recogido en un moño muy prieto en la coronilla. Del mismo centro del moño surge un único palillo rojo, del mismo tono que el vestido.

Los ojos de George se dilatan cuando entra la camarera. Pasea la mirada por el cuerpo de la chica, demorándose en las suaves formas de su pecho. Su atrevimiento me repugna.

—Gracias a Dios que has llegado —dice—. Nos morimos de hambre.

Asqueroso.

La camarera suelta una risita tapándose la boca con la mano. En lugar de enfadarse por estos obvios requiebros, mi madre se ríe como una gallina, con la cabeza bien cobijada en el hombro de George. ¿Cómo es posible que no la haya escamado este numerito? Echo un vistazo a Ji-hyun. Tampoco parece que le haga pizca de gracia lo que ve.

—¿Qué les apetece tomar? —pregunta la camarera.

Tengo plena confianza en que George va a preguntarnos qué queremos comer, pero no lo hace. Nos ignora a todas, *umma* incluida, y empieza a cantar platos como si la vida le fuera en ello.

—Vamos a comer todos *chow mein*, pollo *kung pao*, cerdo agridulce y ternera con brócoli. Ah... Y cuatro raciones de arroz frito. Con gambas. Y sin picante.

—Pero a mí me gusta el picante —interviene Ji-hyun—. ¿Y no es demasiada comida? Solo somos cuatro.

—Nada de picante —dice *umma*—. George no puede comer cosas picantes.

Pues claro que no puede comer picante,
el muy imbécil.

La camarera termina de apuntar los platos en su libretita.

—Estupendo —dice—. Por favor, no duden en llamarme si desean algo más.

—*Xiexie* —suelta George. Junta las manos y le hace una reverencia.

—*Xiexie* —responde la camarera. Inclina ligeramente la cabeza y se marcha.

George se queda mirando la puerta un minuto entero después de que ella se haya marchado.

—El servicio es exquisito aquí —dice con un suspiro nostálgico—. Ojalá en todos los restaurantes fuera igual. —Se desengancha de mi madre—. Un momento. Tienes algo en la cara... —Le frota un costado de la nariz con el dedo índice—. Ya está.

Ignorándonos a Ji-hyun y a mí, los dos se embarcan en otra conversación sin sentido. Pese a los obstáculos lingüísticos, George y *umma* parecen pasarlo bien juntos, y no me hace ninguna ilusión. Ji-hyun no para de echarles miradas. Me fijo en que tiene la mano crispada, pero no la esconde debajo de la mesa. Sé que, mentalmente, se está rascando a muerte el tobillo.

La puerta vuelve a abrirse y unos camareros vestidos de negro entran en el reservado con fuentes de arroz y de carne que parecen rebosar de sus brazos. George estira el cuello, intentando ver más allá de la puerta. Está sondeando la otra sala en busca de nuestra primera camarera. A mi lado, Ji-hyun aprieta los puños.

Miramos las montañas de comida. Me pongo de los nervios al ver la cantidad de comida que nos ha puesto delante. George ha desistido de buscar a la camarera y vuelve a concentrar su atención en la mesa. Empieza a descargar grandes cucharadas de fideos y arroz en su plato. No se preocupa de servirle antes a *umma*, o a nosotras, como habría hecho nuestro padre. En las contadas ocasiones en las que salíamos a comer fuera, *appa* se aseguraba de que tuviéramos comida suficiente antes de servirse nada.

Umma se arrima a George y le corta el cerdo y el pollo en pedacitos. Ji-hyun se bebe un gran trago de té de jazmín. Ni siquiera ha mirado su comida. Le doy un codazo por debajo de la mesa. Ella hace un gesto con la cabeza que solo yo puedo ver. Quiero preguntarle cómo está, pero tampoco quiero hacer recaer la atención sobre ella.

La comida es asquerosa. Demasiado dulce, y tan salada que me preocupo por la tensión de mi madre. Poniendo una mueca, me obligo a engullirla con un sorbo de agua tibia.

—¿No es genial? —dice George, dejándonos casi sordas—. ¡Es el mejor restaurante chino del mundo!

—¿De verdad? —pregunto, arrugando asqueada la nariz—. No me parece muy auténtico... Hay algunos sitios en el valle de San Gabriel que creo que...

—Yo he estado en China. ¿Tú?

—No, pero...

—Pues fíate de mí. Estuve en Shanghái todo un mes, en 1987, y este restaurante es mucho mejor que cualquier cosa que tengan allí. ¡Lo juro por la vida de mi madre!

Ji-hyun se enfurruña. Jurar por la vida de tu madre es tan típico en Estados Unidos, tan de blancos, que ninguna de nosotras es capaz de entenderlo del todo. En nuestra cultura, jurar por la vida de tu madre es seguramente uno de los peores pecados que se pueden cometer. ¿Hay algo más importante que la vida de tu madre, de tu padre, de tus abuelos? No parece que George haya oído hablar jamás de la piedad filial.

Incluso al cabo de una hora, queda más comida de la que podríamos zamparnos en una semana. *Umma* la mete en cajitas para llevar que luego coloca ordenadamente en bolsas de plástico, anudando las asas con unos bonitos lazos.

—Quédatela tú —le dice a George—. Tu cena para esta semana.

Él asiente entusiasmado y paga la cuenta con un billete de cien dólares que planta sobre el mantel con un golpetazo. Su cartera está tan llena de dinero que el cuero se deforma para acomodarlo. No recuerdo haber visto semejante cantidad de dinero en mi vida. Diría que hay mil dólares, quizá dos mil. *Umma* echa un vistazo a la cartera y aparta la mirada enseguida, pero es demasiado tarde. He visto el brillo codicioso en sus ojos.

Ya en la calle, mi madre se engancha a George como una lapa, apretándole la mano. No quiere que se vaya. No quiere que termine el rato que hemos pasado con él. Ha dejado de llover, tal y como *umma* había predicho, y aunque el cielo sigue encapotado, se ven algunas rajas de azul y la luz del sol asoma entre las nubes.

—Ha sido un día precioso —murmura *umma*—. No quiero que se eche a perder. ¿Por qué no damos un paseo?

Ji-hyun refunfuña.

—Yo no quiero —dice con un tono quejica nada propio de ella—. Además, hay un montón de charcos.

—Ay, no seas tonta, JW —dice George—. Si tu madre quiere dar un paseo, debemos dar un paseo.

Ji-hyun le lanza una mirada asesina.

—Yo soy Ji-hyun. No Ji-won.

—Es verdad. Lo siento, JH.

Nos vemos obligadas a caminar detrás de ellos por una acera estrecha. Mi hermana y yo vamos despacio y el hueco que nos separa de *umma* y George se ensancha paso a paso, hasta que las dos nos quedamos a un cuarto de manzana de ellos. Mi hermana aprovecha entonces el momento para agarrarme y arrastrarme hacia atrás.

—¡Eh!

—Menudo capullo —me susurra Ji-hyun al oído—. ¿Cómo vamos a librarnos de este payaso? No quiero volver a verlo en mi vida.

—¿Puedes parar? A mí tampoco me cae bien, pero por lo menos podrías esperar a que lleguemos a...

—¿Esperar a qué? ¡Esto es ridículo!

Delante, *umma* y George se han detenido en seco. Se vuelven y nos llaman con gestos para que nos reunamos con ellos. George se lleva la mano a la boca para hacer bocina.

—¿Qué os pasa, tortuguitas? —grita.

Me suelto de Ji-hyun y echo a andar deprisa hacia ellos. Ella continúa refunfuñando detrás de mí y echa a andar al mismo paso lento de antes.

Han encontrado una heladería en un centro comercial de carretera destartalado. Entramos y oímos tintinear la campanilla de la puerta sobre nuestras cabezas. Es como si nos hubiéramos teletransportado a una heladería de los años ochenta. La decoración es vieja y anticuada. El suelo está cubierto de manchas negras y profundas hendiduras. Hay un desagradable tufillo agrio en el ambiente. George echa un vistazo.

—Ya no se encuentran sitios así —dice—. Echo de menos los viejos tiempos. Los chicos de hoy son unos debiluchos.

Umma me atosiga para que me pida un cucurucho.

—No voy a pedir nada a menos que tú pidas algo, y George no va a pedir nada a menos que yo pida algo —me dice en tono de reproche mientras Ji-hyun espera en un rincón, con aire altivo e indiferente.

George se pide un helado de ron con pasas y *umma* uno de vainilla. Yo lo pido de nata con trocitos de chocolate.

—¡Eh, está saliendo el sol! —dice George, mirando por la ventana—. Vamos a comernos el helado en ese banco de ahí.

Todo brilla todavía, empapado por la lluvia. A *umma* le preocupa mojarse. George tuerce el gesto.

—Chicas, nunca estáis contentas —se queja—. Solo es un poco de agua. No os hará daño.

Agarra a *umma* y la obliga a sentarse. Ella grita cuando cae directamente en un charquito helado en medio del banco. George se carcajea y luego va a por mí, tendiendo un brazo peludo. Me giro, pero él es más rápido. Sus dedos se aferran a la cara trasera de mi antebrazo y me raspan las costillas. Me arrastra al banco y el helado se me cae de la mano e impacta con un sonoro *plof* en el suelo. *Umma* empieza a hablar; su voz, disgustada, ha subido de tono, pero lo único que puedo ver y oír yo es a George mientras sus ojos bajan por mi cuello, buscando la parte tierna de mi pecho.

Es entonces cuando me fijo en que tiene los ojos azules: de un azul pálido, glacial, que me recuerda a las cataratas del Niágara, adonde nos llevó mi padre de vacaciones hace seis años. No entiendo por qué no me he fijado antes en sus ojos.

13

Estoy en un cuarto del tamaño de una nevera. Es claustrofóbico, las paredes están a apenas un par de centímetros de mi cara. No hay espacio suficiente para que pueda moverme y la luz es tan tenue que casi no veo nada. Es asfixiante. Mareada, intento girar la cabeza, pero es inútil.

Si contengo el pánico y me concentro, puedo distinguir algo que brilla en las paredes. Paso los dedos por encima de esos misteriosos objetos titilantes, intento encontrar una salida. ¿Qué son? ¿Bultos? Unas montañitas redondeadas, resbaladizas, de todos los tamaños y formas. Las toco y las aprieto, intentando entender.

¿Qué coño es esto? ¿Dónde estoy?

Trato de recordar si pasó algo extraño la noche anterior, antes de acostarme, pero no se me ocurre nada. Fue una noche normal.

Lo único es que estuviste pensando en los ojos de George.

Un zumbido estridente. Mientras intento descubrir el origen del ruido, se enciende la luz. Guiño los ojos deslumbrada. Cuando mi vista se adapta, grito.

Ojos. Hay ojos por todas partes.

Me observan, siguiendo todos mis movimientos. Vidriosos ojos de pescado, brillantes como canicas. Ojos que me recuerdan los de un gato, el de nuestra clase de tercero de primaria. Nos lo encontramos muerto en su jaula una mañana, y todos lloramos, nuestros cuerpos hipaban, mientras la maestra intentaba serenar los ánimos. Ojos que podrían ser de un ciervo, quizá del ciervo que mi padre atropelló sin querer en la carretera, y que hizo que se le cayera el parachoques del coche. Al recordarlo, vuelvo a chillar, desesperada por salir. Doy puñetazos a las paredes. Todo se tambalea y los ojos se desprenden y llueven sobre mi cuerpo.

Voy a morir aquí. Es el final. Nadie sabe que he desaparecido.

Umma. La imagen de la cena de hace unas semanas vuelve a mi recuerdo: el ojo de pescado, rodando por mi plato. La emoción que electrizó mi cuerpo al engullirlo. Bajo las manos y las arrimo temblorosas a la pared para tocar los ojos. Se sueltan fácilmente. Engullo uno entero, casi sin sentir su sabor. Justo entonces se oye un ruido, *zas*. El cuarto se hace más largo.

Así que esta es la forma de escapar.

No dudo. Arranco un ojo tras otro y me los echo al gaznate con ansia. Los aplasto hasta convertirlos en una pulpa, apretando los dientes, y siento cómo cada cuajo de pasta se desliza en mi garganta.

El cuarto crece, se abren pasillos. Me pongo de pie y empiezo a andar, aguzando el oído. Este sitio me suena. Lo reconozco.

Es nuestra vieja casa, con la única diferencia de que ahora está completamente vacía.

—¿Hola? —grito—. ¿Hay alguien aquí? —Mis palabras rebotan en las paredes y vuelven a mí como un eco.

Al final del pasillo, veo la que fue la habitación de *umma* y *appa*. Parece vacía, pero aun así avanzo hacia ella. Cuando paso por el umbral, una luz parpadea encima de mí. Es fulgurante y me deslumbra.

Hay algo en el suelo. Un plato. En el centro, una esfera resplandeciente, marcada con un tajo azul. Me agacho para verla mejor.

Es un ojo. Un ojo humano. Limpio y blanco, precioso, inmaculado, con un cerco negro en torno al iris. El azul me es muy familiar. No puedo parar de mirarlo. Creo que es la cosa más fascinante que he visto en mi vida.

Esta vez no siento terror. Es el hambre lo que me impulsa. El deseo. Mi mano se lanza sobre el plato, agarra el ojo y, sin que tenga tiempo para pensarlo, me lo meto entero en la boca. El cartílago es grueso y duro. Lo mastico hasta que revienta y el ojo, abierto de par en par, vierte su líquido salado en mi garganta. Está muy bueno. Hay un rastro de dulzura, un chispazo de sabor a limón, casi como si fuera un tomate cherry.

Trago hasta la última gota y veo que la casa se hace más grande. Sigue siendo nuestra vieja casa, pero ahora es enorme, del tamaño de una de esas mansiones por las que paso cuando voy de camino a la universidad. Nunca he estado dentro de un sitio así.

Aunque ya no estoy atrapada en ese espacio angosto y cerrado, hay un resabio de terror. Sigo sin entender dónde me encuentro o por qué me han traído aquí. Quiero marcharme, quiero salir.

El resplandor se atenúa. La habitación queda a oscuras. Bajo la vista y me miro las manos. Las tengo pegajosas, cubiertas de una sustancia oscura. Retrocedo y casi pierdo el equilibrio. Levanto mis dedos temblorosos para verlos a la luz.

Es sangre. Están cubiertas de sangre.

Me despierto sobresaltada, con el corazón aporreándome los oídos. Tengo la cara bañada en sudor y lágrimas. A mi lado, Ji-hyun abraza su almohada contra su pecho, su pelo largo y oscuro se extiende sobre la colcha como un abanico. La luz de la luna se cuela entre las lamas de la persiana y cae sobre nuestro escritorio, iluminando su colección de muñecos cabezones con sus pequeños paneles solares incorporados. Se mueven y saltan incluso de noche. Sus ojos de dibujos animados me siguen.

Trato de reconstruir el sueño, encontrarle el sentido. Sin embargo, por algún motivo inexplicable, la imagen del jardín de mi madre me viene a la mente.

El día que nos mudamos a nuestra casa, con el maletero del coche lleno de cajas, mi padre dio palmas y cantó con cada canción que sonó en la radio, incluso con aquellas que no conocía. Estaba entusiasmado, eufórico. Ji-hyun y yo nos mirábamos de vez en cuando, cohibidas ante esa versión suya que casi nunca veíamos. *Appa* no era un hombre infeliz. No necesariamente. Sin embargo, aunque sus ataques de furia eran imponentes y terribles, y hacían que corriéramos a buscar refugio cada que vez que asomaban su fea cabeza, la felicidad en él siempre era modesta y contenida.

Solo lo había visto así otra vez, el día que nos dio la noticia de que iba a comprar el negocio. «Sentaos», nos dijo *appa* llevándonos a las dos al sofá. *Umma* pululaba detrás de él, con las manos entrelazadas. La primera reacción de mi hermana fue preocuparse y dejó que sus dedos se deslizaran hacia su tobillo. Todo era tan formal, nunca nos habían pedido que nos sentáramos en el sofá como si fuéramos invitadas en nuestra propia casa. Al principio, la expresión de mi padre era inescrutable. Pero enseguida las palabras empezaron a brotar en cascada de su boca, cada vez más veloces, en un discurso ininteligible, con la cara roja. Su comportamiento me dejó confundida.

—¿Va todo bien? —acerté a preguntar.

—Sí —dijo. Se reía y lloraba al mismo tiempo—. Sí, todo va bien.

Cuando llegamos a la casa, mi padre cogió a mi madre de la mano con dulzura, amorosamente —una extraña demostración de afecto en él— y la llevó al patio trasero. Era pequeño, lleno de maleza, con dientes de león que cabeceaban al viento. Quizá era precioso porque era nuestro. Ji-hyun echó un vistazo y yo le protegí los ojos del sol con la mano. Nos aferramos la una a la otra sin decir palabra. Sabía qué estaba pensando mi hermana, qué sentía. Estaba feliz.

Umma enseguida transformó el patio en un jardín floreciente, trabajando en él a destajo hasta que no quedó ni un solo centímetro de tierra sin sembrar en el suelo. Había frutas y verduras, y jacintos violetas y una trompeta de ángel que estaba cubierta de flores fragantes. Algunas noches, Ji-hyun y yo arrancábamos los pétalos de la planta e inspirábamos su perfume dulzón hasta marearnos. En primavera teníamos repollos, zanahorias y rábanos; en verano, fresas rosas y jugosas, y tomates de todos los tamaños.

Esos tomates en concreto eran espectaculares. «Esto

no lo consigues en el súper», declaraba *appa*, mordiendo la pulpa. Caminábamos descalzos por el jardín, la hierba todavía mojada se comprimía entre los dedos de nuestros pies. *Appa* tenía pepitas de tomate enganchadas entre los dientes. En esa época yo odiaba los tomates, pero ver a mi padre y la alegría que experimentaba despertó en mí un deseo que desconocía tener. Arranqué un tomate del huerto e hinqué los dientes en su piel. El sol lo había calentado y era firme. El jugo salado y dulce a un tiempo explotó en mi lengua.

Ji-hyun resopla, se mueve, luego se vuelve hacia el otro lado. Me clava la rodilla en la espalda, pero yo estoy perdida en una cripta que almacena los recuerdos de nuestra familia.

Justo antes de volver a dormirme, caigo en algo. El ojo en el plato era exactamente igual que los ojos de George. Azul. De un azul centelleante, luminoso.

14

—¡Ji-won!

Geoffrey me saluda con la mano y viene correteando. Hoy lleva unas gafas grandes de montura redonda y lleva un librito en los brazos. Se ha vestido con una camisa de botones primorosamente planchada y lleva el jersey anudado a la cintura. Sus deportivas brillan, son nuevas. Echo un vistazo a la cubierta del libro. Es *Todos deberíamos ser feministas*, de Chimamanda Ngozi Adichie. Ve que me fijo y me lo ofrece, tendiéndomelo con la mano.

—¿Lo has leído?

Niego con la cabeza.

—Pues deberías echarle una ojeada. Es una maravilla. Si quieres, te lo puedo prestar cuando lo haya terminado. Hemos debatido sobre el libro en mi asignatura de Estudios de la Mujer. La autora es alucinante. Tiene una cabeza brillantísima. —Golpea el lomo con la uña—. ¿Cómo te ha ido el fin de semana? —me pregunta.

—Conocí al novio de mi madre —digo encogiéndome de hombros. Intento deslizar el comentario como si no fuera conmigo, pero Geoffrey se queda mirándome.

—Vale, qué putada. Supongo que habrá sido una aventura.

Espera a que entre en detalles, pero al ver que no le ofrezco más información, pregunta:

—¿Y cómo fue?

—Complicado.

—¿Por qué? —pregunta.

Dudo. Él detecta mis pocas ganas de hablar y dice:

—La verdad es que tengo algo de experiencia con estas cosas. Mis padres se divorciaron cuando yo era pequeño y luego se casaron con otras personas. Tengo una madre y un padre de rebote. Tardé un tiempo en acostumbrarme. Además, mi padre postizo es... es un poco cabrón. Seguimos sin tragarnos, aunque ya han pasado seis años.

—Pues qué putada. —Abro la boca y vuelvo a cerrarla en un momento de indecisión—. Es raro, porque no paro de oír que un cincuenta por ciento de los menores terminan con padres separados, pero yo... no esperaba formar parte de ese grupo —digo, repentinamente avergonzada por mi sinceridad.

—Yo tampoco.

—¿Por qué no te llevas bien con tu padrastro? No es necesario que respondas si te hace sentir incómodo —añado.

Geoffrey entorna los ojos y da una patada a una piedra que hay en el suelo. Repiquetea sobre el cemento.

—Está convencido de que tiene la razón en todo. Nos peleamos mucho. No le gusta cómo visto, o piensa que me las doy de sabelotodo o... yo qué sé. Siempre encuentra alguna excusa para cabrearse conmigo. ¿Y tú?

Me mordisqueo las cutículas.

—Me hizo sentir muy incómoda —digo despacio,

tratado de encontrar las palabras justas para describir a George—. Y a mi hermana también. ¿Sabes esos hombres blancos de mediana edad que se obsesionan con las asiáticas?

—¿Qué?, ¿como una perversión? —dice Geoffrey resoplando.

—Exacto. Intentó hablar coreano con nosotras, y luego le dijo *xiexie* a la camarera en el restaurante chino como si fuera algo normal y... —Me interrumpo—. Sería mucho más fácil si a mi madre no le gustara tanto.

Geoffrey asiente con gesto sombrío.

—Quise decirle tantas veces a mi madre lo mal que me caía John y que no quería que se casara con él de ninguna manera. Pero al final es su vida, y la decisión es suya. No quise meterme. No habría estado bien por mi parte. Pero no es fácil estar en mi situación.

—Fuiste muy maduro.

Él se encoge de hombros y se sube las gafas.

—Eso intento. ¿Sabes? Chimamanda Ngozi Adichie tiene una conferencia TED fascinante en la que habla de esto. Sobre el peligro de oír solamente tu punto de vista sobre un tema y las generalizaciones y suposiciones que se derivan de ello. ¿Es posible que ese hombre no sea lo que piensas? ¿Cuándo se divorciaron tus padres?

—No están divorciados —preciso a toda prisa.

—Ah, vale. Separados, entonces.

—Han pasado tres meses y medio.

—Quizá eso influya en tu opinión sobre el novio de tu madre.

—Supongo. Quizá el tipo es así con todas las mujeres, y no solo con las asiáticas. —Se supone que era un chiste, pero después de decirlo me arde la cara de vergüenza.

Aun así, Geoffrey se ríe.

—Estoy aquí. Siempre que lo necesites, puedes hablar conmigo.

Es sorprendente que Geoffrey haya irrumpido en mi vida como un ciclón cuando menos lo esperaba. Caminando a su lado, siento muy vívida la sensación de su cercanía, cómo su brazo roza con el mío. Me impresiona su inteligencia y su conocimiento del mundo. Aunque mis interacciones con la gente han sido bastante limitadas, estoy segura de no haber conocido nunca a nadie como él. Quiero caerle bien, me muero por caerle bien, hacía mucho que no sentía nada parecido. Quiero que sea mi amigo, alguien en quien pueda confiar.

Pero ¿te acuerdas de lo que les hiciste a tus viejas amigas?

Cuando terminé el insti, mis mejores amigas —Jenny, Han-byeol y Sarah— se olvidaron de mí. Desde entonces he sido discreta, precavida cuando conocía a alguien. Mentiría si dijera que no me he sentido sola. Veo a los estudiantes en el campus, siempre en grupitos. Se ríen y hablan, mientras yo me quedo ahí, preguntándome por qué nunca seré capaz de encajar con los demás.

Geoffrey y yo llegamos temprano a clase y buscamos sitio en la primera fila. Allí, sentada ya en una de las sillas centrales, se encuentra esa chica negra preciosa con la que choqué rodillas el primer día del curso. Levanta la vista y me sonríe. Yo, sin pensarlo, voy directa a sentarme a su lado.

Elijo el asiento que queda a su izquierda. Ella se vuelve y su belleza me deja alucinada. Sus ojos son piélagos de miel, oro líquido, y están enmarcados por unas espesas pestañas que parecen salidas de un anuncio de rímel, o eso es lo que imagino. Tiene varias pequitas repartidas a ambos lados del tabique nasal. Me doy cuenta de que me he quedado mirándola y finjo que revuelvo mi bolsa en busca de algo para obligarme a parar.

—Hola —dice ella—. Me llamo Alexis.

Le estrecho la mano demasiado tiempo y veo que Geoffrey, que está sentado a mi izquierda, observa toda la escena con el ceño fruncido. Le presento a la chica, pero entonces caigo en que todavía no me he presentado yo.

—Él es Geoffrey. Yo me llamo Ji-won.

—Encantada de conoceros, chicos. Ji-won, ¿no? —Pronuncia mi nombre perfectamente a la primera, sin el menor titubeo—. Vamos juntas a Lite, ¿no? ¿Con el profesor Hollane?

—Ah, sí. No me había dado cuenta de que hacíamos juntas otras asignaturas.

La profesora Aldana, que ha entrado en el aula mientras hablábamos, carraspea. Nos concentramos de golpe, volviéndonos hacia la tarima, pero no puedo evitar echar una última mirada a Alexis. A mi otro lado, Geoffrey se fija en mis ojos errantes. Ladea la cabeza, con un gesto curioso en la cara.

—¿Y qué te ha dicho? —me pregunta Geoffrey después de clase.

Tiene las manos hundidas en los bolsillos. El libro

que llevaba antes ha desaparecido sin dejar rastro. Parece casi enfadado, y eso me pone nerviosa.

—¿Quién?

—Esa chica que se sentaba a tu lado. Alexa, o algo así. No he oído qué te decía.

—Ah, Alexis. Me ha explicado que íbamos juntas a otra asignatura, Lite. Con Hollane.

—¿Lite? ¿Y a qué otras asignaturas vas con ella?

—Creo que a ninguna más.

—Estoy celoso. Solo me toca una clase contigo. Y a ella le han tocado dos. —La sonrisa dentuda que me regala no encaja con su mirada. Empiezo a pensar que no bromea.

Lo pillo. Siendo alguien a quien siempre le ha costado hacer amigos, de verdad que lo pillo. ¿Cuántas veces me he sentido posesiva con mis amistades, al ver cómo iban intimando entre ellas pero no conmigo? En este sentido, Geoffrey y yo somos iguales. Ambos somos personas acostumbradas a ver las cosas desde fuera, sin participar.

—Supongo entonces que tendremos que matricularnos a tres asignaturas juntos para compensarlo —bromea Geoffrey.

—Claro —respondo yo—. Qué diablos, que sean cuatro si quieres.

Él se ríe.

—Vale, y con todos esos libros te conviertes en castor y haces una presa en el río. ¿Qué te parece? Creo que cuatro serían demasiadas.

Le enseño las dos paletas y convierto mis manos en unas garritas. A Geoffrey le da semejante ataque de risa que tiene que agarrarse de mi hombro para no caerse al suelo.

—En fin, Alexis es muy maja —digo. Sin embargo, cuando menciono el nombre, la alegría en el rostro de Geoffrey se desvanece. Guarda silencio. Para tranquilizarlo un poco, digo—: No tienes que preocuparte por ella. Te entiendo perfectamente.

Parece que el comentario lo deja descolocado, pero aun así asiente. Vuelve a ponerme la mano en el hombro, esta vez con intención.

—Nos entendemos el uno al otro.

—Es verdad.

Nos quedamos quietos, frente a frente. Los pájaros pían a nuestro alrededor, el aire es cálido, y las hojas de los árboles que rodean la explanada de césped ya muestran tonos rojos y dorados. Hay estudiantes por todas partes, caminan, hablan, se ríen. Ahora soy uno de ellos. Encajo. Esos alumnos disfrutan del buen tiempo en otoño y nosotros hacemos lo mismo.

Sin previo aviso, Geoffrey me birla el móvil del bolsillo —la intimidad de su acción me pilla por sorpresa— y marca su número, para llamarse. Veo que la pantalla de su móvil se enciende en su mano.

—Ya está —dice—. Ahora podremos hablar siempre que nos apetezca.

15

George duerme en casa esta noche. En nuestro cuarto, Ji-hyun está que echa humo y patea la almohada con todas sus fuerzas. En uno de los golpes, la almohada revienta contra la pared y aterriza en la alfombra, convertida en una masa triste y desinflada. Tengo la tentación de decirle que pare, pero sé que no me hará caso.

—Ni siquiera se ha dignado preguntarnos si nos parecía bien —dice. La almohada vuelve a golpear la pared con furia—. ¿Le da igual que nos haga sentir incómodas? ¿Cómo puede pensar que esto está bien?

Han pasado unas semanas desde que conocimos a George y su presencia en nuestras vidas ya empieza a ser cargante. Ha estado en nuestro piso casi cada día, invadiendo los antiguos espacios de mi padre: el sitio libre en la mesa del comedor, el lado derecho del sofá. Esto no tiene ni pies ni cabeza, pero sonrío y asiento mientras finjo que todo va como la seda.

Los ojos penetrantes de George siempre están encima de Ji-hyun y de mí. Nos observan. Nos juzgan. Nos van pelando, capa tras capa. Hay hambre en su mirada, como si fuéramos su presa. A veces, cuando me giro y lo pillo in fraganti —ni siquiera tiene el decoro de fingir que no miraba—, veo sus ojos y me acuerdo del sueño que tuve.

—¿Podrías decirle algo? —pregunta Ji-hyun—. No es demasiado tarde, ¿no?

—¿Decirle qué?

—Que ya está aquí todo el tiempo. ¿De verdad que es necesario que también duerma en casa?

—Si tanto te molesta, habla tú con ella.

Me echa una mirada asesina.

—¿Por qué no puedes ponerte de mi parte ni una sola vez?

—Siempre estoy de tu parte —replico. Ji-hyun coge la almohada del suelo—. Si piensas pegarme con eso...

Zas. Me levanto de un salto, agarro a mi hermana y la tiro al suelo. Ella chilla. La puerta se abre con un chirrido y en el umbral, en nuestro umbral, aparece George. Le brillan los ojos.

—Muy mal. ¿Una pelea de almohadas sin mí? ¡Por lo menos dejadme mirar!

Nos separamos inmediatamente la una de la otra. Ji-hyun cruza los brazos sobre su pecho. Yo me arreglo el pelo. George suelta una risita y levanta las manos, enseñándonos las palmas.

—Solo era una broma, chicas. Vuestra madre me ha pedido que os dijera que bajarais el ritmo.

Cierra la puerta tras de sí y se marcha. En cuando se ha ido, Ji-hyun se desploma en la cama.

—Es asqueroso. Lo odio.

Le acaricio la cabeza con dulzura.

—Lo sé.

—Entonces ¿por qué no haces nada? ¿Por qué no dices nada?

—¿Crees que *umma* me escucharía? —replico, y Ji-hyun se pone de morros—. Es solo una noche —le recuerdo—. Me sorprendería que quisiera quedarse en este piso de mierda más de una noche. Además, no es fácil dormir al lado de *umma*. ¿Te acuerdas de cuando te echabas la siesta a su lado? No para de moverse todo el rato.

Ella suspira.

—Tienes razón.

—Deja que *umma* sea feliz —digo—. Después de todo lo que le ha pasado, ¿no crees que merece ser feliz?

—Sí —responde Ji-hyun con la respiración trémula—. Merece ser feliz. Más que nadie que conozca.

Cierra los ojos y apoya la espalda en mi pecho. El olor de su champú, artificialmente afrutado, llega a mi nariz. Es ligera como una pluma. Más ligera que el aire. Apoyo los brazos en sus hombros para que no se la lleve el viento.

Sé cosas que Ji-hyun no sabe.

Una semana después de que nuestro padre se marchara, llegué un día a casa y me encontré a *umma* sentada en el suelo. El apartamento estaba a oscuras, y, cuando encendí las luces, su silueta espectral —pelo apelmazado cayendo sobre su rostro; el camisón blanco sin ceñir— me asustó tanto que pegué un grito.

Cuando me bajó el chute de adrenalina me di cuenta de que era mi madre. Me agaché y le toqué ligeramente el hombro.

—¿*Umma*?

Estaba en trance, con la mirada fija al frente. Tenía los ojos en blanco. Chasqueé los dedos y di palmas frente a su rostro lívido. Pero no se movía. La zarandeé, le tiré del pelo, le mojé las mejillas pálidas. Pensé que mi pobre madre se había hundido sin remedio, que lo único que quedaba de ella era un caparazón vacío.

—¡*Umma!* —grité—. ¡Despierta! ¡Despierta!

Quise llamar a *appa*, pero recordé enseguida que era él quien nos había hecho eso. Era él quien nos había destrozado la vida. Era él el responsable de que *umma* estuviera así. Además, ni siquiera estaba segura de que fuera a contestar si lo llamaba, y me daba demasiado miedo intentarlo. Justo cuando iba a marcar el número de emergencias, con la mano temblorosa y el pecho jadeante, *umma* levantó la vista y me miró.

—Quiero morirme —dijo.

Se me heló la sangre. ¿La había oído mal? No podía creer que hubiera dicho algo tan espantoso. Pero entonces volvió a decirlo, bajando la voz, espaciando las sílabas, como si las palabras pudieran disolverse en el aire.

—Quiero morirme.

—Para —dije. Me puse a llorar—. No lo digas más. Me estás asustando.

—¿Puedes sostenerme? —preguntó.

Era la primera vez que me pedía algo así y, cuando me arrimé a ella para hacerlo, me sentí torpe y estúpida. Rodeé su cuerpo con los brazos y noté que estaba fría, tiritaba y tenía la carne de gallina. Sus lágrimas caían sobre mis manos, sobre la moqueta. Las vi precipitarse al vacío y tuve la impresión repentina de que nuestros papeles se habían invertido. Me había convertido en la madre y ella, en la hija. Noté que su cuerpo me pesaba cuando puso la cabeza sobre mi pecho. Me pregunté si podría oír lo rápido que me iba el corazón. Había un hilo delicado, muy fino, que nos unía. Si me movía, ¿se rompería?

Por si acaso, permanecí quieta, tan firme e inmóvil como una estatua.

Al cabo de un rato se separó de mí. La laxitud de su rostro había desaparecido. En cambio, yo tenía los brazos doloridos de haberla sujetado tanto tiempo y la camiseta húmeda de sus lágrimas.

16

—¿Puedo dormir en el otro lado esta noche? —pregunto.

Ha pasado cerca de una hora desde que George y *umma* se han retirado a su habitación, y Ji-hyun se cepilla el pelo a mi lado mientras yo hago ver que leo un libro. Todavía tiene el pelo mojado y me salpica los brazos con gotitas de agua cada vez que se pasa el cepillo. Me mira, con gesto perplejo. Es la primera vez que le pido cambiarnos el lado de la cama.

—¿Por qué?

—Porque sí.

—¿Porque sí?

—¿Por qué tienes que interrogarme siempre? —pregunto—. Anoche casi me echaste de la cama. Solo quiero dormir cómoda por una vez.

Ji-hyun frunce los labios.

—¿Qué me darás a cambio?

—Olvídalo —digo enojada, metiéndome en mi lado de la cama. Ji-hyun me echa una mirada rara y deja el cepillo sobre el escritorio.

—Puedes quedarte con la parte de dentro, si quieres.

Sin decir palabra, me paso a su lado de la cama. Ella se coloca a mi lado y, para exasperarme más todavía, me toca los muslos desnudos con sus pies helados. En vez de apartarlos, se lo permito. Se duerme casi al instante, con una respiración tranquila y acompasada, y solo cuando estoy segura de que está completamente dormida aprieto la cabeza contra la pared. Si hago suficiente fuerza, puedo oír cómo se respira en la habitación de al lado.

Es la respiración de George.

Me emociono cuando la oigo. Duerme a pierna suelta. Se ahoga con cada bocanada de aire y echa babas. Imagino que, incluso a oscuras, puedo ver sus ojos con claridad. Su brillo y su belleza. Están muy cerca, al otro lado de esta misma pared...

La habitación de mi madre parece otra esta noche. Las cortinas son azules, la alfombra es azul, el edredón es azul. Todo es azul. Una tenue luz blanca entra por la claraboya —«¿desde cuándo tenemos una claraboya?»— derramándose sobre el centro de la cama, donde sé que George y mamá están durmiendo. Están acurrucados bajo las sábanas, con las cabezas tapadas.

Aun así, siento que un impulso me arrastra hacia ellos, hacia el bulto que forman sobre el colchón. Aunque sé que no debería hacerlo, aunque sepa que se despertarán y se enfadarán conmigo, acerco la mano a las sábanas y las arranco de la cama.

Un movimiento borroso. Luego, un sonido de cosa empapada, como una bola de toallitas de papel mojadas que impacta en un suelo de baldosas. Ahogo un grito. No es mi madre quien está en la cama. Tampoco es George.

Es un... gigantesco globo ocular. El ojo de George. Esta mojado, es pastoso, tiene el tamaño de un ser humano, con un iris de un azul tan vivo como el de las campanillas. Se vuelve hacia mí lentamente, observándome, vigilando cada uno de mis movimientos. Cierro los ojos y grito hasta que algo me golpea la cara, me la cruza.

El rostro de mi hermana flota sobre mí, preocupado y pálido, como una luna en la oscuridad.

—*Unni* —me dice con la voz ronca—. ¿Estás bien?

—Sí —respondo mientras me incorporo—. Estoy bien. —Me observa con ojos preocupados antes de volver a echarse.

Cuando se duerme, vuelvo a poner la oreja contra la pared para volver a escuchar la respiración de George.

17

La mañana de Acción de Gracias, el apartamento está en silencio. Cuando me despierto, me encuentro a Ji-hyun sentada en el suelo, pintándose las uñas de los pies con un esmalte rojo cereza que estoy casi segura de que es mío.

—Hola —dice sin dignarse mirarme—. George está aquí. Dice que esta noche cenaremos comida china en lugar de lo típico en Acción de Gracias.

Es la primera festividad sin nuestro padre y el apartamento está en silencio. Es raro. Salgo de puntillas, esperando encontrarme a mi madre a los fogones. Pero no. Está sentada en el sofá, con el brazo de George enlazándola. Ven la tele e intercambian murmullos. Me vuelvo a meter sigilosamente en nuestro cuarto.

Appa siempre decía que Acción de Gracias era la festividad más americana de todas y que debíamos celebrar el día para que todo el mundo pudiera ver que estábamos integrados, que también éramos buenos americanos.

—Para nosotros es más complicado porque somos asiáticos —decía *appa* solemnemente—. Tenemos más que demostrar.

Hacía que *umma* comprara un pavo grande, que ella trabajaba y rehogaba durante horas. Solía salir reseco e insípido, pero *appa* se lo comía con ganas y nos llenaba los platos de carne.

Esta noche no seremos buenos americanos, por lo menos según la vara de medir de mi padre. En lugar de cenar pavo, nos metemos en la camioneta de George y vamos a un sitio que se llama Wok & Roll. Está en un centro comercial de carretera no muy lejos de donde vivimos, y la comida es una agradable sorpresa. No es auténtica, pero sí sabrosa. El té que nos sirven está muy caliente. El relleno de cerdo de los *dumplings* al vapor está tierno y jugoso. El arroz frito es sabroso, lleno de trocitos de zanahoria, guisantes y huevo roto. Es un buen día a pesar de los pesares. Ji-hyun está contenta porque el restaurante que ha elegido George está bien, y George está contento porque nuestra camarera es una chica asiática llamada Emily, a la que mira embobado con temeraria desfachatez. Cuando llega nuestra comida, George alarga el cuello buscándola.

Acude a nuestra mesa una camarera distinta. Es una chica blanca y alta, con el pelo rubio, y el semblante de George cambia al instante cuando la ve.

—Hola. ¿Necesitáis algo, chicos? —nos pregunta.

George niega con la cabeza, agarrando con fuerza su servilleta de tela. Nada más marcharse la chica, se gira y mira con furia a la silueta que se aleja.

—No vamos a volver aquí jamás —masculla.

En el coche nos canta las cuarenta, golpeando con furia el retrovisor como si Ji-hyun o yo misma lo hubiéramos ofendido personalmente.

—Cuando salimos a cenar, no lo hacemos por diversión. No salimos a pasarlo bien. Vamos a experimentar la cultura. La cultura auténtica. Si no tenemos cultura, ¿qué nos queda? ¡Nada!

—Nadie ha dicho que fuera un chino auténtico —le recuerda Ji-hyun.

George pega un frenazo, haciendo que salgamos despedidas hacia delante. *Umma* se gira hacia nosotras y le tapa la boca a Ji-hyun con la mano.

—Tienes razón, cariño —dice, ignorando los intentos furiosos de Ji-hyun de quitarse la mano de encima—. No volveremos nunca más.

Cuando llegamos al aparcamiento del bloque, me suena el teléfono. Es un mensaje de Jenny, una de mis antiguas amigas del insti.

¡Eh! ¿Estarás por aquí mañana? Hemos vuelto a casa y nos apetecía quedar. ¿Un café?

Me sorprende lo repentino del mensaje, y mi reacción inicial es pasar. Pero cuando Jenny está convencida de que hace lo que debe, es insistente. Sé que no dejará de machacarme hasta que no quede más remedio que acceder. Espero una hora, ignorando entretanto otros dos mensajes que me envía, pero no puedo aplazarlo más. Respondo con una sola palabra.

Vale.

18

A la mañana siguiente me despierto temprano y miro el techo con una sensación de inquietud. Me asusta pensar lo que puedan decirme mis amigas del insti. No hemos hablado desde... En fin, desde la última vez. Cuando de un día para otro se fueron a estudiar a la universidad.

A ver, está claro que fue culpa mía. Lo sé. Pero espero que puedan entender de dónde me vino el impulso.

Me visto y me cepillo los dientes mientras me miro en el espejo. Las ojeras se han vuelto más oscuras; me las toco, intentando eliminarlas por pura fuerza de voluntad mental. Ya en la calle, echo atrás la cabeza. Aunque hace tiempo que empezó el otoño, es un día cálido y el cielo luce de un azul imposible. Los iris de George surgen como un relámpago en mi mente. Los aparto, pero en cuanto me meto en el coche la imagen vuelve.

Agarro el volante con fuerza hasta que los nudillos se me ponen blancos. Jenny, Sarah, Han-byeol y yo fuimos amigas desde el primer día de séptimo. Hicimos juntas la secundaria y el bachillerato y nos veíamos casi todos los días, incluso en vacaciones y durante el verano. Es decir, hasta que esas tres se marcharon a estudiar a Berkeley y me dejaron atrás.

¿Cómo no iba a reprochárselo?

De niña, *appa* fue el que me dijo que tenía que estudiar en el campus de Berkeley de la Universidad de California. Ni siquiera en Estados Unidos abandonó nunca la idea de que la educación era la clave del éxito. Cada semana me traía a casa pilas de trípticos repletos de relucientes imágenes de estudiantes sonrientes y edificios de ladrillo cubiertos de enredadera de las mejores universidades del país, pero la mejor de todas, me decía, era la que se anunciaba en esos trípticos con una torre del reloj.

—¿Por qué?

—Es Berkeley —dijo *appa* con orgullo. Pronunció «Berkeley» como si fuera «Buckley», y lo corregí sin pensarlo.

—*Appa*. Es «Berkeley», no «Buckley».

Se le cayó el alma a los pies.

—Ba-ku-li —dijo, moviendo despacio la boca—. ¿Así?

—Seguía diciéndolo mal, pero sonreí.

—Así.

Se pasó al coreano, como si le diera miedo que volviera a corregirlo.

—Es una gran universidad. Una de las mejores del mundo, y está aquí, ¡en California! Una educación tan buena como Harvard, como la de la Nacional de Seúl —hinchó el pecho—, ¡por la mitad del precio!

Como yo, mis amigas eran coreanoamericanas. Teníamos intereses y aficiones coincidentes, y todas compartíamos el sueño de poder estudiar juntas en Berkeley llegado el día. Nos llamábamos de noche para planear nuestro futuro, ya que a ninguna de las cuatro le estaba permitido invitar a amigas a dormir en casa, y en esas llamadas trazábamos las coordenadas de nuestras vidas por venir. Iríamos juntas a Berkeley y viviríamos juntas en el mismo colegio mayor y, después de graduarnos, encontraríamos trabajo juntas... Y una vez tuviéramos la vida bien montada y estuviéramos felices y casadas, nuestros hijos también serían amigos inseparables.

Pero hubo un bache en el camino, algo que ninguna de las cuatro había previsto. No me dieron plaza. Solo a mí. Teníamos expedientes parecidos, porque todo lo hacíamos juntas, y las extraescolares también eran las mismas. No tenía ningún sentido. ¿Por qué yo? ¿Por qué?

No lo entiendo, aunque ya he aceptado que es algo que escapa a mi control. El destino puede unirte a otras personas, pero de la misma manera puede apartarte de ellas. Lo único que puedo hacer es aceptar mi *palja*, de la misma forma que mi padre tuvo que aceptar el suyo.

Las cartas de aceptación llegaron en abril. Nos reunimos en casa de Sarah, ya que su casa era la más grande y bonita, y porque sus padres le permitían tener intimidad, algo que escapaba a la comprensión de *umma* y *appa*. La madre de Sarah nos sirvió un té con galletas en una bandeja de porcelana muy decorada y se esfumó. Yo tenía celos de Sarah, aunque no quisiera reconocerlo. Ella parecía tenerlo todo. Aunque sus padres habían llegado de Seúl más o menos en la misma época que los míos, a su familia le iban mejor las cosas. El padre de Sarah ganaba tanto dinero con su constructora que la madre no tenía que trabajar. A veces me preguntaba qué debía de hacer todo el día, y echaba un vistazo por el resquicio de la puerta de su dormitorio, donde solía quedarse cuando estábamos de visita. Nunca vi nada.

—A la de tres, poned los sobres en el centro —dijo Jenny. Como era la mayor de las cuatro, también era la más mandona.

Mi sobre era el más pequeño, el único que era distinto de los demás. Era plano, delgado, mientras que los sobres de mis amigas tenían un volumen que parecía anunciar trípticos y guías con recomendaciones y propuestas de actividades extracurriculares destinadas a los alumnos de primer año de Berkeley, cosas de las que en última instancia nunca sabría nada.

—Abrid los vuestros primero, chicas —dije, obligándome a sonreír. Las lágrimas empañaban mis ojos, pero me negué a dejarlas caer—. Yo tiraré el mío.

—Tienes que abrirlo —dijo Jenny—. Seguro que te habrán puesto en la lista de espera. O quizá se quedaron sin papel cuando imprimían el tuyo.

Rasgué aquel papel endeble sintiendo el retumbar de mi corazón en el pecho. «Me da igual, me da igual —me decía—. Quizá si lo repito sin parar, no me dolerá tanto. Quizá incluso ya lo pienso.»

—Léelo en voz alta —dijo Sarah. Su tono era cariñoso. Me dieron ganas de pegarle un tortazo.

—«Estimada señorita Ji-won Lim —empecé—. Después de estudiar detenidamente su solicitud, lamentamos informarla de que no podemos ofrecerle una plaza en la promoción de 2017. El conjunto de aspirantes ha sido el más fuerte de la historia...»

Sarah me agarró el hombro.

—No pasa nada —dijo—. Sinceramente, mereces entrar. Ya sabes que eligen a la gente casi al azar, Ji-won. No significa nada.

—Lo sé —dije. Tenía las mejillas entumecidas de tanto sonreír. Aun así, seguí con la cara petrificada—. No estoy disgustada. Me darán una beca parcial, además. Tampoco es para tanto.

¿A quién pretendes convencer?

Me notaba el corazón como si alguien le estuviera arreando martillazos. Sentí que la respiración se me entrecortaba, pero lo contuve a tiempo. Por un instante tuve la idea loquísima de que quizá se quedarían si se lo pedía. Si se lo suplicaba. Pero luego la idea se esfumó y volví a quedarme sola. Y Jenny hablaba, y su boca se movía de arriba abajo, con una lentitud cómica. Me concentré en sus palabras.

—Vendremos a verte siempre, Ji-won —decía—. Berkeley no está tan lejos y Sarah se lleva su coche. Volveremos todos los meses. Solo por ti. No cambiará nada entre nosotras. Siempre seremos amigas, pase lo que pase.

—El resto del plan sigue en marcha —dijo Sarah con una sonrisa torcida—. En cuanto nos graduemos, todas trabajaremos y viviremos cerca.

No las creí. Era estúpido pensar que existía la posibilidad de que seguiría siendo importante en sus vidas. Ellas tenían sus propios sueños, sus propias preocupaciones. Yo solo sería una carga para ellas, una de tantas. Pero si no podía ir con ellas, ¿por qué iban a continuar con el plan que yo había contribuido a iniciar?

Con la excusa de sonarme la nariz, me escabullí de la habitación de Sarah y me paré delante de la mochila de Hanbyeol. Fue fácil encontrar el anillo; lo guardaba en el bolsillo más pequeño de la parte de delante. Era su bien más preciado, un recuerdo familiar que había recibido de su abuela.

Sarah siempre se lo había envidiado, y de manera explícita, porque no había conocido a sus abuelos. Habían muerto y no le habían dejado nada en herencia. Representaba lo que ella nunca tendría, por más dinero que ganara su padre, por más rica que ella fuera. Cuando volví a la habitación, lo metí en el cajón abierto del escritorio de Sarah. El anillo brilló cuando cayó, casi invisible, entre el revoltijo de clips y bolígrafos.

¿Habéis visto mi anillo? Creo que lo he perdido fue el mensaje desesperado de Han-byeol que todas recibimos al cabo de una hora. Tuve una palpitación cuando lo leí.

¿Dónde lo has visto por última vez?, respondió Jenny.

Comprobé que estaba en su sitio cuando llegamos a casa de Sarah ☹. Lo tenía en la mochila, pero ha desaparecido. ¿Podéis mirar, porfa?

Sarah respondió al cabo de unos minutos.

He mirado donde dejaste la mochila, pero no he encontrado nada ☹.

Contuve la respiración cuando tecleé.

H, ¿estás segura de que lo tenías cuando fuiste a casa de Sarah? Si es que sí, seguramente se te cayó en algún lado... S, ¿podemos ir mañana a ayudarte a buscarlo?

¡Claro! Venid después de clase. Lo encontraremos. No te preocupes, H ☺.

La tarde siguiente, las cuatro nos arrastramos a gatas por el vestíbulo de la preciosa casa de Sarah hasta que nos dolió la espalda. Han-byeol estuvo moqueando todo el rato, y al cabo de unos minutos Jenny nos dijo que lo dejásemos.

—No creo que esté aquí —dijo, poniendo un brazo compasivo en torno a Han-byeol—. Hemos mirado hasta el último centímetro de la planta baja...

—Un momento —dije despacio—. ¿Es posible que se te cayera en la habitación de Sarah?

—No —dijo Han-byeol. Las lágrimas le rodaban por las mejillas. Tenía mojado el pecho de la camiseta—. Estaba aquí abajo. No me lo llevé arriba, seguro.

—De todos modos, deberíamos comprobarlo —insistí—. Nunca se sabe.

—Claro —dijo Sarah—. Ningún problema. Sé lo importante que es ese anillo para ti.

Subimos por la escalera en fila india y empezamos el registro, buscando debajo de la cama y peinando la afelpada alfombra blanca de la habitación de Sarah. Han-byeol estaba cada vez más agitada a medida que pasaban los minutos. Entonces, finalmente, decidí echar una mirada al escritorio de Sarah y vi el destello dorado apenas visible en el cajón.

—¿Qué es eso? —pregunté.

Han-byeol corrió hacia el escritorio y lo sacó.

—¡Mi anillo! —gritó. Le caían los mocos. Se volvió hacia Sarah y, con un sollozo entrecortado, dijo—: ¿Cómo has podido?

Antes de que Sarah pudiera responder, Han-byeol

salió hecha una furia de la habitación, dando un portazo tras de sí.

—¿Qué demonios ha pasado aquí? —preguntó Jenny.

Sarah negaba con la cabeza. Tenía los ojos abiertos como platos.

—Yo no he sido. Lo juro.

—¿Y entonces quién ha sido? Todas sabíamos la envidia que te daba ese anillo, Sarah. ¡No te creo!

—¡Que no he sido yo!

—Lo que tú digas —murmuró Jenny, antes de salir de la habitación.

Sarah se volvió hacia mí con gesto suplicante.

—Ji-won. Tú sí me crees, ¿no?

Negué con la cabeza.

—Eres increíble. ¿Por qué ibas a robarle a Han-byeol lo único que tiene? —Dicho esto, me marché, dejándola sola con su llanto.

A lo largo del mes siguiente me dediqué a sabotearlas todo lo que pude. Envié e-mails anónimos a Sarah imitando el estilo de Jenny, que conocía bien. (La marca que la delataba era su forma de puntuar, muy aficionada a las comas.) Fingí que era el chico que le gustaba a Jenny y le envié textos desde un número desconocido para luego dejarla plantada después de quedar con ella en una cafetería del barrio. Me dediqué a comerle la oreja a Han-byeol diciéndole que Sarah era una perra egoísta. ¿Cómo podía tener el descaro de robarle algo tan importante cuando tenía muchas más cosas que nosotras?

Para entonces, ya casi nos habíamos dejado de hablar

como grupo. Había logrado enemistarnos casi por completo. Me sentía satisfecha al ver el caos que había logrado sembrar en tan poco tiempo. Cuando se marcharan a Berkeley, ya no serían amigas.

Jenny fue la primera en entenderlo.

—¿Cómo es posible que a ti no te haya pasado nada malo? —me preguntó con desconfianza.

Tragué saliva con fuerza, asustada por la pregunta, mientras el color me subía a las mejillas.

—No lo sé. Supongo que he tenido suerte, ¿no?

Ella afiló la mirada y siguió calándome. Supe que la fiesta había terminado. Más tarde, cuando el mensaje llegó por el grupo de chat, que había estado muerto durante más de un mes, no sentí nada. Solo un letargo que penetró en todo mi ser.

Sabemos lo que hiciste... No es fácil después de todo lo que ha pasado, pero entendemos de dónde te vino el impulso. Vamos a marcharnos a principios de la semana que viene para instalarnos en nuestro colegio mayor. Podemos quedar para hablar cuando volvamos a casa por Acción de Gracias.

Al leerlo, sentí que me quedaba sin aire. Pensé que me iba a asfixiar. Apagué el móvil y me metí en la cama, acurrucándome como una bolita debajo del edredón.

Quizá fue entonces cuando el hilo que mantenía unida mi vida empezó a descoserse. Quizá coincidió con el momento en que sostuve la carta en la mano, sintiendo una desagradable opresión en el pecho. Sin que ellas lo supieran, espié a mis amigas el día que se marchaban y, con la cara bañada en lágrimas, vi cómo se iban. De pronto sentí que me quitaba un peso de encima, sentí una especie de ingravidez, la sensación de quedarme encallada, rezagada, muy lejos de ellas. Y entonces, al cabo de tres semanas que pasaron volando, tuve que oír cómo mi padre nos decía que él nos abandonaba también.

Al final, todo el mundo te deja.

19

Una corriente de aire frío me da en la cara cuando empujo la puerta. La cafetería está llena de gente que parece tener mi edad. Todos tienen cafés con hielo o tés de burbujas en las manos. Jenny me ha enviado un mensaje para decirme que ya han llegado, y las busco, entornando los ojos en medio de la gente que me rodea. No sé muy bien por qué, pero el recuerdo que guardo de ellas es borroso. En parte me preocupa que estén tan cambiadas que no las vaya a reconocer.

Es entonces cuando las veo. Están en un rincón, sentadas en un sofá verde y mullido. Hablan en voz baja, con las caras muy juntas.

En general tienen el mismo aspecto de siempre, pero las veo más bronceadas y felices. Hay una calidez que emana de ellas. Reculo torpemente y me escondo detrás de una planta. La luz del sol se filtra por la ventana, iluminando el polvo suspendido en el aire. Las motas flotan y giran. Contengo la respiración.

Debería ir con ellas. Debería decirles hola. Debería dejar de agazaparme detrás de esta planta y su maceta, como una acosadora. Sin saber muy bien qué hacer, saco el móvil. Me acuerdo inmediatamente del mensaje que me ha enviado Geoffrey esta mañana, que he olvidado responder con los nervios de todo lo que me esperaba hoy.

Su mensaje dice:

¿Cómo fue Acción de Gracias? ¿Qué haces hoy?

Todo bien. Estoy escondida detrás de una planta. LOL. ¿Y tu Acción de Gracias?

¡LOL! ¿Se puede saber qué quiere decir eso?

Es complicado, respondo.

Contigo todo es complicado siempre...

De pronto, las hojas de la planta se separan. Jenny me mira desde el otro lado, perpleja.

—Eh... ¿Ji-won? ¿Qué estás haciendo?

—¿Eh? Nada. Es que he perdido un pendiente —mascullo.

—¿Y lo has encontrado? Podemos ayudarte...

—Acabo de encontrarlo —digo—. No te preocupes, ya lo tengo.

La abrazo torpemente con un costado de mi cuerpo antes de seguirla hacia el sofá. No hay hueco a su lado, de modo que me siento en un taburete libre que hay frente a la mesa. Es más bajo que el sofá donde están ellas, y tengo la impresión de que me miran desde arriba, juzgándome.

—¿Cuánto rato has estado buscando el pendiente? —pregunta Jenny—. Estábamos esperándote.

—Un par de minutos.

—¿Qué te cuentas, Ji-won? —pregunta Sarah. Siempre ha sido amable y considerada conmigo, y no se merecía el rencor que le tenía por vivir en un hogar estable y con unos padres con dinero.

—Nada. —Me vibra el móvil en la mano. Echo un vistazo a la pantalla. Vuelve a ser Geoffrey.

Espera un momento. ¿Puedes contarme qué es eso de esconderte detrás de una planta? Porque ahora me ha picado la curiosidad.

Me río por lo bajo, pero no contesto y dejo el móvil bocabajo sobre la mesa. Vuelve a vibrar. Lo agarro sin pensarlo.

¡No me dejes colgado, que me muero!

Esta vez estallo en una carcajada. Al otro lado de la mesa, mis amigas levantan las cejas.

—¿Con quién estás hablando, Ji-won? —pregunta Han-byeol—. Nunca te había visto así.

—Con nadie —respondo, tal vez demasiado rápido—. Lo siento, ya contestaré luego.

—Te he traído algo —dice Sarah, señalándome una bebida en el centro de la mesa—. ¿Te va bien un té tailandés? Si no, puedo pedirte otra...

—No te preocupes, está bien. —Lo agarro. Deja un charquito de agua por condensación. Lo seco con unas servilletas, fingiendo que la tarea exige toda mi atención.

Sarah carraspea.

—En fin, la verdad incómoda. ¿Os parece que hablemos de lo que pasó antes de que nos marcháramos?

—¿Es necesario? —digo de sopetón, antes de poder contenerme—. Dijisteis que habíais entendido por qué lo había hecho. ¿No podemos pasar página y ya está? Tampoco es que haya tenido consecuencias graves...

Las tres intercambian miradas.

—Escucha —dice Jenny—. De verdad nos gustaría hablarlo a fondo.

—No sé si podré.

—¿Por qué? —pregunta Han-byeol. Frunce el ceño, parece enfadada—. ¿Por qué haces esto? Cada vez que haces algo mal, esperas que te perdonemos. ¿Te acuerdas de cuando le quitaste el billete de tren a Jenny para que no pudiera viajar a San Diego conmigo? Te pusiste muy celosa porque no podías venir, y cuando te preguntamos por qué lo habías hecho, nos mentiste a todos. Nunca te disculpaste. Siempre esperas que se nos acabe pasando. Pero no es fácil, y esta vez, lo que hiciste es sinceramente imperdonable. Quiero saber por qué lo hiciste, Ji-won.

Aprieto los labios.

—No puedo.

No quiero seguir viendo sus caras decepcionadas, y vuelvo a concentrarme en la pantalla del móvil. Al verme, Jenny golpea la mesa con las palmas de las manos haciendo que se tambalee.

—¿Con quién estás hablando, Ji-won? Esto es ridículo. Estamos intentando decirte que nos hiciste mucho daño, y es evidente que te da igual. Estás demasiado ocupada con tu nueva vida, ¿es eso? ¿Ya no nos necesitas? ¿Ya no te importamos?

—Tienes razón —respondo en voz baja. He hecho trizas las servilletas de papel. Miro la mesa. El caos que he montado. Respiro hondo y digo—: Estoy demasiado ocupada con mi nueva vida y mis nuevos amigos, de hecho. Todo va de maravilla. A mi familia le va de maravilla. Todo va bien.

Me levanto, recojo mis cosas y salgo por la puerta.

20

En diciembre, *umma* nos suelta la bomba a Ji-hyun y a mí. Es semana de exámenes de final de trimestre y siento que me ahogo. Dedico cada segundo de mis días a leer apuntes y a tomarlos, y tengo tales calambres en la mano que por la noche he de ponerme hielo. Ji-hyun también tiene que acabar un trabajo superimportante de Geografía, y por la noche, después de cenar, trabajamos juntas en la mesa de la cocina mientras *umma* ve la tele con el volumen bajado.

Esta noche es como las demás. Me zambullo en mi libro de filosofía mientras Ji-hyun trabaja a conciencia en su mapa, con los lápices de colores tirados sobre la mesa.

De vez en cuando, el móvil me avisa de mensajes entrantes y dejo de leer para ver quién me escribe.

He visto esta foto y he pensado en ti, escribe Geoffrey.

Cuando abro la imagen, me río por la nariz. Es un gato naranja tumbado bocabajo en una mesa.

Ja, ja. Esa soy yo ahora mismo, con todas las lecturas que tengo pendientes.

Ya me lo figuro. ¿Has terminado de estudiar para el examen de Filo? Podríamos repasar algunas preguntas juntos, si te apetece. O también puedo hacerlo con emojis de gatitos...
😺😺😺
😸😸😸

Empiezo a escribir la respuesta, pero *umma* dice de pronto:

—¿Chicas? Tengo una noticia que daros. —Levanto la vista del móvil—. George va a instalarse aquí. Será un tiempecito —añade—. Tiene un escape de agua enorme en su apartamento y le he dicho que podía vivir con nosotras mientras lo reparan. Será un mes, quizá dos, como mucho.

Ji-hyun abre la boca para replicar, pero *umma* la hace callar con una mirada penetrante. Ji-hyun se vuelve hacia mí.

—Di algo —lloriquea.

—¿Como qué? —replico yo.

Cuando me oye, Ji-hyun se marcha hecha una furia a nuestro cuarto y cierra la puerta de un portazo. Mi cabeza va acumulando más y más presión y todavía me quedan setenta páginas que revisar esta noche. No puedo con esto.

Después de que Ji-hyun se haya marchado, mi madre sube el volumen de la televisión. Leo la misma frase una y otra vez hasta que las palabras empiezan a desdibujarse y a fusionarse entre sí. Mi irritación va en aumento hasta que finalmente cierro el libro dando un golpe.

No me lo creo 😾 —le escribo a Geoffrey—. Mi madre acaba de decirnos que su novio se instala con nosotras porque tiene una avería en el apartamento.

Qué locura. ¿No me dijiste que acaban de empezar a salir?

¡Sí! Esto es RIDÍCULO. Estoy estudiando para los exámenes. Ella sabe lo importante que es para mí poder concentrarme. Alucino.

Es ridículo. Lo siento. Si quieres, puedes venir a mi casa y quedarte aquí... 😺😸😾😺😸😾 Mi madre y mi padrastro se van de vacaciones este lunes. Puedes quedarte sin problema en mi habitación y yo dormiré en el sofá de la sala de estar. Tendrás toda la intimidad que necesites.

Su atrevimiento me sorprende, pero sé que hay que atribuirlo a las diferencias culturales. Es la manera que tiene de mostrarse amable. Para un chico americano, esta es la clase de cosa que haría un buen amigo. «Ah, ¿tienes broncas con tus padres? Pues vente a mi casa.» Sé que hay muchas cosas de la cultura coreana que a Geoffrey lo desconcertarían.

No, no pasa nada. Te lo agradezco. Ya me las apañaré.

Ya me avisarás si cambias de opinión. La oferta sigue en pie siempre que quieras 😺.

Al día siguiente, George aparece con tres grandes cajas que descarga sin miramientos en nuestra sala de estar.

«¡Mis nuevas compis de piso!», nos dice jovialmente a Ji-hyun y a mí.

No tarda ni un segundo en sentirse a sus anchas. Deja su toalla en el suelo del cuarto de baño después de ducharse y nunca vuelve a tapar la pasta de dientes. Deja una montaña de platos sucios en el fregadero, con restos de comida resecos. Se bebe toda la leche y deja el brik vacío en la nevera.

Y por la noche, cuando estamos en la sala de estar, se nos queda mirando. Me entusiasma y me aterroriza al mismo tiempo saber que estoy siendo observada. Si levanto la vista, solo un poquito, sé que sus ojos azules se encontrarán con los míos.

—¿No podría buscarse un hotel o algo? —suelta Jihyun cabreada—. ¿Por qué tiene que quedarse con nosotras y perturbar nuestras vidas?

—Es caro alojarse en un hotel —digo con la esperanza de calmarla.

—¿No tiene trabajo? ¿O dinero?

—Se dedica a la consultoría informática. Seguro que tiene dinero.

—¿Consultoría informática? ¿Qué se supone que significa eso?

—No lo sé. Supongo que debe de instalar ordenadores o algo así... A veces lo he oído hablar de equipos e instalaciones. Por lo menos, eso es lo que dijo mamá. Su empresa tiene la sede en Nueva York, así que puede trabajar donde le dé la gana. También tiene una jornada flexible.

Ji-hyun suspira y se sienta en el suelo, con la espalda apoyada en la puerta.

—Echo de menos a *appa* —dice de pronto.

Me quedo de piedra. Oírselo decir me provoca una

oleada de emociones. Parpadeo para contener las lágrimas.

—Yo no —respondo.

Ji-hyun me echa una mirada dura.

—No tienes por qué mentirme, ¿sabes?

—No lo hago. ¿Me estás llamando mentirosa?

—A veces lo eres. —Se encoge de hombros—. Y no te dejo con el culo al aire aunque sepa la verdad.

Decido cambiar de tema.

—¿Te acuerdas de la vez que *appa* trajo a casa esas galletas y nos las comimos todas sin darle ni una? —Me río, y Ji-hyun me acompaña—. Nos dijo que teníamos que ir caminando hasta el súper y traerle otra caja.

—Estaba cabreadísimo —dice Ji-hyun con un suspiro—. No te lo dije, pero hace un par de años, por mi cumpleaños, me dio permiso para quedarme en casa y faltar a la escuela.

—¡¿Qué?! —Me incorporo indignada—. A mí nunca me dejó hacer eso.

—Me hizo prometerle que nunca te lo diría. —Sonríe y se acerca al escritorio. La observo mientras impulsa las cabecitas de sus muñecos con la mano, de una en una. Sus gestos de asentimiento se aceleran hasta que terminan formando una fila de hombres afirmativos, que dan la razón a su dueña en todo lo que dice—. Tenía unas ganas tremendas de chulear, pero sabía que te pondrías furiosa.

—¡Es superinjusto! A mí me decía que, si faltaba un día a clase, fracasaría en la vida y sería una sintecho. —Resoplo—. ¿Te acuerdas de esa neverita que guardó durante años? Siempre decía: «Es por si Ji-won necesita un sitio donde vivir si decide abandonar los estudios». Era ridículo.

—Sí, lo era —dice Ji-hyun. Sus ojos centellean de lágrimas—. Era el hombre más ridículo del mundo.

Le doy un abrazo para que no pueda ver que yo también estoy llorando.

21

Empieza a dolerme la cabeza durante el examen de Filosofía. Es una migraña por estrés, provocada por este examen absurdamente difícil. Maldigo para mis adentros a la profesora Aldana. A un lado tengo a Geoffrey, que escribe como un descosido, sacando la punta de la lengua por un costado de la boca; al otro, Alexis alterna entre escribir a toda pastilla las respuestas y quedarse pensativa, dándose golpecitos en la barbilla con el bolígrafo. Miro su examen de soslayo, pero su letra de pulga es demasiado difícil de leer.

A Geoffrey, Alexis no le cae bien, aunque no quiera verbalizar sus sentimientos. Hace un mes tuvieron un momento tenso durante un debate en clase. El tema era el destino, el libre albedrío y la naturaleza humana. Geoffrey había adoptado la tesis de que el destino, o la fatalidad, no existía. Alexis sostenía lo contrario.

—¿Estás diciendo que todo está predeterminado? —dijo Geoffrey—. Entonces ¿qué sentido tiene nada? ¿Por qué debería molestarme en venir a clase, estudiar, hacer cualquiera de estas cosas si, a fin de cuentas, todo está escrito en piedra? —Los otros hombres de la clase murmuraron al unísono.

—No digo que las decisiones que tomas no tengan sentido ni importancia. No lo entiendes en absoluto —dijo Alexis—. Tus decisiones tienen una importancia fundamental. Imagínalo así: los principales acontecimientos de tu vida están predeterminados, pero ¿tu forma de reaccionar ante ellos, el camino que tomas? Eso lo marcan tus decisiones. Quizá tu destino sea ser médico algún día, Geoffrey, pero las decisiones que tomas marcan si eso va a ocurrir dentro de diez años o de treinta.

Geoffrey se quedó mudo. La cara se le puso roja, y saltaba a la vista que las palabras de Alexis le habían afectado.

—Lo entiendo perfectamente —masculló—. Podría salir ahora mismo de esta clase y tirarme delante del primer coche que pase, y con eso quedaría zanjada tu triste teoría sobre el destino y la fatalidad.

Al oírlo, la profesora Aldana intervino y puso punto final a la discusión. Las palabras de Alexis, sin embargo, siguieron sonando en mi cabeza. Durante mucho tiempo había sucumbido a la idea de que no tenía nada que hacer frente a mi *palja*, de que lo único que me quedaba era abrocharme el cinturón y entregarme al viaje que me esperaba. Pero Alexis tal vez tuviera razón. Desde luego, hay límites a lo que yo pueda o no pueda hacer. Es decir, sé que no voy a ser presidenta de Estados Unidos ni multimillonaria, pero hay miles de cosas que sí podría ser.

Por desgracia, desde entonces Geoffrey y Alexis han estado evitándose el uno al otro de manera evidente. Cada vez que le menciono a Alexis, Geoffrey entorna los ojos. No se refiere a ella directamente, pero suelta pullitas del estilo de «Apuesto a que en su colegio no tenían club de debate» o «Tiene que ser maravilloso vivir en un mundo de fantasía en el que piensas que todo ocurre por un motivo». Alexis es mucho más maja cuando le hablo de él, pero el mensaje de fondo no dejar de ser el mismo. Sencillamente cambia de tema.

Me encuentro en una posición un tanto precaria entre mis dos nuevos amigos. Ni siquiera puedo conseguir que estén en el mismo espacio, ni para estudiar, ni para comer, ni para nada. La verdad es que mantengo una relación mucho más estrecha con Geoffrey que con Alexis, pero cada vez que estoy con ella me dan ganas de quedarme todo el tiempo posible, aunque no estemos haciendo nada. Y eso a pesar de que, al final, me sienta inexplicablemente nerviosa y tensa.

Hundo la cara entre las manos y trato de visualizar el libro de texto. Esta misma mañana lo estaba leyendo. El apartado sobre los derechos de las mujeres aparece nítidamente un instante en mi mente, para luego desenfocarse del todo. Me aprieto más fuerte los ojos y noto su dureza bajo la piel de los párpados.

Veo un brillante destello azul en la impenetrable oscuridad. Me concentro en el destello hasta que se materializa y adquiere la silueta de un ojo. Uno de los ojos perfectos de George. Se desliza flotando, lejos de mi alcance. Si estiro la mano, podré apresarlo, estrujarlo entre las yemas de los dedos. Estoy tan cerca...

—¿Ji-won?

Se me abren los ojos al instante. Vuelvo al aula con Geoffrey y Alexis a un lado y a otro. Mi examen, todavía vacío, ha caído al suelo. La mano de Alexis reposa sobre mi brazo, su tacto es suave.

—¿Estás bien?

Me levanto de golpe. Toda la clase se gira para mirarme.

—Tengo que irme —balbuceo—. Me encuentro mal.

La profesora Aldana me hace un gesto compasivo con la cabeza. Cuando me dirijo al frente de la clase y empujo el examen sobre su mesa —tengo una sensación extraña en el estómago, como si se hundiera, al darme cuenta de que seguramente voy a suspender—, ella me susurra:

—Intenta descansar un poco.

Le doy pena. Lo veo, y lo odio. La odio a ella y también odio su estúpido examen, y odio a George y sus espantosos ojos azules, y odio todas las cosas y a toda la gente.

¿En qué tipo de persona me estoy convirtiendo? ¿Qué me está pasando? En el instituto saqué el tercer mejor expediente de mi promoción, y antes de entrar en la uni solo había sacado sobresalientes o matrículas. Me siento en un banco frente a una de las bibliotecas de la universidad y trato de sacudirme de encima la sensación de desaliento que anida en mi pecho.

A ver. Ahora que *appa* se ha marchado, tengo que esforzarme todavía más. Cuando estaba con nosotras, por lo menos podía ayudar a mantener a *umma* y a Jihyun. Pero ahora, si me expulsan de la uni por malas notas, mi vida y las suyas estarán acabadas. No recibiré un capital cuando me haga mayor, no tengo un plan B, no dispongo de tiempo para averiguar si tengo algún talento secreto. Mi madre no puede mantenerme, porque a duras penas puede mantenerse ella. De mí depende encontrar un buen trabajo y ganar suficiente dinero para ayudarla a vivir.

Siempre he envidiado a los chicos que no tienen que sufrir esta presión agobiante. No tienen ni idea de lo bien que lo tienen montado, de lo afortunados que son. A menudo me pregunto cómo debe de ser vivir libremente, tener una vida sin ataduras, sin tener que responsabilizarte de todas las personas que te rodean.

Tengo una hora antes de que llegue el autobús. Me meto en la biblioteca para intentar distraerme un poco. Es majestuosa, con unos muros de ladrillo que forman unas cenefas muy elaboradas, un suelo de baldosas ajedrezadas y unas pomposas arañas que cuelgan de los techos altos de las salas. El aire transporta el perfume del papel y el cuero. Inspiro hondo antes de encaminarme a los ordenadores. Solo hay uno libre. Me siento y utilizo mi carné de la universidad para reservarlo.

Me recuesto en la silla y observo a los estudiantes que me rodean. Están concentrados, nadie me presta atención. Me acurruco delante de la pantalla y busco imágenes de «ojos azules». De por sí, las imágenes no me satisfacen. Necesito más. Busco en Google: «¿Son firmes los ojos azules?». El resultado que arroja el buscador no tiene nada que ver con mi pregunta. Frunciendo el ceño, lo intento de nuevo con «¿Qué diferencia de sensación hay entre los ojos azules y los ojos marrones?». Sigo sin encontrar nada. Echo una ojeada a la chica que se sienta a mi lado. Sé que no estoy haciendo nada malo, pero estoy nerviosa.

Estoy convencida de que los ojos azules deben de estar riquísimos, mucho más que los marrones. Y muy en especial los de George. No dispongo de pruebas científicas que lo avalen, pero no encuentro nada apetecible en el color marrón. Marrón es el barro que te rascas de la suela del zapato o la porquería que queda en el fondo del fregadero cuando terminas de lavar los platos. El marrón es el color de la putrefacción.

Desde luego, nunca querría comerme realmente los ojos de George. Me digo a mí misma que todo esto es más bien curiosidad morbosa.

Los ojos en general se parecen mucho, al margen de su color o de su dueño o dueña. ¿Por qué no iban a parecerse? Todos tienen la misma función, que es ver.

Según mis indagaciones, el globo ocular es casi esférico. Se compone de córnea, iris, cristalino, mácula, pupila y retina. La retina es la parte que se ocupa del «ver» y envía las imágenes a nuestro cerebro, al que está conectada a través del nervio óptico. Entre el cristalino y la retina hay una sustancia transparente, incolora y gelatinosa que llena dos terceras partes del globo y le da su forma.

—¿Perdón?

Noto un golpecito en el hombro. Me giro como una peonza, saliendo de la ventana al mismo tiempo. Un estudiante aparece detrás de mí, con los brazos cruzados. Tiene los ojos de un intenso azul. Me da un vuelco el estómago. ¿Ha visto la pantalla? ¿Sabe lo que estoy haciendo, lo que estoy pensando?

—¿Puedo ayudarte? —pregunto nerviosa.

—Lo siento, pero creo que se te ha agotado el tiempo en el ordenador —dice él—. Lo he reservado para la una de la tarde.

—¡Oh, lo siento mucho!

Me levanto y recojo mis cosas. Se me cae el móvil al

suelo. Él se agacha para recogerlo y me lo da con una sonrisa. Hipnotizada, lo tomo de su mano, pero no puedo despegar los ojos del chico. Él me observa desconcertado y me obligo a apartar la mirada antes de marcharme a toda prisa hacia la puerta.

He perdido el autobús. Camino aturdida hacia la parada. No recuerdo nada del chico de la biblioteca aparte de sus ojos. Es rarísimo. No podría decirte cuánto mide, o la forma de su cara, o ni siquiera qué ropa llevaba, pero lo que sí podría asegurarte es que sus iris eran exactamente del mismo tono que las campanillas que tanto le gustaban a mi padre.

22

Para celebrar el final del primer trimestre en la universidad, *umma* prepara un banquete. *Sashimi* al estilo coreano que ella misma filetea, con pescado que compra en el supermercado y que acompaña de una salsa *gochujang* picante para mojar las piezas. Cabezas de salmón fritas en una sartén bien caliente. *Gyeran-mari*, una tortilla de huevo enrollada, con trocitos de zanahoria, cebolleta y jamón. Un burbujeante *doenjang jjigae* con pedacitos de tofu blando y calabacín. El apartamento se llena de volutas de humo y se dispara la alarma de incendios de la cocina. Angustiada, *umma* abanica el humo con la mano mientras George saca la cabeza de la habitación que fue de mis padres.

—¿Qué es todo este ruido?

—¡Nada, nada! ¡La cena está lista! ¡Ven a comer!

Ji-hyun tiene una arcada cuando ve las cabezas de salmón esperándonos en la mesa. *Umma* la corta antes de que pueda abrir la boca.

—Hoy no te quiero oír, Ji-hyun —le dice severa—. Si no te gusta, nadie te obliga a comerlas. Estaban de oferta.

Mi hermana se sienta a mi lado, de morros. George se ríe al ver su gesto y se burla de ella, sacando el labio inferior. Esta noche lleva una camisa azul que hace que sus ojos todavía parezcan más brillantes. Para evitar mirarlo, me fijo en las cabezas de salmón, en sus bocas abiertas. Sus dientecillos afilados brillan bajo la luz agresiva del comedor. Esos pescados me miran, y George también, y me siento acalorada, muy nerviosa, cuando de pronto nos dice:

—¿Sabíais que los chinos se comen los ojos del pescado porque creen que da buena suerte? Cuando estuve en China, comía ojos todos los días.

—No solo los chinos —refunfuña Ji-hyun—. Tendrás que pelearte con *umma* y *unni* por ellos.

George sonríe.

—Me encantan los ojos. Son deliciosos, al menos para aquellos de nosotros que sabemos apreciar la cultura asiática.

Coge sus palillos con una mano y se los coloca entre los dedos. Antes de que pueda reaccionar, tira los míos de la mesa. Caen al suelo repiqueteando.

—¡Eh! ¿De qué vas?

—No me importa pelearme por los ojos, pero como no tienes nada con que agarrarlos..., ¡parece que quedas eliminada de la partida, JW!

Extrae el primer ojo de la órbita y se lo echa en la boca. Lo observamos petrificadas, mudas. Lo único que se oye es el húmedo mascar de la boca de George, chupando la carne del ojo. En vez de masticar o tragar, se mete los dedos en la boca y lo saca. Brilla, cubierto de saliva, ni rastro de piel o de grasa.

—Si todavía lo quieres, te lo regalo —dice de guasa—. Incluso te lo he limpiado.

Me estremezco. Me caen gotas de sudor por la espalda.

Lo quieres. Lo quieres desesperadamente.

Muevo la boca, pero la voz no me sale. Tengo las palabras encalladas en la garganta. Como si sintiera mi malestar, Ji-hyun se abalanza sobre mí y aparta la mano de George de mi cara.

—¿Se puede saber qué te pasa? —le suelta. La sonrisa se le borra de la cara—. Eres asqueroso. Si te lo vas a comer, trágatelo y acaba con esta historia antes de que vomite sobre la mesa.

—¿Estás bien? —me pregunta Ji-hyun, poniéndome la mano sobre la frente.

—Estoy perfectamente.

Aparto su mano. Está dolida, se nota, pero me da igual. Lo único que acierto a ver es a George sujetando con los dedos el globo ocular resbaladizo de ese pez, mofándose de mí.

—¿Estás segura? —pregunta Ji-hyun. Alisa la sábana de nuestra cama y ahueca su almohada—. Últimamente haces cosas raras.

—¿Se puede saber qué?

Cruzo los brazos y la reto con la mirada. Intento mantener la calma, pero el corazón me martillea dentro del pecho. ¿Qué habrá descubierto mi hermana?

—No lo sé. No pareces... tú misma. Estás distraída. Además, no duermes bien. No paras de pegar patadas mientras duermes y me despiertas. No quise decirte nada, porque sabía que te sentirías mal, pero... —Agarra mi almohada para ahuecarla también.

—Estoy bien —le suelto quitándosela de las manos—. No te preocupes por mí. No es tu trabajo. Puedo hacerlo yo sola, gracias. —La mano se le va al tobillo. Normalmente, se lo impediría, pero hoy dejo que se rasque hasta hacerse sangre.

Nos metemos en la cama sin hablarnos. Ella se tumba mirando a la pared. Yo miro hacia la puerta. Nuestras espaldas se tocan. Me apetece cambiar de lado, oír cómo duerme George, pero me da miedo pedírselo. Me da miedo que, si lo hago, descubra la verdad.

23

Publican las notas unos días después de que empiecen las vacaciones de invierno. Como era de esperar, suspendo Filosofía, pero me quedo sin palabras al ver el resto de las notas.

Historia del Arte 11: Arte Medieval, C (Aprobado)
Ciencias Atmosféricas y Oceánicas 1: Contaminación Atmosférica, D (No Aprobado)
Inglés 72A: Introducción a la Narrativa, B (Aprobado)
Filosofía 4: Análisis Filosófico de Cuestiones Morales Contemporáneas, D (No Aprobado)

Mi media de expediente está por debajo del 2, y debido a eso me han puesto bajo vigilancia académica. Si no mejoro las notas este trimestre, perderé la beca. O algo peor.

Estoy sentada delante del ordenador familiar en el salón y actualizo la página. Otra vez. Otra vez. Otra vez. No puede ser verdad. No puede estar pasándome esto, ¿no? Pero las letras siguen ahí, imborrables, por más que me empeñe en hacerlas desaparecer. La luz del sol entra por la ventana del balcón, sumiendo nuestro apartamento en un resplandor dorado.

Estoy sola. Ji-hyun ha salido con sus amigas, *umma* está en el trabajo, y George se ha marchado a hacer lo que sea que haga. Siento una pequeña punzada en las sienes. Al principio la noto lejana. Sin embargo, cada vez que inspiro entrecortadamente, el dolor se hace más y más fuerte. Empiezo a verlo todo rojo y borroso, como en un incendio. Miro la pared, donde el sol proyecta reflejos a lo largo y ancho de la superficie blanca. Hay una esfera naranja, resplandeciente, que se dilata y cambia de forma, cada vez más grande. Un sol en miniatura, justo aquí, en nuestro apartamento. Redondo, como un ojo. Como el ojo de George. Es tan brillante que duele, pero no puedo apartar la vista.

Castígate.

Me engulle entera, me consume hasta que solo siento un dolor atroz. El corazón me late al compás de las punzadas en las sienes. *Pom... Pom... Pom...*

Me giro y apoyo la cabeza en la mesa. Siento el frescor de la madera en la frente. Cierro los ojos y espero a que el dolor remita.

Al cabo de unos minutos levanto la cabeza. Me sorprende ver que el piso entero está a oscuras. El sol se ha puesto y a través de las venecianas veo la luna llena, baja sobre el horizonte. A mis espaldas, atisbo una silueta oscura acostada en el sofá.

—¿Hola? —susurro, asustada de pronto—. ¿George? ¿Eres tú?

Camino despacio hacia la sombra. Es George. Duerme profundamente, con la boca abierta. Le cae la baba por un costado de la boca. Lo observo con una sensación que es una mezcla de asco y de confusión. Es rarísimo, ni siquiera lo he oído entrar. ¿Cuánto tiempo he pasado dormida?

Estudio su rostro desde arriba. Aun con las luces apagadas, puedo ver los lunares que tiene repartidos por las mejillas, la tersura de sus párpados. La rodaja blanca que asoma entre las pestañas. Quiero retirar los párpados. Quiero ver, tocar. Quiero...

Quiero el crujir del cartílago en mi boca.
Quiero el sabor salado de la sangre en mi lengua.

Miro la moqueta que tengo a los pies y veo que hay algo hundido en ella. Es uno de los cuatro cuchillos de cocina que tenemos. Un día, *umma* se hizo un tajo tan profundo con este cuchillo que tuvo que ir a urgencias a que se lo cosieran. La luz de la luna se refleja en su filo romo, y lo recojo del suelo sin pensarlo. Me pesa en las manos.

Matarlo.

—¡Eh! ¡Despierta, JW!

Los ojos se me abren de golpe. Estoy en el apartamento, delante del ordenador, con la frente descansando sobre la mesa. Mi mano derecha aferra el ratón. Aún es de día.

Todo brilla bajo la luz del sol y George escruta mi cara: el azul de sus ojos me sobresalta. Su mano reposa sobre mi hombro. La aparto.

—No me toques.

Me suelta y deja caer la mano a un lado, inerte.

—¿Qué te pasa? ¿Por qué estás enfadada conmigo? —me pregunta ofendido—. No he hecho nada malo. Te he despertado porque tenías una pesadilla. Dormías y gritabas.

Mi furia se derrama. Es culpa suya. Todo es culpa suya. Por su culpa no paro de tener pesadillas. Por su culpa me echarán de la universidad. Y lo peor de todo: por su culpa mi padre nunca volverá. Me pongo de pie y le doy un empujón, golpeándole el pecho con los puños. Él me agarra de las muñecas y me las aprieta con tanta fuerza que chillo.

—¿Pero de qué vas, JW? ¿Qué mosca te ha picado esta vez?

—¡Vete a la mierda! —le grito entonces. Las lágrimas ruedan por mi cara—. ¡Vete a la mierda! ¿Quién te crees que eres?, ¿mi padre? ¡Y no me llamo JW, mierda! ¡Me llamo Ji-won! ¡Lo menos que puedes hacer es pronunciarlo bien!

Se lleva tal impresión que me suelta. Yo retrocedo un poco, torpemente, mientras me agarro las muñecas. Las tengo rojísimas, inflamadas, por lo mucho que me las ha apretado. Veo perfectamente las marcas que me han dejado sus dedos en la piel. Me marcho hecha una furia a mi cuarto y doy tal portazo que todo el apartamento retumba.

Al lado de la ridícula colección de muñecos de Jihyun hay una foto enmarcada de nuestra familia. Es una de las pocas imágenes que tenemos juntos, y nos la hicimos en nuestro viaje a Nueva York y las cataratas del Niágara. Se nos ve felices, tanto que casi parece increíble. ¿Alguna vez lo fuimos? ¿Somos realmente nosotros los que salimos en esa foto, sonriendo y con los brazos enlazados?

Mi padre me mira con una sonrisa. Quizá solo sea la impresión que transmite la foto, pero lo veo frágil. Débil. La cojo y la estampo contra el fondo de la papelera. Escucho la lluvia de cristales rotos, impactando contra el metal.

24

Ji-hyun rescató la foto del fondo de la papelera unos minutos después de volver a casa. La capa superior del papel tiene algún rasguño, pero en general está intacta y los cuatro rostros felices me miran ahora desde el escritorio. La oigo fuera, hablando con George. Por una vez, parece que no intenta cabrearlo.

Llaman débilmente a la puerta. Es *umma*. Asoma la cabeza.

—¿Podemos hablar?

—Supongo.

Se sienta en el borde de la cama y pasa las manos por la sábana. Sus dedos llenos de callos agarran los hilos sueltos.

Estoy nerviosa, aunque seguramente no debería. Mi madre casi nunca se enfada. Más bien es de esas personas que prefieren la tristeza y las lagrimitas. Mi padre era el que tenía un carácter colérico, el que se ponía hecho una furia sin que nadie pudiera calmarlo. El día que cerraron la tintorería, *appa*, a base de puñetazos, dejó una serie de agujeros en el tabique de la casa. *Umma*, en cambio, se encerró en el cuarto de baño y lloró.

—George me lo ha contado todo.

Se pasa el pelo por detrás de la oreja. Veo que tiene rota la uña del dedo índice, con el borde quebrado. Le da vergüenza enseñar las manos porque las tiene manchadas y endurecidas después de años de trabajo duro en la tintorería y el supermercado. Me siento pequeña cada vez que las veo.

Me siento como si fuera la responsable de cada infelicidad y cada injusticia que ha sufrido en la vida. ¿Por qué no pude nacer niño? ¿Ser un chico fuerte y seguro de sí mismo para poder cuidar de ella? Si tuviera un millón de dólares, le compraría una casa y le pagaría la manicura todas las semanas.

La veo tan triste que me domina una sensación aplastante de vergüenza. Soy una egoísta. Una egoísta por haberla disgustado, por no dominar mis emociones. Me fijo en su mano, la miro con insistencia para no tener que verle la cara. Empiezo a ver borroso.

—No te eduqué así —me dice despacio—. Me he quedado de piedra cuando me lo ha contado. Le he preguntado si estaba seguro de que había hablado con mi Ji-won. No me lo podía creer.

Se me llenan los ojos de lágrimas. Agacho la cabeza. Unas gotitas caen sobre la colcha, se precipitan como la lluvia.

—Lo siento. No quería disgustarte.

—Sé que es difícil —dice en voz baja—. Es posible que te parezca precipitado, con todo lo que ha ocurrido entre tu padre y yo. Y George..., en fin..., lo entiendo. —Me coge la mano y me la aprieta con fuerza—. Pero George no se irá a ninguna parte. Ha prometido que se quedará, y he de pediros, a ti y a Ji-hyun, que os llevéis bien con él. Ya he hablado con tu hermana y me ha prometido que será más amable con él. Tú también puedes intentarlo, ¿no? Hacerlo por mí...

El sueño de esta tarde sigue fresco en mi recuerdo. Quiero decirle que no, que no puedo ser amable con George, que lo que me pide es imposible. Pero la angustia de su expresión ha desaparecido, sustituida por una esperanza que florece delicada en su rostro, y no me queda más remedio que asentir.

—Haré lo que me pidas —le digo.

Ella sonríe y me da un abrazo. Siento la calidez de su mejilla sobre la mía.

—¿Te importaría disculparte con él?

—Si eso es lo que quieres.

—Está muy disgustado, ¿sabes? No sabes el daño que le has hecho.

—Yo no quería.

Umma se pone de pie y me coge de la mano para llevarme a la sala de estar. Las marcas que George me ha dejado al agarrarme de las muñecas se han atenuado, pero siguen siendo visibles.

—¿Cariño? —lo llama *umma*—. Ji-won tiene algo que decirte.

George aparta la vista de la tele y se gira para mirarnos. Me imagino que crezco de tamaño sin parar hasta que lleno toda la sala, como Alicia en el País de las Maravillas después de comerse el pastel; entonces me agacho para sacarle el ojo de la cabeza. Pero en la vida real soy pequeña y él me sonríe con un gesto de suficiencia, los labios apuntando hacia arriba, sus ojos clavándose en los míos. Tengo la sensación de que conoce mis pensamientos terribles.

—*Losiento.* —Lo digo tan deprisa que las dos palabras chocan entre sí.

—¿Qué? No te he entendido.

—¡Lo siento! —digo, más fuerte. Ji-hyun tiene la vista clavada en la pared y *umma* mira a George.

Él se seca el sudor de la cara con la mano antes de estallar en una carcajada.

—Normalmente, cuando alguien se disculpa tiene la decencia de mirarte a los ojos. Si las disculpas son sinceras, claro —dice sin perder la sonrisita.

Tiene un trozo de comida enganchado entre las dos paletas. Sabe que me siento incómoda, el muy cerdo, y está disfrutándolo de lo lindo.

—Te ha dicho que lo siente —dice Ji-hyun, al borde de las lágrimas, con las mejillas sonrosadas de rabia—. ¿Por qué te comportas así?

—¿Acaso hablaba contigo, JH? No me lo parece. —Su tono de voz es traicioneramente amable—. Puedo esperar toda la noche si hace falta.

Míralo, Ji-won. Acaba de una vez
con esto.

Respiro hondo y lo miro a los ojos. Esta noche sus iris son luminosos. Su color es más vívido, con un tono de azul más penetrante que de costumbre. Estoy hipnotizada, me precipito en ellos, me ahogo en sus aguas...

—¿*Unni*? —Ji-hyun aparta a *umma* y me toca la espalda—. ¿Estás bien?

Me clavo las uñas en las palmas de las manos. El dolor me trae de vuelta a la Tierra.

—Estoy bien. George, lo siento —digo—. No debería haberte dicho esas cosas horribles.

George se pone de pie y se acerca. Me levanta la barbilla con el dedo y me siento como un mosquito atrapado en ámbar.

—Ahora está mejor —dice, con la misma sonrisita.

Me siento en la taza del váter y lloro. Lloro hasta que me dan ganas de vomitar y el baño empieza a girar como un remolino incomprensible alrededor de mi cabeza. El ventilador zumba. Se ha acabado el rollo de papel higiénico. El cable del secador de *umma* está enredado en el suelo.

Oigo que llaman a la puerta, una sola vez. Luego, llega la voz de Ji-hyun en un susurro insistente:

—¿*Unni?* ¿Puedo entrar?

No respondo.

Vuelve a llamar a la puerta.

—Déjame en paz —digo.

Por fortuna, me hace caso.

Oigo sus pasos que se alejan hasta desaparecer al doblar la esquina. Me abrazo las rodillas sintiéndome pequeña, estúpida e impotente. Se me pega la blusa al pecho. El pomo empieza a sacudirse. Levanto la vista justo a tiempo de ver cómo se abre la puerta de golpe: Ji-hyun aparece victoriosa en el umbral, con una horquilla en la mano.

—¡*Unni!* No llores. ¿Quieres que lo mate? Lo mataré —dice—. Tú dime qué quieres que haga y lo haré.

Mi hermanita cabeza loca. Me pongo de pie y me seco las lágrimas, furiosa con ella, con George, con todo el mundo. ¿Qué sabrá ella? Solo tiene quince años. Odio que sea ella la que me consuele a mí, que en algún rincón del piso mi madre esté retozando con su novio asqueroso mientras que a Ji-hyun y a mí nos toca arreglar el desaguisado.

—Déjame en paz —le suelto—. No puedes ayudarme. No puedes hacer nada.

Parece dolida. Debería sentirme mal, pero no lo hago. Si acaso, me siento mejor, como si le hubiera traspasado parte del dolor que siento.

25

Los pensamientos sobre la muerte de George empiezan a preocuparme. Me siento al escritorio y me matriculo en las asignaturas para el trimestre de invierno y me lo imagino en un accidente de coche o teniendo una mala caída. Quizá un desafortunado ahogamiento en la piscina turbia de nuestro apartamento, donde hace largos todas las mañanas. Imagino su cuerpo sin vida, su mirada vacía.

Umma estaría destrozada, pero ya no le quedaría a nadie a quien esperar. Al cabo de unos meses, pasaría página y conocería a otro hombre. Las tres pasaríamos página.

Coincido con Geoffrey en dos asignaturas: Estudios Asiaticoamericanos 7: El Movimiento Asiaticoamericano e Historia 4C: Historia de Japón, ambas por recomendación suya. Nos escribimos casi a diario ahora. Él me envía fotos de gatitos y me escucha cuando me desahogo sobre George.

Lo está echando todo a perder. A ver cuándo terminan las reparaciones de su piso. Estoy harta de él. Uf...

Lo sé. Ojalá pudiera ayudarte de alguna forma... 😺

Ya me ayudas. Escuchando cómo suelto mierda todos los días. Ja, ja.

Pero no me parece suficiente cuando te veo sufrir tanto.

Sí lo es ☺. ¡¡¡¡¡Y te lo agradezco muchísimo!!!!! Eres un gran amigo.

LOL. Aquí estoy 😸.

Salgo de nuestro chat y, sin querer, clico en otra conversación. Se me encoge el estómago. Es el chat del grupo con Jenny, Sarah y Han-byeol. El chat que ha estado en completo silencio desde el puente de Acción de Gracias.

Leo todos los mensajes, sin hacer caso del dolor que siento, y pulso el botón de borrar. Todo desaparece. No queda nada. Magia.

No las necesito. Ahora tengo a Geoffrey.

George entra en casa, con las llaves tintineando en la mano. Viene de una reunión con un cliente y lleva traje y unos zapatos de vestir negros y relucientes que no se molesta en quitarse antes de pasearse por la moqueta. *Umma* le ha dicho mil veces que no vaya calzado por la casa, pero él como si oyera llover. Por su culpa, el trozo de moqueta junto a la puerta tiene una mancha negra.

Hace como si no me viera. Desde la noche de la petición de disculpas, se ha mostrado arisco conmigo. Tampoco es que me importe. Refunfuñando, se mete en la habitación de *umma*. Suena como un cerdo. Es un cerdo. En cuanto me da la espalda, me imagino rebanándole el cuello con un cuchillo.

26

Empieza el nuevo año. Cojo el autobús el primer día del trimestre de invierno. La mente me da vueltas, enredando todos los hilos que conectan mis pensamientos. Pienso en las clases y en las notas que necesito para que me saquen de la lista de candidatos a la expulsión. Pienso en Geoffrey, que me ha enviado dos fotos de gatitos esta mañana. Pienso en Ji-hyun, que pasa de mí desde hace días. Pienso en Alexis y me pregunto qué habrá estado haciendo. Pienso en George, que me ha mirado sin pestañear esta mañana, hasta que me he puesto a temblar. Y en mis viejas amigas. Me pregunto cómo deben de ocupar sus días ahora.

Jenny, que lo sabía todo, que disfrutaba discutiendo por el gusto de discutir. En el instituto decían que era desagradable, pero lo hacía con la mejor de las intenciones y siempre nos protegía.

Sarah, que nació con un pan bajo el brazo y, a pesar de ello, o quizá precisamente por ello, era generosa, amable y atenta. Sabía cómo hacerte sentir especial, sabía escucharte con tanta intensidad y profundidad que te hacía sentir la persona más importante del mundo.

Han-byeol, la más pequeña de las cuatro, que se había saltado cuarto de primaria porque tenía «altas capacidades». Recibió el premio al mejor expediente de nuestra promoción y era competitiva hasta decir basta. Y, sin embargo, fue ella la que apareció en casa sin avisar el año pasado cuando tuve la gripe. Tenía una tos terrible, y fiebre, y ella me sorprendió con una olla gigante de *samgyetang* y un termo caliente de infusión de miel, pera y jengibre.

Supe luego que tardó seis horas en prepararme la sopa, rehogando el pollo y el *ginseng* a fuego lento. Incluso *umma* dijo que era uno de los mejores *samgyetang* que había probado en su vida.

El autobús pasa por un bache, haciendo que dé un salto y me golpee la cabeza contra el cristal de la ventana.

Para de pensar en ellas. Ya no las necesitas.

Veo a Alexis en mi primera clase. Me saluda con la mano y da una palmada al asiento libre que tiene al lado.

—¿Han ido bien las vacaciones?

—Más o menos, supongo. —Respiro hondo. No sé qué me impulsa a confesárselo, pero me inclino hacia ella y le susurro—: Me han amenazado con expulsarme por las notas. Lo he pasado mal. Hace días que no duermo bien. Problemas familiares. Espero que tus vacaciones hayan sido mejores que las mías. —Es un alivio decirlo en voz alta.

—Lo siento mucho. —Alexis baja la voz para adaptarse a mi tono—. Si te sirve de consuelo, yo tampoco he dormido bien. Mi madre está enferma y... —Se queda a media frase. La veo afectada, y es ahora cuando reparo en sus ojeras. Carraspea mientras revuelve su bolso—: Espero no parecerte atrevida... No puedo ayudarte con tus problemas familiares, pero quizá sí pueda hacerlo con tu insomnio. Mi hermana me dio estas pastillas. Lorazepam, creo. Funcionan bien. Solo tardo media hora en dormirme cuando las tomo. A veces menos, con un poco de suerte. —Me coloca tres pastillas en la palma de la mano. Sin mirarlas, me las guardo en el bolsillo.

—Gracias —murmuro—. De verdad te lo agradezco. Siento lo de tu madre.

—Sí, es una putada. Pero ahora está un poco mejor. —Alexis se mira las uñas y se pellizca las cutículas. Arranca un pedacito de piel blanca—. En fin, no te preocupes por lo de la amenaza de expulsión —susurra—. Conozco a un montón de gente que está en las mismas, pero nunca he sabido de nadie a quien hayan expulsado de verdad. Esta uni es bastante indulgente. Sobre todo si tienes problemas personales. También podemos estudiar juntas, si quieres.

—Me encantaría. Seguro que se te está dando mucho mejor que a mí.

Alexis se ríe.

—¡Tampoco te pases! Nadie me avisó de que tendría que trabajar tanto. Por cierto, ¿dónde anda Geoffrey? Es como si os viera siempre juntos. ¿Es tu novio?

—No, no estamos saliendo —respondo, tal vez demasiado rápido. Toso, esperando que no note cómo se me atragantan las palabras.

Ella me observa con una mirada penetrante.

—Entonces ¿estás intentando que salga contigo?

—¡No! No me interesa... en ese plan. Para nada.

—¿En serio? Me sorprende. Pero sí sabes que está colado por ti, ¿no?

—¡Qué va! Solo somos amigos. Sabe que no siento eso por él.

Alexis pone cara de incredulidad.

—Me tomas el pelo. Cualquiera que lo vea cuando está contigo lo nota. Pero me alegra que no te guste en ese plan.

—¿Por qué?

—Es un poco raro, ¿no? Hay algo en él que no me convence. ¿No has tenido nunca esa sensación con él? —Niego con la cabeza y ella responde encogiéndose de hombros—. Quizá sea solo cosa mía, entonces. Me da la impresión de que no es la persona que finge ser. A ver, ¿oíste lo que dijo en clase de Filosofía? —Pone grave la voz, intentando imitarlo—: «Hay un desequilibrio en la dinámica de poder entre hombres y mujeres que se traduce en una falta de autonomía femenina, derivada a su vez de la globalización del dominio masculino y los sistemas patriarcales por todo el mundo». Era tan cutre que incluso lo apunté. —Alexis vuelve a poner cara de incredulidad—. Vamos, es que nada de lo que dijo tenía el menor sentido. El chico solo junta un puñado de palabras de moda para dárselas de listo.

—Es mi amigo —replico—. Sinceramente, no lo conoces. Si no hubierais empezado con mal pie a principios de curso, os llevaríais bien.

Sin embargo, en el mismo instante en que se lo digo, recuerdo exactamente la escena que me ha descrito y me da vergüenza ajena. No fue la primera vez, y tampoco la última, en la que Geoffrey se ha pasado de pretencioso. A veces, incluso pone un acento raro cuando dice estas cosas. Y finjo no darme cuenta.

—Lo siento —dice Alexis—. No quería ofender. Está guay que des la cara por tus amigos. La gente me dice siempre que no respeto los «límites» de los demás. —Hace el gesto de las comillas con los dedos y suelta una risita. Yo me río con ella—. En fin, ¿tienes mi número de teléfono?

Niego con la cabeza. Me tiembla la mano cuando le paso mi móvil y nuestros dedos se rozan.

—Mándame un mensaje y así tengo yo el tuyo también —dice. Al oírlo, el estómago me da una voltereta.

No soy capaz de concentrarme ni siquiera cuando la profesora Thompson entra en el aula y empieza la clase. El número de Alexis me quema en el bolsillo. Y cuando el móvil suena, pego un bote y lo busco enseguida, aunque ella esté sentada justo a mi lado, mirando al frente.

Es Geoffrey. ¿Dónde estás? —dice el mensaje—. ¿Te apetece comer algo conmigo cuando termine tu clase?

No paro de pensar en lo que me ha dicho Alexis. ¿Por qué me incomoda tanto su comentario?

La miro un momento. Sus dedos vuelan sobre el teclado del portátil.

Hoy estoy muy ocupada ☹ —le escribo—. ¿Otro día?

¿Cómo puedes estar ocupada cuando es el primer día? LOL. ¡¡¡No seas tan estirada y disfruta un rato por una vez!!! Vamos a tomar un café. Será un momento 😸😸😸.

De verdad que no puedo ☹. Quizá la semana que viene.

Increíble. A veces alucino contigo... ¿Dónde estás ahora mismo? Puedo ir a verte y darte tu regalo de Navidad 😸😸😸.

¡¡¡Qué detallazo por tu parte!!! No tenías que comprarme nada, pero después de clase tengo que salir pitando, tengo que ayudar a mi madre con algo. Pero nos veremos en clase el viernes ☺.

Solo será un segundo, pero vale, lo que tú digas 😾.

Empiezo a teclear la respuesta a su último intento, dispuesta a rendirme y acceder a encontrarme con él. Me sabe mal haberlo molestado, sobre todo teniendo en cuenta que Geoffrey es bueno conmigo, pero entonces caigo en que esto es algo que hace por sistema. Incluso cuando le digo que no, insiste e insiste hasta que le digo que sí. Vuelvo a mirar a Alexis y esta vez ella se da cuenta y sonríe.

—¿Qué? —pregunta moviendo los labios solamente.

—Nada —respondo, también sin voz.

Incluso en esta versión cansada y preocupada, Alexis es preciosa. Me meto la mano en el bolsillo y toco una de las pastillas que me ha dado. Siento el peso de su bondad y de su generosidad en la mano.

Cuando salgo del aula, me encuentro el campus envuelto en una llovizna neblinosa. El sol ha desaparecido detrás de unas nubes grises. La lluvia me toma por sorpresa y corro hacia la parada de autobús, con la mochila sobre la cabeza. Los pensamientos sobre Alexis permanecen en mi mente, eclipsando las dudas que me inspira Geoffrey.

Hay otra persona esperando el autobús. Está envuelta en una gruesa bufanda y una chaqueta, tan bien abrigada que es imposible saber qué aspecto tiene o quién es.

Lo único que acierto a ver son sus ojos, que son de un color muy oscuro, tal vez marrón. Me miran un instante y luego se apartan.

Cuando finalmente llega el bus, estoy calada hasta los huesos y me castañean los dientes de frío. Le hago un gesto a esa persona para cederle el paso, pero me dice que no con la cabeza. «Tú primera», parece querer decirme.

Cuando la puerta del bus se abre, recibo un golpe de aire caliente. Mis músculos se destensan con una sensación de alivio. Tengo los dedos entumecidos y me los soplo mientras miro pasar los coches por la ventanilla. El bus se pone en marcha con un gruñido y un chirrido, y esa persona extraña que he encontrado en la parada, aunque no haya nadie más a bordo, se sienta justo delante de mí.

En mi parada, me pongo de pie y veo que él o ella hace lo mismo. Y aunque dentro se está caliente, no se ha quitado ni una pieza de ropa, ni siquiera la bufanda. Mi jersey ya está seco, así que esa persona debe de estar sudando de lo lindo debajo de todas esas capas de ropa.

En todo el tiempo que llevo cogiendo este autobús, nunca he visto a nadie apearse en mi parada. Pero hoy, cuando bajo a la acera, oigo unos pasos discretos que me siguen.

27

A cada paso que doy, se oye un débil eco. Al principio, estoy convencida de que son imaginaciones mías, pero al cabo de un par de manzanas estoy segura de que alguien me sigue. Es la persona del autobús. Cuando acelero el paso, esa persona también lo hace. Cuando voy más despacio, lo mismo.

Mi mente se sume en un lugar oscuro de inmediato. Imagino un secuestro, una violación, un asesinato. El miedo recorre todo mi cuerpo. El corazón empieza a latirme con fuerza. No tengo dinero, solo unos pocos dólares que encontré en casa. No dan para mucho. La mochila la llevo llena de cuadernos, bolígrafos, lápices y ejercicios que he imprimido en la universidad. No contiene nada de valor. Lo único que tengo es mi propio cuerpo, y la idea de que alguien pueda hacerle algo me revuelve el estómago.

De niña, *appa* me apuntó a taekwondo. Estaba seguro de que algún día lo necesitaría, pero, en lugar de estar agradecida, me enfadé con él. No entendía por qué tenía que ir a esas clases.

—No quiero —berreaba—. ¡No puedes obligarme!

Mi padre se agachó para que nuestros ojos estuvieran a la misma altura. Su expresión era solemne.

—Un día quizá necesites saber cómo defenderte.

Ahora entiendo el miedo que tenía, los horrores que imaginaba. Por eso quiso que aprendiera autodefensa. Reviso mentalmente todos los escenarios posibles. Podría pelear, pero seguramente perdería, sobre todo si es un hombre. Podría correr, pero casi con toda seguridad, si es hombre, será más rápido que yo. Podría gritar, pero es probable que ya estuviera muerta para cuando alguien acudiera en mi ayuda. O algo peor. Me tiemblan las manos. Una visión aparece flotando en mi mente y me agarro a ella por pura desesperación. La navaja.

Unas semanas antes de que *appa* se marchase, tuvimos una discusión. En cuanto se enteró de que tendría que pillar el autobús casi todos los días para ir y volver de la universidad, quiso que llevara una navaja plegable en el bolsillo. Cuando la sacó para mostrármela, me asusté. La hoja era tan afilada, brillante y en apariencia letal... No me cabía en la cabeza que pudiera necesitar algo tan terrible.

—No podré estar siempre contigo —dijo. Me puso el frío metal en la palma de la mano—. No me quedaré tranquilo hasta que sepa que vas protegida.

Y es ahora, de pronto, cuando lo entiendo. Seguro que *appa* ya sabía que se iba a marchar de casa. Seguro que eso fue lo que quiso que entendiera cuando pronunció esas palabras.

Meto la mano en la mochila intentando aparentar la máxima despreocupación. La navaja está en el fondo, cubierta de migas de pan, gomas de pelo y bálsamos labiales que compro y olvido sin parar. Con una oración de gracias silenciosa dedicada a mi padre, despliego la navaja y espero a que los pasos se acerquen, hasta que casi siento en la nuca el aliento de esa persona desconocida...

Me giro de golpe. La navaja empieza a escurrírseme de la mano. En el último instante consigo aferrar bien el mango y sostengo el filo delante de mí, temblando.

No hay nadie. Las farolas acaban de encenderse y unos círculos de luz amarilla danzan sobre el asfalto. La luna en cuarto creciente me sonríe desde el cielo. El viento silba en torno a mí y los árboles se mecen. Todo está mojado por la lluvia. Estoy sola.

Agarrando la navaja, doblo la esquina antes de esprintar hacia el portal de mi bloque. Miro atrás un momento y luego, con manos torpes, consigo abrir la verja con las llaves. Una vez dentro, recobro el aliento e inspecciono la calle.

Me parece increíble, pero está desierta. De verdad que lo está.

Pero esa persona era real. Y me seguía. No me lo he imaginado.

Entonces ¿dónde se ha metido?

Appa me explicó que, siendo chica, tenía que entender mi fragilidad. El peligro podía acechar en cualquier rincón. Sería fácil, me dijo, que alguien me raptara en la acera cuando volvía de la universidad. Que ese alguien me hiciera cosas espantosas. Sin embargo, hice caso omiso de sus palabras al entender que sus temores eran exagerados. Nadie me miraba cuando caminaba sola por la calle. Nadie me prestaba atención.

Tan convencida estaba de mi invulnerabilidad que, incluso cuando pensaba en George y en lo que quería hacerle, nunca se me ocurrió pensar en lo que él podría hacerme a mí. De pronto me paro en seco, con el pulso acelerado.

¿Y si era George quien me seguía?

28

Entro en el ascensor, con los hombros caídos por el agotamiento. Aterrorizada, sigo con la navaja en la mano. Debería sentirme más a salvo aquí dentro, pero en vez de ello la sensación es de una desgracia inminente.

Él sabe lo que piensas y trata de golpear primero.

Las paredes del ascensor de nuestro edificio están tapizadas de un fieltro gris oscuro lleno de manchas. Los números de los botones los rascaron hace siglos y, cada vez que recibimos invitados, cosa nada habitual, Ji-hyun o yo tenemos que bajar para darle al botón correcto y llevarlos a nuestro piso. El techo tiene una lámpara cutre que se ha convertido en la última morada de un centenar de cucarachas muertas. Después de tanto tiempo, ya están casi fosilizadas y sus antenas se desintegran convertidas en polvo. *Appa* odiaba este ascensor más incluso que nosotras, y cada vez que teníamos que utilizarlo para subir o bajar refunfuñaba y se movía inquieto todo el trayecto.

Cuando nos mudamos a este piso, una de nuestras

ancianas vecinas, la señora Lee, se quedó atrapada dentro. Alguien llamó a los bomberos y tardaron casi cuatro horas en forzar las puertas con una palanca. La señora Lee se pasó las cuatro horas chillando porque estaba convencida de que iba a morir ahí dentro y, cuando por fin abrieron las puertas, nos la encontramos temblando, sentada en el charco que había formado su propia orina. Incluso hoy, después de tanto tiempo, el ascensor huele a su pis.

Las puertas de metal, llenas de arañazos, se cierran y la caja me impulsa hacia arriba. Cuando me aproximo a mi apartamento, todos los pensamientos terribles que pueblan mi cabeza empiezan a chocar entre sí. ¿Y si George ya está en casa, esperándome? ¿Y si está al otro lado de la puerta del ascensor? Los dedos me tiemblan sin que pueda controlarlos. Las puertas se deslizan y sostengo la navaja por encima de mi cabeza, lista para atravesar con ella la carne y el hueso y...

—¡Pero ¿de qué vas?! —Ji-hyun recula, levantando las manos delante de su cara—. ¿Qué haces?

—Dios mío. Ji-hyun, lo siento. Pensaba que...

—¡Estás chiflada! He salido porque buscaba a *umma*. ¿Se puede saber qué haces?

Cuando entramos en el apartamento, le cuento toda la historia, aunque prefiero omitir mis sospechas acerca de George. En vez de ello, finjo que no tengo ni idea de quién puede ser esa persona que me seguía. Ella me escucha, cada vez más pálida. Cierra los puños con fuerza.

—No puedo creerlo. Ya no puedes coger ese autobús. No es seguro. ¿Deberíamos llamar a la policía? —Los dedos se le van al tobillo.

Aparto su mano y niego con la cabeza.

—No hagas eso.

Ella pone una mueca.

—¿Deberíamos llamar a la policía? —repite.

—No. No pasa nada. No hace falta que llamemos a la policía. No tiene sentido. No ha pasado nada.

—No ha pasado nada ahora, pero ¿y después? ¿Y si esa persona vuelve?

Ji-hyun se ha convertido en un manojo de nervios. No va a parar de darme la tabarra. Le cojo la mano con toda la ternura que puedo reunir y cambio de tema.

—¿Qué me decías de *umma*? ¿No la encuentras?

—Sí, me tiene preocupada. Me ha dicho que volvería hace una hora y no responde al teléfono. George tampoco. ¿Crees que...? —Me mira con una expresión de terror—. ¿Crees que esa persona puede haberles hecho algo? Dios mío. Ay, Dios mío. —Se levanta y empieza caminar.

—Estoy segura de que *umma* está bien —digo con la boca pequeña. No estoy segura de creer en mis palabras—. Vamos a esperar un ratito y, si no vuelve pronto, saldremos a buscarla.

De pronto oímos un grito ensordecedor en el rellano de la escalera. Es un grito de mujer. Ji-hyun y yo reaccionamos al mismo tiempo y chocamos cuando corremos hacia el origen del sonido. Cuando llegamos, la puerta se abre de golpe. En el umbral aparece *umma*, llorando a gritos, con el rostro bañado en lágrimas. George se asoma detrás de ella con gesto tímido. Cuando lo veo, me encojo de miedo.

Umma levanta la mano izquierda y me abalanzo para agarrarla. El zapatero cae al suelo.

—¿Qué te ha pasado? ¿Dónde te has hecho daño? —grito.

Umma parece incapaz de habar, de pronunciar ningún tipo de palabra comprensible. Farfulla tonterías y vuelve a plantarme la mano en las narices. No lo entiendo, pero Ji-hyun me aparta y suelta un enorme resoplido.

Solo entonces entiendo el motivo de su llanto. Lleva un anillo de compromiso en el dedo, coronado con un diamante del tamaño de la uña de mi meñique. Mi madre finalmente recupera el habla.

—¡Nos casamos! —grita.

29

George se marcha para ir a comprar la cena a un chino —que, francamente, parece un restaurante de comida para llevar como otro cualquiera— y *umma* nos relata la historia de la pedida de mano con todo el dramatismo posible. No puede parar de saltar de una pierna a otra, mientras hace aspavientos con las manos.

—Ha sido muy romántico —dice con expresión soñadora—. Me ha pedido si podíamos ir a buscar unos medicamentos a la farmacia y, cuando estábamos parados en un semáforo, me ha preguntado si quería casarme con él. Le he dicho que no me viniera con tonterías, pero entonces se ha sacado el anillo del bolsillo.

A su espalda, Ji-hyun pone una mueca. *Umma* se escabulle a su habitación, dejándonos a mi hermana y a mí en el sofá. Hay un silencio incómodo y evitamos mirarnos. Desde el sofá, podemos oír a *umma* en su cuarto. Está llamando a todos los contactos de su agenda para darles la noticia.

Un peso atroz se instala en mi cuerpo. La sala se me hace demasiado estrecha, demasiado calurosa, y quiero abanicarme y llorar, pero Ji-hyun está a mi lado y parece angustiada.

Es imposible que George fuera la persona que me seguía. Las horas no cuadran.

Cierro los ojos con fuerza en el mismo instante en que Ji-hyun empieza a lloriquear.

—¿Qué? —le susurro—. ¿Qué te pasa?

—El divorcio de *appa* y *umma* —dice—. Lo había olvidado. Es oficial.

—¿Desde cuándo?

—Desde hoy.

Tengo las manos recogidas una dentro de otra en el regazo. Me las noto pesadas y es como si mi cuerpo no fuera mío. Me levanto tambaleándome. Ji-hyun me coge el brazo para que no pierda el equilibrio. Convoco una imagen del rostro de mi padre: flota en el aire, con un aspecto espectral y extraño. Frunce el ceño como si lo hubiera incomodado por alguna razón, quizá por el simple hecho de haber pensado en él, de haber invocado su recuerdo. Me pregunto si Ji-hyun puede verlo también. ¿Cuánto tiempo ha pasado desde que lo vimos por última vez? ¿Cuánto tiempo ha pasado desde que oímos su voz?

Hace unos meses, *umma* me llevó a un lado sin venir a cuento y me dijo: «Los padres no necesitan a sus hijos como los necesitan sus madres. —Había adoptado una expresión solemne—. Si se os llevaran de mi lado, me hundiría. No podría seguir con mi vida. Pero tu padre... Para él es distinto».

«¿En qué sentido?», quise preguntarle. No entendía a qué se refería. ¿Quería decirme que no le importaba a *appa*? ¿Que no estaba hundido por habernos perdido a Ji-hyun y a mí? Y si se trataba de eso, ¿acaso era justo?

Tendría que haberlo sabido. Mucho antes de que mi madre lo descubriera, vi la cuenta de correo secreta de mi padre. Había olvidado cerrar la sesión en el ordenador que compartíamos. La bandeja de entrada contenía cientos de mensajes e imágenes. Lo miré todo. Había poemas —mi padre, que no era nada romántico, ¿escribía poemas?— y cartas de amor tan saturadas de deseo y anhelo que no daba crédito. La mujer tenía el pelo ensortijado y era delgada, con unos ojos sonrientes y una tez blanca como la leche de arroz, y mi padre estaba tan feliz en esas fotos que lo único que pude hacer fue odiarla. Pero eso me hizo odiarme a mí misma todavía más.

El champán se derrama sobre el suelo.

—Vamos —dice George, intentando engatusar a mi madre—. Deja que las chicas tomen un sorbito.

Umma está en la gloria. «Sí, sí», dice moviendo la mano con gesto embobado. Ahora mismo podríamos pedirle cualquier cosa, que ella accedería. Tomo un sorbo. Las burbujas me suben a la nariz, toso y le paso la flauta a Ji-hyun, que la deja en la mesa.

—Hemos pensado en una boda rápida —continúa *umma*. Últimamente intenta hablar más en inglés en casa, pero con la emoción se ha pasado al coreano y las palabras fluyen veloces de su boca.

El diamante brilla, capturando la luz, y aparto la vista asqueada por la imagen.

—¿Quizá en verano, cuando hayas terminado las clases, Ji-won? Así podremos ir los cuatro de luna de miel. George ha pensado en una semana en Pekín y otra en Seúl. ¿Qué os parece, chicas?

Me encojo de hombros mientras los veo vaciar una copa de champán tras otra. Cuando vacían la botella, desaparecen en el dormitorio, intercambiando risitas como colegiales.

—No les has contado lo que te ha ocurrido —dice Ji-hyun.

Su mano se ha pasado toda la noche enganchada a su tobillo. Ya se ha arrancado la primera capa de piel, y un líquido claro rezuma de la cicatriz.

Recogemos las cajas de comida y limpiamos el charquito que ha dejado la botella de champán sobre el embaldosado de la cocina.

Ji-hyun coge el saco de arroz vacío que *umma* ha utilizado como bolsa de basura.

—Lo he estado pensando y creo que quizá me lo he imaginado todo.

—¿Qué? —Ji-hyun se queda parada—. Eso no me hace sentir mejor para nada.

—Últimamente me siento bastante cansada. Estoy casi segura de que no había nadie.

—¿Me mientes? Me mientes. —Me echa una mirada fulminante y deja el saco repleto de basura en el suelo. Debe de tener una raja en el fondo, porque un fluido putrefacto, de color marrón, se filtra al suelo—. No soporto que me mientas. Me doy cuenta cuando lo haces, y lo sabes.

—No te he mentido en mi vida.

—Lo que tú digas —refunfuña Ji-hyun.

—No tienes que preocuparte por mí. Puedo cuidar de mí misma.

Vuelve a coger la bolsa y echa a andar hacia la puerta. Deja en su estela un reguero marrón que cae sobre la moqueta. La oigo caminar hasta el conducto de la basura, con pasos lentos. Cuando vuelve, me echa una mirada de reproche.

—No deberías decirme esas cosas, *unni*. Sabes que me preocupo por ti —dice—. Siempre me preocupo por ti.

30

Vuelvo a estar en la parada de autobús. Es de noche y la luna se esconde tras un banco de nubes.

Las farolas están estropeadas. Parpadean, se encienden y se apagan. Me noto nublada la mente y el bus llega tarde. Echo un vistazo hacia el final de la calle oscura.

Oigo pasos a mis espaldas. Me vuelvo para mirar. Es la persona desconocida de la parada. Se me acerca con las manos tendidas. Doy un paso atrás, tropiezo y caigo sobre el asfalto. El dolor es desgarrador, pero logro ponerme de pie. Tengo que correr. Tengo que escapar.

—¿Qué quieres? —grito—. ¡No tengo nada!

Mis piernas se niegan a funcionar. Están pegadas al suelo y esa persona sigue viniendo, está cada vez más cerca, sus ojos son lo único que acierto a ver, e incluso en la oscuridad puedo atisbar la intensidad de su mirada. Azules. Azul campanilla. Azul cataratas del Niágara. El azul de la corbata favorita de mi padre, de los cielos del sur de California durante nuestras vacaciones de verano.

—¡Vete! —le grito aún más fuerte—. ¡Déjame en paz!

Se detiene ante mí. Cierro los ojos y, como no ocurre nada, espío entre las pestañas. Esa persona se desenrolla la bufanda, vuelta tras vuelta, hasta que por fin puedo verle la cara.

Es George. Sus ojos son preciosos. Sin embargo, cuando me sonríe, su boca es un agujero vacío, sin dientes, putrefacto. Doy un paso atrás, estremecida.

—¿George? —digo en voz baja—. George, soy yo. Jiwon.

Entonces, horrorizada, veo que los ojos se le hinchan y empiezan a salírsele de la cabeza. Crecen sin cesar, hasta que parecen estar a punto de saltar de su cara. Con un borboteo acuoso, salen escupidos de sus órbitas y caen al suelo. Chillo cuando los veo botar sobre mis pies inmóviles, incapacitados.

Una racha de aire frío me golpea en la cara. Abro los ojos. Estoy en... ¿la cocina? La puerta de la nevera está abierta de par en par. Estoy agachada delante de ella y los tomates cherry ruedan en el suelo, en torno a mis pies. He volcado toda la caja de cartón. Son tan redondos, lisos y recios... Aunque es tarde y no tengo hambre, cierro los ojos y me meto uno en la boca.

31

—¡Ji-won!

Levanto la vista de los huevos duros y los tomates cherry de mi comida. Geoffrey viene corriendo, con la mochila pegando botes sobre sus hombros. Va con la chaqueta desabrochada; debajo lleva una camiseta que muestra la cara de Ruth Bader Ginsburg. Me quedo pasmada cuando me rodea con el brazo. Espero un segundo antes de encogerme de hombros para sacudirme ese brazo de encima.

—¿Me estás evitando? —me dice en tono jocoso—. ¿Por qué me cuesta tanto encontrarte últimamente?

—Te acabo de ver en clase —digo con la boca llena de huevo.

—Sí, pero luego te he buscado. Y has desaparecido enseguida. —Echa un vistazo a mi almuerzo y arruga la nariz—. ¿Solo comes eso?

—Sí.

—¿Es una de esas dietas milagro? —me pregunta riéndose—. No necesitas ponerte a dieta, Ji-won. Creo que estás perfecta. ¿No sabías que las dietas son una técnica patriarcal empleada para controlar a las mujeres?

No tienes la culpa. El sexismo institucional se propaga a través de los medios de comunicación de masas y de nuestras normas sociales, y la superestructura capitalista entendida como un todo es una forma de persecución de género. —Recordando la conversación que tuve con Alexis, tuerzo el gesto molesta.

—No estoy a dieta.

Me observa mientras cojo otro huevo y le doy un mordisco. Es una gozada sentir cómo mis dientes atraviesan la clara firme, gelatinosa.

—Por cierto, he pasado con el coche por ese súper en el que trabaja tu madre y me he preguntado si podrías recomendarme qué puedo comprar. Quiero empezar a cocinar platos coreanos. Y, de paso, igual podría aprovechar para presentarme a tu madre.

Me paro a medio masticar.

—¿Cómo has sabido en qué súper trabaja? —pregunto confundida—. ¿Te lo he dicho?

—¿Eh? —Geoffrey ladea la cabeza—. Sí, lo hiciste. ¿Te acuerdas? Estábamos hablando sobre los trabajos de nuestros padres y yo te conté que mi padrastro es mecánico y que mi madre es enfermera.

—Ah...

—En fin —dice cambiando de tema—. Sigues huyendo de mí y todavía no he podido darte el regalo de Navidad.

—Ya te dije que no tenías que regalarme nada —balbuceo. La rabia que sentía desaparece y en su lugar llega la timidez.

—Ya sé que no tenía que comprarte nada, pero quería hacerlo. —Rebusca en su mochila y saca una caja rectangular primorosamente envuelta y adornada con un lazo de color verde salvia—. Toma. ¡Ábrelo!

Cojo el regalo de sus manos y tiro de la cinta hasta que el nudo se deshace. Doblo la cinta con cuidado y la dejo a un lado. Geoffrey sonríe con gesto divertido.

—Rómpelo de una vez —me apremia.

—No puedo, es demasiado bonito.

—No seas ridícula.

Me arrebata el regalo y rompe el papel del envoltorio de un tirón. Dentro hay un estuche de madera lacada adornado con grullas diminutas y un bosque de bambú. Es precioso. Lo agito y oigo un fuerte tintineo.

—¿Qué es?

—Abre la tapa.

La abro emocionada, pero cuando veo lo que hay dentro se me hunde el estómago. Son unos palillos. Unos palillos metálicos, relucientes, con los mangos pintados en una mezcla de colores pastel. Los miro sin entender nada.

—¿Qué es esto?

Geoffrey hincha el pecho.

—¿No te parecen fantásticos? Pensé en ti en cuanto los vi. Son preciosos, con un diseño muy elegante. Dudaba entre los palillos y una pequeña muñeca de porcelana que era igualita que tú. Pero los palillos ganaron el debate porque sé que vas a utilizarlos todos los días.

Pero ¿qué coño dice?

Me arden las mejillas. Geoffrey me mira con gesto expectante, con los brazos tendidos. Espera que le dé un abrazo. Lo esquivo en el último segundo, dando un paso atrás.

—¿Y? ¿No te gustan?

—Bueno... —Se me ha congelado el rictus.

¿Por qué coño me regalas unos palillos?
¿Estás bien de la cabeza?

No paro de asentir, como uno de los estúpidos muñecos de Ji-hyun.

—Gracias, supongo...

Noto el peso de los palillos en las manos cuando entro en el apartamento. Los dejo en la encimera. La cabeza me da vueltas después del encuentro y del repentino ramalazo de asco que siento hacia Geoffrey. En la sala de estar, George está repantingado en el sofá. Duerme a pierna suelta y su pecho se eleva y baja acompasadamente con cada respiración. Arriba, abajo. Arriba, abajo.

—¿Ji-hyun? *¿Umma?* —susurro, caminando de puntillas por las habitaciones—. ¿Hay alguien en casa?

No se oye ni un ruido y estoy sola con George. Es como en mis sueños. Me planto en la sala de estar y lo observo.

Debería irme. No me fío de mí misma a su lado.

Al mismo tiempo, no consigo despegarme de él. Cae la tarde y el sol ilumina su rostro, bañándolo en una luz dorada. Me asomo y resigo el perfil de sus párpados, las venas delicadas, visibles bajo la piel fina como el papel. Las rozo suavemente. Respira por la boca y su aliento cálido me llega al mentón cada vez que suelta el aire.

Retira su párpado. Toca la cavidad de su ojo.

Rozo su piel, fascinada por la idea. El sol se hunde en el horizonte y sus reflejos danzan en la pared blanca, detrás de su cuerpo inmóvil.

Suenan los segundos en el reloj de la cocina, cada vez más fuertes. Enseguida es lo único que puedo oír. *Tic. Tic. Tic.* El dolor brota en mis sienes. *Tic. Tic. Tic.* Cada vez que lo oigo, el dolor se extiende hasta que mi cuerpo queda completamente sumido en él. Siento un hormigueo en los dedos. Me tumbo sobre la moqueta. El techo es vertiginosa y cegadoramente blanco. Cierro los ojos.

Cuando los abro al cabo de un momento, ha oscurecido. El apartamento está en silencio. Me agarro al lateral del sofá para ponerme de pie. George sigue tumbado allí, y ronca, con la boca abierta de par en par. Una oleada de adrenalina recorre todo mi cuerpo.

Ya he estado antes en este sueño. Mi cuerpo se mueve como un autómata. Camino sin hacer ruido hasta la cocina; las baldosas están sorprendentemente frías bajo mis pies. Junto al fregadero hay un cuchillo de pelar, en el mismo sitio exacto donde lo ha dejado *umma* esta mañana. Un trocito de piel de manzana está adherido a la hoja. Las manzanas estaban de oferta en el mercado coreano. *Umma* compró demasiadas. «Vamos a comernos todos una manzana al día hasta que se acaben», dijo.

Cojo el cuchillo y siento su peso, el tacto liso de su mango sobre mi palma sudada. Imagino introducirlo entre la cavidad y la carne. Apunto el cuchillo al estómago de George, a su cuello. Nunca he llegado tan lejos en mis sueños anteriores, y ahora que me encuentro aquí no sé qué hacer. Presiono la hoja ligeramente contra su mejilla. Aparece un agujerito diminuto de sangre.

Puedes terminar con esto ahora mismo.
Puedes destruirlo.

Lo acaricio con ternura, aleteando los dedos levemente por su frente. Pero noto una sensación extraña, un malestar sordo que va en aumento mientras permanezco sobre él. Este sueño es demasiado vívido. Todo es demasiado claro. La mano que sostiene el cuchillo cae inerte a mi lado. Me rozo el muslo desnudo y suelto un grito ahogado. El dolor florece donde me he cortado, justo por debajo del dobladillo de los pantalones cortos.

¿Es esto real o es un sueño? No lo distingo. No puedo. Pero ¿por qué me duele el muslo? ¿Por qué noto las gotitas de sangre que se deslizan por mi pierna?

Oigo una voz desagradable en mi cabeza. «No es real —me susurra—. Nada de esto es real. Mátalo. Prueba sus ojos.»

Quiero hacerlo. Más que nada en el mundo.
¿Qué más da si es real?

Me da tal tiritona que el cuchillo se me cae de la mano. Aterriza en la mesita de centro con estrépito y George se incorpora de un salto.

—¿Eh? —Tiene el pelo alborotado; la camiseta se le ha subido y revela su barriga pálida y un caminito de vello que desaparece bajo la cintura elástica de sus pantalones cortos—. ¿JW? ¿Eres tú? —Parpadea, adaptándose a la oscuridad—. ¿Por qué están todas las luces apagadas?

No digo nada.

—Dios, estoy mareado. —Estira los brazos y bosteza—. Es como si alguien me hubiera echado un somnífero en la bebida.

El cuchillo reposa sobre la mesa, a muy poca distancia. George está desorientado, confuso, su tiempo de reacción debe de ser lento. La imagen aparece como un destello en mi mente: George, tendido en el suelo, sangrando a borbotones por el cuello. Unas grandes oquedades, vacías, donde deberían estar sus ojos. En el silencio que sigue, su mirada se posa en el mismo sitio que la mía. Al ver el cuchillo, se echa hacia atrás instantáneamente y está a punto de caerse del sofá.

Su miedo es palpable, y es delicioso.

—Eh... ¿JW? —dice con la voz temblorosa—. ¿Qué hace ahí ese cuchillo? ¿Qué haces ahí de pie, con esa cara?

Perdura la tentación. Pero no puedo hacer daño a George. De verdad que no. Va a casarse con mi madre. Será mi padrastro. Pensarlo hace que la bilis me suba a la garganta.

Carraspeo para aclararla.

—No quería asustarte. Intentaba despertarte. Estaba cortado fruta porque tenía hambre y quería saber si a ti también te apetecía. —La mentira brota de mi lengua fácilmente, como si fuera la verdad. Me agacho para recoger el cuchillo y le muestro la piel de manzana enganchada a la hoja.

Sus hombros se relajan de alivio y se ríe. Hay una gota de sangre que desciende por su mejilla desde el punto en el que le he cortado. Todavía no se ha dado cuenta.

—Dios. Pensé que estaba teniendo una pesadilla.

—No quería asustarte.

—¿Tú? ¿Asustarme a mí? —dice con desdén—. ¿De qué voy a tener miedo? Una niñita oriental no va a preocuparme.

—¿Oriental? ¿Qué soy yo, entonces? ¿Una alfombra?

—Los jóvenes os ofendéis por nada. Cualquier tontería os indigna. Cuando yo era niño, *asiático* y *oriental* tenían el mismo significado. —Niega con la cabeza y se sienta bien en el sofá—. No es motivo para ofenderse. Como la palabra *mongoloide*.

Sus palabras me golpean como un puñetazo.

Tendría que haberte matado mientras dormías.

Agarro el cuchillo con tanta fuerza que el brazo me tiembla.

—¿La fruta? ¿Te apetece? —le pregunto apretando los dientes.

—No, gracias. —Se rasca la barriga con gesto distraído antes de secarse la mejilla. Sus dedos se vuelven rojos, manchados de sangre—. Oh —dice—. Me habré arañado sin querer.

32

Si George tiene alguna sospecha, no lo demuestra. Durante los siguientes días se comporta como de costumbre: ruidoso, egocéntrico, grosero. No se da cuenta de que lo observo con los ojos entornados, que los dedos se me crispan cada vez que se acerca a mí. Tampoco lo percibe mi madre. Ambos están perdidos en su pequeño mundo de planes de boda.

—¡Dentro de seis meses seremos marido y mujer! —dice *umma* dando una palmada. Está eufórica.

Ya han reservado el local y, como era caro, *umma* le ha prometido que procurará mantener a raya el resto de los gastos, lo que incluye llevar su vieja alianza de matrimonio y hacer ella misma todos los adornos a mano. Ha empezado a ir a floristerías y tiendas de manualidades cuando sale del trabajo, por lo que está agotada y no es capaz de prestarnos ninguna atención a Ji-hyun o a mí. No hay mal que por bien no venga, pienso. Está demasiado ocupada para ver cómo me vengo abajo.

En cambio, Ji-hyun lo ve todo. Sospecha de mí, lo sé. Cada vez que me doy la vuelta, me la encuentro con la frente arrugada de preocupación. Y cada que vez que estoy sola encuentra alguna excusa para entrar sin avisar.

—¿Estás bien? —me pregunta como si me viera mal, incapaz de estar a solas.

—Sí —le digo.

Oírlo no la tranquiliza. En absoluto.

—¿Estás segura de que te encuentras bien? —pregunta—. Porque me tienes preocupada.

—Estoy bien. Cierra la puerta, por favor.

—¿No me engañas? ¿Eres sincera conmigo?

—Por última vez, sí —respondo exasperada.

Quiero que deje de preguntármelo, de incordiarme. Y de todos modos no estoy mintiendo. No del todo, en cualquier caso.

¿Cuál es la verdad?

La verdad es que los hombres como George rara vez perciben las cosas a menos que estén directamente involucrados en ellas. Los hombres como él son estúpidos e inconscientes, porque están convencidos de que no hay nada más importante que ellos. Esa noche podría haberlo apuñalado, hundir el cuchillo en su garganta, y si le hubiera dicho que había sido un accidente, me habría creído.

A fin de cuentas, ¿por qué iba a sospechar él de una Ji-won dulce, dócil y sumisa? ¿Qué motivos iba a tener yo para hacerle daño? ¿Por qué iba una mujer, sobre todo siendo asiática, a desafiar su autoridad?

George se ve a sí mismo como a un macho alfa. En su visión del mundo, solo otro hombre puede representar una amenaza o un desafío. Por eso se comporta de esta forma: comiéndose con los ojos a Ji-hyun, a mí y a cualquier otra mujer, con todo descaro, delante de mi madre, tratándonos como si fuéramos objetos y no seres humanos. No le tiene ningún miedo a mi madre. Tampoco a nosotras. Si acaso, piensa que mi madre puede darse con un canto en los dientes porque se ha decantado por ella de entre todas las mujeres orientales que podría haber salvado.

Los hombres como George no son como nosotras. No como yo, tampoco como Ji-hyun. Ni siquiera mi padre, otro hombre, puede compararse con él porque el poder de George no solo proviene del hecho de poseer un pene. Proviene de ser blanco. Para nosotras, esa clase de seguridad y confianza en uno mismo es inconcebible. A las niñas se nos enseña desde temprana edad que somos demostrablemente inferiores a nuestros congéneres varones. Somos más pequeñas, más débiles, más estúpidas. Cuando logramos algo, solo es porque los hombres nos lo han permitido. Y, en cuanto que mujeres asiáticas, somos extrañas y especialmente ineptas, con esa piel de supuesta porcelana, esos cuerpos delicados, los «coños achinados» y ese carácter discreto y sumiso.

En cuanto a mi padre, este país lo convirtió en un hombre impotente, pasivo. En otro mundo, con su formación y su empeño, podría haber sido abogado o médico. En tal caso, los hombres blancos quizá lo habrían mirado a los ojos y le habrían estrechado la mano con firmeza, con respeto. Pero sus dificultades con el inglés le restaron valor, le cortaron las alas. ¿Cómo puedes ser un macho alfa cuando necesitas que tus hijas te traduzcan las facturas, te pidan hora al médico, te ayuden a leer los letreros de la carretera?

Cuando *appa* todavía tenía la tintorería, lo veía a menudo agachar la cabeza en señal de respeto a hombres como George, hombres blancos, ruidosos, mediocres, que jamás habían dudado de su propia valía. Mi padre no sabía cómo tratar con ellos.

Una vez, cuando todavía iba al insti, un hombre caucásico alto entró como una furia en la tienda aferrando una camisa blanca recién planchada. Tenía unas salpicaduras marrones en el pecho y el hombre la golpeó contra el mostrador, donde mi padre atendía.

—¡La habéis destrozado! —dijo el hombre—. ¿Cómo vais a compensármelo?

Parecía tranquilo, pero en su tono había un temblor que anunciaba que estaba dispuesto a montar el número. Me quedé mirando la camisa, sin entender nada. *Appa* era muy cuidadoso con su trabajo y era impensable que pudiera haber permitido que la camisa saliera de la tienda con esas manchas. Pero tuve que ver cómo *appa* trataba de encontrar las palabras en inglés, cómo balbuceaba, y a cada instante aquel hombre ponía una sonrisita de suficiencia, se reía, ridiculizaba a mi pobre padre, hasta que él se marchó a la caja registradora y, con la cara roja de la humillación, sacó cinco billetes de diez dólares, arrugados y descoloridos. Trató de alisar esos sucios billetes sobre el mostrador y, evitando todo contacto visual con aquel hombre, se los entregó.

—Por cierto —dijo el hombre, con la mano ya en la manija de la puerta—. Estás en América. Deberías tener la decencia de aprender el idioma. Si tanto te cuesta, vuelve a tu país.

Lo odié, pero en ese momento también odié a mi padre. Sentí una vergüenza horrible al ver el dinero estrujado en la zarpa de ese cliente y el gesto abatido en el rostro de mi padre.

¿Cómo había permitido que lo viera así? ¿Cómo podía avergonzarnos de esa forma?

Pero no hay mal que por bien no venga. Porque sembró algo profundo en mí, una semilla de rabia que creció con el tiempo y me hizo observar, pensar y aprender, hasta que fui lo bastante fuerte para liberar esa rabia. Y si pudiera volver atrás en el tiempo me llevaría a mi padre a un rincón y le susurraría al oído: «No le des el dinero. Es un mentiroso. Cierra las puertas y llama a la policía. Voy a buscar la navaja».

Unos meses después de ese incidente me llevé a Ji-hyun a un restaurante. Nuestros padres trabajaban hasta tarde y ambas nos sentíamos inquietas. Pedimos una cesta de patatas fritas —el único plato de la carta que podíamos permitirnos— y nos dedicamos a observar a la gente, inventándonos historias sobre sus vidas. La mujer que estaba sentada sola en la barra con una copa de martini en la mano acababa de descubrir que su novio, con quien salía desde hacía tres años, le ponía los cuernos. Los dos hombres que charlaban animadamente en una mesa delante de nosotras eran hermanos, separados después del parto, que se habían reencontrado después de décadas sin saber nada el uno del otro. Ji-hyun se reía por lo bajo mientras yo elegía los rasgos que supuestamente demostraban que ambos estaban relacionados: las calvas en la coronilla, muy parecidas, con la forma de África; las naricitas afiladas; los lóbulos de las orejas, carnosos, alargados, que oscilaban cuando se reían. Ji-hyun señaló el pelo en el pecho, que en ambos asomaba por encima del cuello de la camisa de vestir.

Entonces entraron en el restaurante un hombre y una mujer, ambos caucásicos, en lo que a todas luces era una cita. Nos fijamos en la pareja. Mordisqueé una patata frita, saboreándola, dejando que los cristales de sal se disolvieran en mi lengua, mientras los observaba sentarse y empezar a pedir la cena. Nos llegaron retales de su conversación. Al principio parecía que todo iba bien, pero entonces, de golpe, toparon con un problema.

—No estoy de acuerdo —dijo el hombre—. ¿Por qué ibas a necesitar trabajar si gano bastante para mantener a la familia? Tu trabajo es el hogar. Tener un bebé. En fin, las cosas que importan a las mujeres. —Le guiñó el ojo y no me cupo duda de que intentaba ser gracioso. La mujer, en lugar de reírse, lo puso en evidencia.

—¿Las cosas que importan a las mujeres? ¿No crees que los hijos y mantener a la familia deberían ser responsabilidades compartidas por hombres y mujeres?

—Era broma.

—Pues no ha sido muy divertida. De hecho, no eres muy divertido.

La voz del hombre se elevó, creció, ganando volumen palabra a palabra, hasta que Ji-hyun y yo pudimos oír todo lo que decía. Recordé el incidente de mi padre y sentí horror. Imaginé a ese hombre castigando a la mujer, humillándola en público. Estaba segura de que ella recularía y se encogería como había hecho *appa*, que se sometería a su diatriba y le concedería el respeto que los hombres blancos exigían. Había dado por supuesto que esa era la única opción que tenía. Por ello, fue una sorpresa ver cómo en su rostro asomaba una expresión de desprecio. Cada vez que él intentaba discutir, insultarla, ella lo miraba a los ojos, se reía y se mostraba tan perfectamente agradable que era evidente que llevaba las de ganar.

Cuando el hombre se cansó de despotricar, estaba sonrojado, sudado e indudablemente avergonzado. Dejó un puñado de billetes sobre la mesa pegando un golpe y dijo:

—¿Qué eres tú? ¿Una especie de feminista o algo así?

—Sí —dijo ella con total tranquilidad—. Eso es lo que soy.

—Zorra —murmuró él, antes de marcharse ofendido.

Ella sonrió con suficiencia cuando lo vio desfilar.

Asistir a esa escena me abrió los ojos. No solo por el hecho de que esa mujer hubiera podido hacerlo, sino sobre todo por la manera en que lo había hecho. Como me confirmarían experiencias posteriores, para tratar con un hombre así, con un hombre como George, tenías que segarle la hierba bajo los pies. No toda de golpe, por supuesto; primero un poquito por aquí, luego un poquito por allá. Se trata de no retroceder cuando intenta ejercer su poder. En vez de ello, puedes ponerle la zancadilla deslizando algunas mentirijillas. Enmendarle la plana siempre que se presente la ocasión. Confundirlo. Hacer que se sienta imbécil. Hacer que odie no tener la razón, sentirse avergonzado, no tener el control. Ese tipo de hombres no saben qué hacer cuando se ven en estas situaciones y recurren a demostraciones pueriles de furia, tienen berrinches, se enfurruñan. Pese a ello, no pueden hacer nada para remediarlo porque son ellos los débiles. El único poder que tienen es aquel que estás deseando darles, y no le has dado nada. Ni una migaja.

Cuando terminas con un hombre así, te pedirá clemencia. ¿Quién es él si no puede controlarte? ¿Es que acaso sigue siendo un hombre? Para él será un consuelo que le des la mano, aun cuando esa mano empuñe un filo cortante. Y cuando se lo arrebates todo, podrás decir lo que esos hombres dicen de nosotras: «Se lo estaba buscando. Lo pedía a gritos. Será que eso era lo que quería, si es que no se ha resistido».

33

Me despierto de madrugada con un hambre atroz, tan intensa que casi no puedo respirar. Me siento en la cama, con las sábanas enrolladas en las piernas, el colchón combado por la suma de kilos del cuerpo de Jihyun y el mío. La habitación está a oscuras.

Me levanto y me quedo quieta, tambaleándome sobre los pies. Por una vez, mis movimientos despiertan a mi hermana. Rueda hacia mi lado de la cama y se sienta, con la espalda apoyada en la pared y un gesto soñoliento y desorientado.

—¿Adónde vas? —pregunta.

—A ninguna parte —digo en voz baja. Le arropo el pecho con las sábanas—. Vuelve a dormirte. Enseguida estoy aquí.

—Te espero.

—Vale. —Todavía no lo sabe, pero dentro de unos segundos, antes incluso de que cierre la puerta, estará profundamente dormida.

Está todo tan tranquilo esta noche que puedo oír cualquier ruido: el crujido del suelo bajo mis pies, el ronroneo de la nevera, el silbido de la cisterna del lavabo. En el apartamento de al lado, alguien está viendo la tele.

Encuentro las llaves y la billetera de George sobre la encimera de la cocina. Se preocupa de dejarlas todos los días en el mismo sitio para no extraviarlas, lo que me facilita las cosas. Abro su gruesa billetera y hojeo el dinero con el pulgar antes de coger un billete de cien dólares y metérmelo en el bolsillo. Sé que no lo echará de menos. Todavía no ha echado de menos el dinero que le birlé hace unas semanas.

Con las llaves, en cambio, es otra historia. Quiero cogerlas, pero mañana por la mañana, cuando se despierte, detectará enseguida su ausencia. Jugueteo con ellas, luchando conmigo misma, y paso los dedos por sus bordes dentados.

Cógelas.

Al cabo de unos segundos las cojo con cuidado, para no hacer ruido, y las escondo en el fondo de la nevera, detrás de un gran tarro medio vacío de *kimchi*. Solo se ven si sabes dónde buscarlas. Cierro la puerta y vuelvo sin hacer ruido a nuestra habitación, con Ji-hyun. Como era de esperar, ronca como una bendita.

Si soy totalmente sincera, siempre me ha extrañado lo de las llaves. Desde luego, *umma* le ha dado una copia de la de nuestro piso, pero aparte de esta y la de la camioneta, tiene tres llaves más. Dos de ellas, por su aspecto, se diría que pueden servir para abrir otros apartamentos, y la tercera es de otro coche, un Toyota que nunca lo he visto conducir.

—¿De dónde sale la llave del Toyota? —le pregunté una mañana mientras desayunábamos juntos.

Ji-hyun, presa de un súbito interés, levantó la vista del plato. Con el rabillo del ojo, vi que *umma*, que estaba a los fogones, se había girado también. Fue un movimiento casi inapreciable, pero al mismo tiempo visible. Secándose la frente, echó un vistazo a las lonchas de beicon que se freían en la sartén.

El olor a carne quemada quedó flotando en el aire. De los labios de George goteaba aceite mientras masticaba y engullía lo que tenía en la boca.

—Es la llave de mi antiguo coche. No la tiré.

—¿Y estas llaves de puertas? ¿Por qué tienes dos llaves de puertas?

—Esta es la de mi apartamento actual. —La tocó con el dedo corazón—. Y esta... —Se interrumpió, por lo que supe al instante que lo que saldría a continuación de su boca sería una mentira—. Esta es la de un apartamento que tuve. —Tomó un trago de zumo de naranja y dejó el vaso sobre la mesa.

Mentiroso. Eres un puto farsante.

—Tiene que ser un engorro cargar con ellas todo el día. Te las sacaré del llavero —dije—. Yo lo hago.

Se puso las llaves sobre las piernas para que no pudiera cogerlas.

—No pasa nada. Me gusta conservarlas. Guardo muchos recuerdos felices de aquella casa.

No iba a preguntarle qué recuerdos eran esos, pero en ese preciso instante metió baza Ji-hyun.

—¿Conservarás tu apartamento cuando tú y *umma*...? —Hizo un gesto sin convicción.

—Bueno, tu madre quiere que me instale con vosotras de forma permanente.

Ji-hyun parecía abrumada por la noticia. Me supo muy mal ver su expresión, no solo por ella, sino también por mí misma. Busqué su mano debajo de la mesa y se la estreché. Cuando intenté retirarla al cabo de un momento, ella me la apretó con fuerza y se negó a soltarla.

—¡Para de putearme, JW! —grita George. Su voz penetra en mi cabeza, desgarra mis sueños. Reverbera en las paredes, como un eco. Intento despertarme, abrir los ojos, pero los tengo pegados. Y cuando trato de levantar el brazo, mi cuerpo no me obedece. Siento el aliento caliente de George en la oreja. Se inclina sobre la cama, me susurra—: Sé lo que has hecho. Sé lo que has estado pensando. Lo sé. Lo sé...

Abro la boca para gritar. ¿Dónde está Ji-hyun? ¿Dónde está *umma*? George gira y se desliza como un fantasma, chilla, grita, me pincha, me susurra. Tengo que plantarle cara. Tengo que matarlo. Pero no puedo moverme.

¿Por qué no quieres moverte?

Tenso cada músculo de mi cuerpo. Después de un golpe seco, siento una descarga. Me incorporo al instante y la blancura de la habitación me ciega. No estoy en nuestro piso. Estoy en otro sitio. Me protejo de la luz brillante con la mano hasta que lo entiendo todo: estoy en la habitación llena de ojos, la que soñé, pero los ojos han desaparecido. Todos. En su lugar está George, más demonio que hombre, enseñando los dientes, y de pronto noto algo duro y pesado en la mano. Es un cuchillo. Cierro los ojos.

Cuando George se abalanza sobre mí, le clavo el cuchillo en la barriga, me ensaño, lo acuchillo varias veces, hasta que noto el calor de su sangre derramándose a borbotones sobre mis manos. Entonces, despacio, metódicamente, le saco los ojos de la cabeza con el cuchillo. Me meto cada globo ocular en la boca y me lo trago entero. Los nervios ópticos se deslizan por mi garganta como espaguetis...

Escupo, me ahogo. Me despierto en la cama, con Jihyun a mi lado. Lloro de alivio por estar viva y por no haber matado a nadie, y porque George esté durmiendo en la habitación de al lado, junto a mi madre.

34

—¿Dónde coño están mis llaves? —berrea George—. ¿Alguien las ha visto?

Lleva toda la mañana poniendo patas arriba el piso. Reprimo la sonrisa cuando lo veo revolver su maletín antes de ponerse a gatas en el suelo.

Arrástrate, cucaracha patética.
Arrástrate.

—Cariño, por favor, no digas palabrotas delante de las niñas.

—No lo hago, ¿vale? Solo quiero saber dónde están mis llaves. —Va a la chaqueta que cuelga detrás de la puerta y mete las manos en los bolsillos. Cuando no encuentra nada, vuelve a las andadas—. ¡Joder!

—Podrías coger mi coche hoy, ¿no? —dice *umma*. Está preparándose para ir a trabajar y se cepilla el pelo—. Ji-won no lo necesita. Y estoy segura de que habrá alguien en casa para abrirte luego.

—¡No! —replica él, escupiendo saliva—. No se trata del coche, es...

—¿De qué se trata, entonces? —pregunto—. ¿Necesitas las otras llaves?

Ha caído en mi trampa, y ambos lo sabemos.

—Tengo una reunión con un cliente esta tarde —dice midiendo las palabras con una precaución que no había demostrado hasta la fecha—. Lo tengo todo en el otro apartamento. Informes. Datos. Ese tipo de cosas.

—Pero ¿no dijiste que lo habías traído todo aquí por la inundación?

—No todo —contesta él, cabreado—. No te pases de lista, JW. Esto no es divertido.

—No lo hago. Solo quiero ayudar. ¿Puedes usar nuestra impresora y hacer copias? —le propongo.

—No puedo. —Cruza los brazos y me mira con rabia, afilando los ojos. Hoy son muy azules.

Insisto.

—¿Por qué no?

¿Qué pasaría si siguiera pinchándolo? ¿Explotaría? Imagino su cabeza saliendo disparada de sus hombros, nuestro apartamento cubierto de una lluvia de trocitos de cerebro y sangre.

Dos ojos preciosos, azules, cayendo
directamente, uno detrás de otro,
en mi pequeño regazo.

—¡Vale! —George levanta las manos en gesto de rendición—. Imprimiré el informe aquí y cogeré el coche de tu madre. Pero cuando vuelva a casa quiero que todas, y cuando digo todas digo todas —me señala con el dedo—, me ayudéis a encontrarlas. No valen excusas. ¿Entendido? Y si alguien ha hecho una tontería... —vuelve a señalarme—, lo pagará muy caro.

Cuando *umma* saca el tarro del *kimchi* esa noche para preparar *kimchi jjigae*, suelta de repente un grito de sorpresa.

—¡George! ¡He encontrado tus llaves!

Sale de la habitación resoplando. Se ha pasado la hora anterior moviendo muebles.

—¿Dónde estaban? —pregunta quitándoselas de la mano—. ¡Están frías!

Umma se tapa la boca con la mano.

—Cariño, estaban en la nevera. Detrás del *kimchi*. ¿Las dejaste tú ahí?

Umma se ríe.

Detrás de él, Ji-hyun y yo también nos reímos por lo bajini. Aun así, nos oye, porque sus orejas se están poniendo rojas por momentos.

—Jamás haría una cosa tan estúpida. Tiene que haber sido una de vosotras.

—Nosotras no hemos sido —respondo riendo—. Has sido tú.

—Sí —me imita Ji-hyun—. ¡Seguro que has sido tú! No nos eches la culpa.

Por una vez, George se queda callado. Intenta hacer memoria, pero sus recuerdos son confusos. Lo hemos dejado en ridículo. ¿O ha sido él quien se ha puesto en ridículo a sí mismo?

Umma vuelve a concentrarse en el tarro de *kimchi*, vaciando su contenido en la olla de piedra que tiene sobre el fogón. Ji-hyun se mete en el cuarto de baño y cierra la puerta.

Y George se queda quieto, petrificado, con los puños crispados a lado y lado, la frente surcada de arrugas en un gesto de concentración. Nadie le hace caso, y finalmente da media vuelta y se bate en silenciosa retirada.

—Ahora ya puedes hacer lo que sea que hagas en tu otro apartamento —digo en voz baja.

No sé si me ha oído, pero en todo caso no se vuelve.

35

El tiempo vuela, y mi segundo trimestre en la uni se encamina rápidamente a su fin. La amenaza de expulsión me ha espoleado y, a pesar de tenerlo todo en contra —el insomnio, las pesadillas—, las asignaturas se me han dado mejor. En Estudios Asiaticoamericanos he sacado un sobresaliente; en Historia y Estadística tengo sendos notables, y en Psicología me han puesto un bien. Si aguanto el tirón en los finales, dejaré de estar bajo vigilancia académica.

Geoffrey ha intentado mensajearme un montón de veces desde el incidente de los palillos. En general, he pasado de él o le he contestado con respuestas secas, de una palabra, lo cual parece ofenderlo.

¿Te gusta mi captura del gatito?

Claro.

Vamos, eso no es una respuesta de verdad, me responde. Casi puedo oír su tono quejumbroso, y decido guardar el móvil asqueada.

En clase intenta sentarse a mi lado, invadiendo mi espacio. Me parece increíble haber tardado tanto en darme cuenta de que es un inútil. Es áspero, prepotente y molesto. Sus ocurrencias sobre el feminismo son simples fanfarronadas, un intento de hacernos creer que es mejor que los demás hombres. Lleva unas camisetas ridículas.

—El examen final constará de cien preguntas de elección múltiple —dice la profesora Thompson—. Esta noche colgaré en el campus virtual una lista de temas posibles que trataremos. Os lo advierto: es mucha materia.

La clase refunfuña. De silla a silla, Alexis me da un codazo.

—¿Lo he oído bien? ¿Cien preguntas?

—Buah... Sí.

—No tengo espacio en el cerebro para las respuestas a cien preguntas.

—Yo tampoco. Estoy asustada. —Apoyo la cabeza en las manos—. Tengo que aprobar esta asignatura o lo llevo claro.

—Seguro que te va bien. Quedemos este fin de semana para estudiar. Al final, el examen nos tendrá miedo a nosotras, y no al revés.

Miro a Alexis entre los dedos de mis manos.

—Y si suspendo...

—Basta ya —dice, regañándome—. No suspenderás. Eres una de las personas más inteligentes que conozco. Además, he hablado con algunos compañeros de clase y les parece bien quedar para hacer un grupo de estudio. Había pensado el sábado a las seis. ¿Te iría bien?

Se lo agradezco un montón, y me da pena separarnos cuando llegamos a la puerta. Como de costumbre, me da un abrazo rápido y me deja envuelta en su dulce perfume.

—El sábado a las seis —repito, llenando mis pulmones hasta que me mareo.

Esta mañana he perdido el autobús y George, de mala gana, ha accedido a llevar a *umma* al trabajo para que yo pudiera utilizar su coche. Como era de esperar, no ha parado de protestar. («¿No puedes pillar un taxi? Estoy ocupadísimo», se quejaba.)

A cada paso cazo una vaharada del perfume de Alexis, porque ha impregnado mi ropa. Estoy tan ensimismada pensando en ella que no oigo los pasos rápidos que me siguen hasta que llego al aparcamiento. Me paro en seco. Los pasos hacen lo mismo. Cae la tarde y el sol proyecta unas largas sombras sobre el asfalto. El corazón me late con fuerza, trastabillando en cada contracción. Meto la mano en la mochila y busco la navaja. Mis dedos rozan el mango liso y lo agarro con desesperación.

—¿Quién eres? ¿Por qué me sigues? —pregunto con la voz entrecortada, volviéndome de golpe.

No hay nadie. Otra vez. Respirando con dificultad, oteo el aparcamiento buscando algún indicio de que no estoy chalada, de que no veo visiones. ¿Me seguían? ¿O me lo he imaginado todo? Hay varias personas pululando por la zona, pero están muy lejos. Cuando estoy a punto de subirme al coche, veo de pronto un movimiento fugaz. Me giro de golpe, justo a tiempo de ver a alguien que se escabulle.

Echo a correr, pero llego tarde. Me quedo delante de un arbusto. Estoy temblando.

Vuelves a imaginarte cosas, Ji-won.

36

Alexis comparte un apartamento de una sola habitación con otra chica. Está fuera del campus. Aquí todo es más sórdido, con campamentos de personas sin hogar amontonados en las aceras oscuras. Aparco en la calle y casi pego un salto cuando abro la puerta. Justo a mi lado veo un hombre harapiento sentado en el suelo. Tiene las mejillas descarnadas y mira por mi ventanilla con unos ojos huecos, vacíos. Mi primera reacción es salir pitando con el coche, pero el hombre me saluda discretamente con la mano y me indica que baje la ventanilla. La bajo solo un resquicio.

—¿Tienes una moneda? —pregunta. Su voz es áspera, como si no la hubiera utilizado desde hace tiempo.

Niego con la cabeza.

—No, lo siento.

Se da la vuelta para marcharse, pero entonces me vence la pena. Hay algo en él que me gusta. Meto la mano en el bolsillo y saco un puñado de calderilla.

—No tengo más.

Su rostro se ilumina.

—¡Gracias!

Observo cómo revisa las distintas monedas y luego me encamino al portal del bloque de Alexis. El edificio es más viejo que el nuestro, pero mucho más bonito.

Melissa, que es su compañera de piso, me abre la puerta. Me echa una mirada de desdén antes de dejarme pasar. Al principio, su frialdad me descoloca, pero cuando llega el resto del grupo de estudio comprendo la antipatía de Melissa. Aparte de mí, Alexis ha invitado a otras cinco personas, más que demasiadas para un sitio tan pequeño. Nos apretujamos en el salón, codo con codo, y nos ponemos a trabajar mientras que Melissa desaparece en la habitación.

Al final de la primera hora de estudio me duele la mano. He llenado un montón de páginas de apuntes y todavía tengo que correr para escribir todo lo que dicen los demás. Mi bolígrafo vuela sobre las páginas de mi cuaderno.

Con todo, debo reconocer que a Alexis se le da bien juzgar el carácter de las personas. Los invitados son todos educados, inteligentes y colaboradores, por lo que enseguida se disipa cualquier incomodidad que hubiera podido tener por el hecho de compartir espacio con tanta gente. Trabajamos, hablamos, nos reímos, sintiéndonos cada vez más a gusto en grupo, hasta que a medianoche Melissa sale de la habitación como una furia, se planta de brazos cruzados y nos mira enfadada.

—Alex. ¿Puedes llevarte la fiesta a otra parte? Necesito dormir.

Aaron, un estudiante de primer año de pelo oscuro con una explosión de pecas en las mejillas, es el primero en levantarse. Carraspea con gesto incómodo.

—Lo siento. Ahora nos vamos. Además, me muero de hambre.

—¿Alguien más tiene hambre? —pregunta Alexis—. Conozco un sitio buenísimo en esta misma calle. Abre hasta tarde.

Hay un murmullo compartido de aprobación al que, sin embargo, no me sumo.

No recuerdo la última vez que salí con un grupo de gente de mi edad. No así. No desde el instituto.

Me llevo a Alexis a un rincón.

—Creo que me iré a casa —balbuceo.

—¿Por qué? ¿No tienes hambre?

—La verdad es que no.

La barriga me traiciona con un ruidoso gorgoteo. Alexis sonríe y me pone una mano cariñosa sobre el brazo.

—Ven un ratito. ¡Lo pasaremos bien!

Como Alexis vive tan cerca del campus, hay un montón de restaurantes y tiendas en las inmediaciones. Nunca he estado aquí —sobre todo porque no tengo a nadie con quien ir—, y me sorprende ver que todos los edificios están llenos a rebosar de gente. Grupos de estudiantes se derraman sobre las aceras y las calles. Caminamos en fila india, entrando y saliendo de las multitudes, y al cabo de tres manzanas llegamos al restaurante. Es un cuchitril, la clase de sitio en el que puedes dar por seguro que la comida será deliciosa. Unas enormes masas de carne giran ensartadas en unos pinchos de metal, mientras los jugos y las grasas gotean sobre el carbón al rojo vivo. Cuando abrimos la puerta, se me hace la boca agua con el olor de la comida y las tripas empiezan a sonarme otra vez.

Alexis oye el ruido y se ríe.

—¿A que estás contenta de haber venido?

—Lo estoy. —Le sonrío agradecida—. Gracias.

—No iba a permitir que te lo perdieras. Es mi sitio

favorito. Es alucinante, y los dueños son supermajos. Ya lo verás.

Como no consigo decidirme, los demás piden antes que yo y se sientan a una mesa en medio del restaurante. Finalmente, opto por un plato de *shawarma* de pollo, pero cuando abro la mochila para pagar no encuentro mi cartera por ninguna parte. Mordiéndome la carne de la mejilla, convoco una imagen de esta mañana: mi cartera, repleta del dinero que le he ido robando a George estas últimas semanas, abandonada en el escritorio de mi habitación. Iba a guardarla en la mochila, pero como tenía mucha prisa me la he olvidado.

—Bueno, al final no tengo hambre —le digo al hombre que atiende en el mostrador.

Él baja la cabeza en un rápido gesto de asentimiento antes de desaparecer en la trastienda, y, avergonzada, me encamino a la mesa donde están todos sentados.

—Tengo que irme —le susurro a Alexis al oído.

—¿Por qué?

—Me he olvidado la cartera.

—Me ofrecería a cubrirte, pero no tengo suficiente dinero en el banco —dice.

Me siento fatal por ella, y niego con la cabeza.

—No, no te preocupes. No pasa nada. De todos modos, tengo que volver a casa.

Me doy la vuelta para marcharme, pero ella me lo impide. Su mano cálida reposa sobre mi muñeca.

—Quédate un ratito más —dice.

Sirven la comida en bandejas desechables. Hay arroz, ensalada y verduras asadas, todo bañado en aceite, y tanta carne que casi no puedo soportarlo. Observo la comida con envidia y me obligo a recordar que luego podré cenar en casa, que podré cocinarme un gran cazo de *ramyun* con todos los huevos que me vengan en gana. Pero cuando empiezo a imaginarme esos fideos hinchados en un caldo picante y rojo, Alexis empuja su bandeja hasta dejarla entre nosotras y me planta un tenedor en la mano.

—Si no me ayudas a comerme todo esto, se irá a la basura. Es demasiado. Piensa en los niños que se mueren de hambre —me dice con una sonrisa pícara.

Su bondad me apabulla. Agarro el tenedor con una mano temblorosa. Es encantadora, tanto que no sé si me siento avergonzada o agradecida. Arranca un trozo de pollo y se lo mete en la boca. La imito. Me sonríe como una madre orgullosa.

—¿A que está buenísimo?

Lo está. Es de lo mejor que he comido en mucho tiempo.

Después de la cena, Aaron se acerca a Alexis y le pregunta si le apetece ir a por el postre. Ella me mira levantando las cejas y siento una opresión en el pecho. Me obligo a reír.

—¡Estaré bien! Marchaos. ¡Pasadlo bien!

Cuando salgo sola a la calle, sintiendo el aire frío de la noche en las mejillas, intento apartar a Alexis de mis pensamientos.

Pese a que es muy tarde, todo sigue animado. La calle está repleta de coches, y noto la vibración de energía de toda la gente que está fuera de los bares y los restaurantes. Los miro al pasar y, cada vez que veo a alguien con los ojos azules, siento una carga eléctrica en todo el cuerpo.

La universidad tiene unos treinta mil estudiantes, de los cuales un veintiséis por ciento son blancos. Pero, según mis investigaciones, solo un ocho por ciento de la población general tiene los ojos azules. Si he hecho bien los cálculos, tendría que haber unas 624 personas con los ojos azules en el campus.

Por supuesto, cabe recordar que solo el cuarenta y nueve por ciento de la población estudiantil es masculina, lo que significa en resumidas cuentas que solo unas trescientas personas cumplen con mis requisitos. Más o menos. Entonces, si es así, ¿por qué todos los ojos son azules aquí? Me rodean vigilantes. Me reconocen. Saben lo que quiero y me suplican que los coja.

Se me crispan los dedos. Unos escalofríos me bajan bailando por la columna. Se me pone la carne de gallina y me quedo quieta con los puños apretados. Debo de parecer una loca plantada en medio de esta acera, observando pasmada a la multitud. Varias personas casi chocan conmigo, pero se detienen justo a tiempo y luego murmullan y sueltan algún taco entre dientes mientras me esquivan con pies de bailarín. Me da igual. Todo me da igual salvo...

—¿Ji-won?

Se rompe el hechizo. Levanto la vista. Geoffrey está delante de mí, con las manos hundidas en los bolsillos, mirándome con curiosidad. Sus ojos son marrones como la podredumbre, asquerosos, nada apetecibles.

—¿Va todo bien? Estás... pálida. —Me pone el dorso de la mano sobre la frente.

Me aparto de un salto.

—Estoy bien.

Me observa con el ceño fruncido.

—No has contestado a ninguno de mis mensajes y

siempre te vas pitando después de clase. ¿Estás cabreada conmigo o qué?

La gente nos empuja para pasar. Tropiezo y casi me caigo de bruces, pero consigo recobrar el equilibrio en el último momento. Aun así, ni él ni yo nos movemos. Estamos en un punto muerto y los ojos asquerosos, marrones, de Geoffrey me escudriñan sin descanso. Carraspeo.

—No, no estoy cabreada. Estaba ocupada. Nada más.

—¿Ocupada con qué?

—Los exámenes finales. —Hago un gesto desmayado, con la mano inerte—. La vida, qué te voy a contar.

—Oh. —Se quita la chaqueta, dejando al descubierto una camiseta ceñida, verde esmeralda. Los pliegues de sus pantalones son firmes, decididos—. ¿De dónde vienes? ¿Has salido a cenar?

—Estaba estudiando con Alexis.

Arruga la nariz.

—Por eso has pasado de mí últimamente. Siempre que nos vemos me hablas de Alexis, que si esto, que si lo otro. Imagino que me habrá dejado mal, ¿no? ¿Ha intentado ponerte en mi contra?

—Pues la verdad es que no —respondo—. Alexis no es así.

—Seguro... —Pone cara de incredulidad—. He tratado con chicas como ella y mienten más que hablan, siempre con dramitas. No lo soporto. Pensaba que eras más espabilada, Ji-won. —Da un paso hacia mí. Yo doy un paso atrás—. No eres como las demás. Por eso me caes bien.

Tienes razón. No soy como las demás mujeres.

—Lo siento, Geoffrey, pero tengo que irme.

Se aparta para dejarme pasar. Sin embargo, antes de que pueda marcharme, me dice levantando la voz:

—Yo me andaría con cuidado con Alexis, Ji-won. Deberías pensar por qué intenta sembrar cizaña entre nosotros.

37

Cuando llego al coche, lo primero que veo son las zapatillas: unas Nike hechas polvo, con las suelas cayéndose a pedazos y los cordones desatados, arrastrados por el suelo. Apuntan al cielo, y los calcetines están deshilachados y sucios.

—¿Hola? —Me acerco un paso—. ¿Hola? ¿Señor? ¿Se encuentra bien?

Salgo de la acera y miro entre los matorrales para descubrir el resto del cuerpo, que está inmóvil, inerte. Me inclino para tocar la carne con los dedos. Tiene la piel fría y gris. Aun en la oscuridad, puedo percibir el tono apagado. Con cuidado, le toco la muñeca, como hacen en las películas. No tiene pulso. Nada. Me arrimo un poco más para ver su cara. Suelto un grito ahogado.

Es el hombre de antes. El hombre al que le he dado las monedas, el mismo que ha aparecido junto a mi coche. Lo he visto hace unas horas y estaba bien. ¿Qué ha pasado? Me agacho al lado de su cabeza y le pongo la mano delante de la nariz y la boca. No se inmuta. No respira.

Levanto uno de sus párpados y caigo hacia atrás sorprendida, aterrizando sobre mi espalda. Todo está borroso. Se me llenan los ojos de estrellas. Un avión surca el cielo. Sus luces parpadean.

Los ojos del hombre son azules.

Y está muerto.

Tenía doce años la primera vez que vi un cadáver. *Halmeoni* vivía en nuestra calle, no muy lejos, y cuando Jihyun y yo éramos niñas, nos hacía de canguro cada vez que nuestros padres tenían que trabajar hasta tarde. Los domingos por la mañana nos llevaba a la iglesia. Queríamos a *halmeoni* y, cuando falleció repentinamente, mi hermana y yo nos quedamos destrozadas. Su funeral se aplazó varias veces mientras esperábamos la llegada de nuestros parientes de Corea, y había pasado un mes y medio desde su muerte cuando finalmente se celebró la ceremonia.

Umma me envió al féretro la primera.

—Ve —me dijo—. Despídete de ella.

Vi que tenía los ojos llenos de lágrimas y, aunque me diera muchísimo miedo, supe que no podía desobedecerla, no cuando se encontraba en ese estado. Los ojos de *halmeoni* estaban cerrados, pero en su gesto no se apreciaba ninguna tranquilidad. Estaba rígida y gris, con una mueca, como si estuviéramos perturbando su paz. Y quizá era verdad, porque estábamos todos apretujados a su alrededor, mirando su cadáver como si formara parte de una exposición de arte.

No me quitaba de la cabeza que ese cuerpo que tenía ante mí llevaba muerto seis largas semanas, que se iba pudriendo lentamente de dentro afuera. Cuando oí los pasos de Ji-hyun detrás de mí, le tapé los ojos con la mano.

—No mires —le susurré.

Cuando tenía pesadillas se me aparecía la abuela, persiguiéndome, mientras la piel se le caía a pedazos de los huesos. Mi abuela en su ataúd, llena de gusanos que excavaban galerías en su carne, con un río de sangre negra que salía por debajo de su cadáver. Mi abuela con cucarachas que se arrastraban sobre su esqueleto. Tuve que dormir con las luces encendidas varios meses.

El rostro de este hombre no exhibe el aspecto ceroso, la falta de naturalidad, que vi en *halmeoni*, y, de no haber sabido perfectamente que no era así, habría pensado que dormía.

Al verlo, me inundan los recuerdos: George durmiendo a pierna suelta, en el sofá. George mirándome desde el otro lado de la mesa. George, con los dedos mojados de saliva, estrujando un ojo de pescado recién limpiado. George sonriendo. George y sus ojos azules.

La navaja aparece en mi mano antes de que pueda saber qué estoy haciendo. Se hunde fácilmente en el párpado. No parece hecho de carne y hueso, sino de mantequilla y queso reblandecidos. La sangre se derrama en mis manos. Se me hace un doloroso nudo en el estómago, pero me obligo a continuar.

Confío en que el ojo saldrá fácilmente, tal y como he imaginado en mis sueños. Pero, después de haber cortado todo el perímetro de la cavidad y haber retirado la aleta de piel que es el párpado, el globo ocular se empeña en llevarme la contraria. Respiro hondo y utilizo las uñas para extraerlo. El nervio óptico se parte y me quedo con una masa chorreante en la mano cerrada.

Me lo acerco a la cara, lo observo, hipnotizada por su

color. Es precioso. Imponente. Bello. Quiero saborearlo, masticarlo, engullirlo entero. Pero un repentino ruido de pasos dispersos a mis espaldas me lleva de vuelta a la acera iluminada por la luz de la luna, bajo las estrellas que brillan luminosas en el cielo. Paralizada por el miedo, me meto el ojo en el bolsillo y abandono a toda prisa los arbustos, vuelvo a la acera, me subo al coche. En el retrovisor, veo un destello verde.

38

Decido parar en una gasolinera a un par de kilómetros de casa. No suelo visitarla porque tienen cara la gasolina, pero hay unos lavabos exteriores que nunca están cerrados con llave. Lo sé porque hace años Ji-hyun y yo los utilizábamos en caso de emergencia.

Hay un coche parado junto a los surtidores y aparco al otro lado, antes de salir corriendo a los servicios. En cuanto cierro la puerta pegando un fuerte golpe, paso el pestillo, apoyo la espalda en la pared y me dejo caer. Me quedo sentada en el suelo. Cada músculo de mi cuerpo grita de alivio. Las manos me tiemblan sin que pueda controlarlas.

¿Me lo he imaginado todo? Inspecciono mi mano derecha y veo la sangre reseca, alojada en cada pliegue y cada arruga de la palma.

De niña, mi madre me leía la mano, poniéndola sobre la suya. Me pasaba la punta del dedo por el centro de la palma. «Esta es la línea del corazón —me decía—. Y esta es la línea de la vida. Ji-won, puedo asegurarte que vas a tener una vida larga y feliz.»

Pero se equivocaba. Este es mi destino. No una vida

feliz, sino una vida dominada por el dolor y la pena. A mi alrededor, el mundo parece borroso y tenue. Pienso en *umma* y en Ji-hyun, pienso en nuestro apartamento, y me meto la mano en el bolsillo, convencida de que, a pesar de la sangre, a pesar de todo lo que ha ocurrido, regresará vacía.

No lo está. Hay un peso que tira de ella cuando intento levantarla. El ojo se me resbala y cae al suelo con un chapoteo.

Apoyo las manos y las rodillas en el suelo, gateo hasta el lavamanos y me agarro a él. Me falta el aire. Las rodillas de los pantalones se me han empapado de arrastrarlas por el suelo. Estoy mareada. Me obligo a ponerme de pie, abro el grifo y dejo correr el agua helada sobre mis dedos. Observo cómo el agua adquiere un tono herrumbroso, apagado, al caer sobre el interior arañado del lavamanos y desaparecer por el sumidero. Miro mi imagen en el espejo lleno de pintadas esperando ver un monstruo, un demonio, una asesina, pero soy yo. Solo yo.

El ojo me mira desde el suelo. Lo recojo y lo lavo.

¿No quieres probarlo, Ji-won?

No quiero. No puedo.

Ya estaba muerto cuando lo encontraste.
No has hecho nada malo.

Sí lo he hecho. Sí.

¿Era esto lo que querías?

Pero no así.

Es demasiado tarde para arrepentirse.

Antes de que pueda disuadirme de hacerlo, cierro los ojos con fuerza y me lo meto en la boca. El ojo está fresco, después de todo el rato que ha pasado debajo del grifo. Un líquido salado gotea por mi garganta. El exterior es de cartílago, crujiente.

Lo arrincono en la mejilla izquierda y lo muerdo con los molares; una materia gelatinosa estalla en mi boca.

Es delicioso. Con un sabor intenso y redondo. No se parece a los ojos de pescado que he probado. Para nada. Si acaso, recuerda a las vísceras, con un regusto ligeramente metálico, de carne. Mastico y trago hasta que me lo como todo. Solo queda un saborcillo a sal o salmuera. De pronto tengo mucha sed y me acerco tambaleándome al lavabo. Me lleno las manos de agua y bebo. Bebo sin parar, hasta la saciedad, hasta que la barriga me duele, y luego me derrumbo sobre la taza y vacío el contenido de mi estómago. Sobre la loza del inodoro, solo veo una espuma teñida de rosa. Tiro de la cadena, bajando la manija, y veo desaparecer mis pecados.

Un remolino los engulle, los absorbe, hasta que no queda nada.

Todos duermen cuando llego a casa.

Me quito los zapatos a oscuras y me quedo quieta, disfrutando de la cercanía de George. Lo tengo al alcance de la mano.

Sus llaves y su cartera están en la encimera de la cocina. Sonriendo para mis adentros, cojo su permiso de conducir, me acerco al fregadero y lo meto en el triturador de basura.

39

Cuando abro los ojos por la mañana, lo primero que recuerdo es la sensación húmeda, untuosa, de la sangre, el crujir del cartílago, el gorgoteo del agua arremolinada en la taza del váter. Me estremezco, echo una mirada al techo lleno de marcas y cojo el móvil.

Tengo un aluvión de mensajes de Geoffrey. Son veinte por lo menos. Los sobrevuelo sintiendo un asco cada vez mayor por él.

Ji-won, ¿podemos hablar? Por favor.

No entiendo qué ha pasado. No entiendo por qué intenta Alexis que no seas amiga mía, pero te juro que lo que te haya dicho de mí, sea lo que sea, ¡no es verdad!

Ji-won 😿.

Por favor, eres una de mis mejores amigas y no soporto perderte. Dime cómo puedo arreglarlo. No sé qué he hecho, pero lo siento.

Es tan cargante... Intento pasar de él, pero cuando el móvil vuelve a vibrar, con un pitido insoportable, le respondo con un mensaje furioso:

Geoffrey. De verdad que no puedo con esto ahora. Por favor, no me molestes más.

Llego diez minutos tarde al examen final de Psicología. Entro corriendo en el aula, con la mochila dando botes, medio asfixiada, gotas de sudor cayendo por mi cara. Al verme, la profesora Thompson aprieta los labios y dobla los brazos.

—Llegas tarde —comenta enfadada, como si hiciera falta que me lo dijera.

La miro con cara de estúpida mientras trato de inventarme una respuesta.

«Sí, lamento haberme comido el ojo de un sintecho anoche, me cuesta mucho superarlo, así que...»

Niego con la cabeza.

—Lo siento —murmuro.

Ella suelta un suspiro de desaprobación, pero me entrega el examen. Corro al asiento que Alexis me ha guardado e ignoro su gesto preocupado antes de apartar su mochila. Me siento y leo la primera pregunta.

«¿De qué manera determina el lenguaje las emociones y la percepción?»

Respiro hondo y empiezo a escribir.

Más o menos a la mitad del examen, paro un momento, mareada y desorientada. Me noto raras las manos. Las miro y veo que están cubiertas de sangre. Esta vez no es un sueño. Es real. Tengo un escalofrío.

—¿Qué estás haciendo, Ji-won? —me susurra Alexis.

—Mis manos —gimo.

—¿Qué les pasa? —Alexis mira hacia la tarima, desde donde la profesora Thompson nos dirige una mirada fulminante—. ¡Acaba el examen!

—No puedo. No puedo. Hay tanta sangre...

—¿Tienen algún problema, señoritas? —Toda la clase nos mira, y la profesora Thompson está blanca de rabia—. Saben que este examen no es una actividad de grupo, ¿no?

—Lo siento —dice Alexis a toda prisa—. Ji-won no se encuentra bien y...

—Tengo las manos cubiertas de...

—¡No tienes nada en las manos, Ji-won! —me corta Alexis. Su gesto es suplicante—. Tenemos que terminar el examen final. ¡Por favor!

Es el tono con el que me habla Alexis lo que me devuelve a la realidad. Me miro las manos hasta que la sangre desaparece.

—Lo siento —balbuceo antes de inclinarme sobre el papel e intentar concentrarme desesperadamente.

Terminado el examen, la profesora Thompson me para en la puerta.

—Ji-won, ¿no?

Asiento.

—¿Has pensado en ver a uno de los terapeutas del campus? —Su rabia ha desaparecido. Escruta mi cara—. Es gratis.

—Oh, no. No lo necesito. Estoy bien.

Ella se encoge de hombros.

—He visto a muchas jóvenes brillantes como tú, inteligentes y capaces, a las que les cuesta mucho enfrentarse a la presión de la universidad. Hablar con alguien podría ayudarte.

Le doy las gracias y salgo a un sol demasiado radiante. Como es semana de exámenes finales, hay más gente de la habitual en el campus. Todas las mesas y los bancos están abarrotados de estudiantes que se esfuerzan en embutir material recopilado a última hora en sus cerebros exhaustos y superados. Los voy dejando atrás, aturdida, hasta que veo un guardia de seguridad del campus viniendo hacia mí. De inmediato, se me encoge el estómago. Me quedo congelada.

Pero no se para. Pasa de largo después de saludarme con la cabeza. Suelto un suspiro entrecortado. Me vuelvo para seguir mi camino, pero los alumnos que hace apenas un segundo estaban estudiando tienen todas sus miradas puestas en mí.

Saben lo que he hecho. Lo saben.

La piel se les dilata y crece. Empiezan a aparecer agujeros en sus cuerpos y de cada agujero surge un ojo, de un azul brillante, mirándome. Me tapo la cara con las manos y corro.

40

Cuando entro en el apartamento, lo primero que oigo es la voz de George. Está al teléfono, en la habitación de *umma*, y sus palabras me llegan con toda nitidez.

—Oye, quiero a Jen, pero sigue cabreada conmigo por lo del viaje a Tailandia. Tampoco es que hiciera nada malo... Vale, puede ser. No puedo confirmarlo ni desmentirlo, senador... —Se oye una carcajada.

Me acerco sin hacer ruido a la puerta de la habitación y escucho.

—Sé que es una locura, pero, oye, si Jen me perdona algún día, esta podría ser mi querida. —Más risas—. De todos modos, la culpa es de Jen. No habría hecho nada de esto si no me hubiera echado a patadas del apartamento.

Me pego a la pared e imagino que me aplasto en ella hasta desaparecer por completo. Oigo los pasos de George al otro lado. Carraspea. Se oye un crujido en la cama. Se ha sentado.

—A ver, es agradable tener a alguien que te cocine, lave y se encargue de todas esas mierdas. No tengo que ocuparme de nada. Absolutamente nada. Ella me lava la ropa y hace unos platos alucinantes. ¿Y te he hablado de sus hijas? —Suelta un gruñido—. Son un escándalo. Deja que te diga algo. La pequeña tiene un buen culo. Además, siempre va saltando de un lado para otro con unos pantaloncitos cortísimos, la muy zorra.

Voy de inmediato a la puerta de entrada y doy un portazo con todas mis fuerzas.

—¡Estoy en casa! —grito rabiosa.

George sale enseguida de la habitación. Se pasa la mano por el pelo, con gesto culpable.

—Oh, hola, JW. ¿Qué tal las clases?

—Bien.

Mi tono es neutro, pero hiervo por dentro. Quiero hacerlo sangrar. Quiero abrirle la cabeza con un cuchillo, pelarle la piel, comerme sus ojos.

Me mira nervioso.

—¿Cuándo has llegado? —pregunta.

—Ahora mismo.

Curioso, porque no es lo que quería decirle. Lo que quería decirle era: «Lo he oído todo. Eres un cabrón y voy a hacer que te arrepientas de cada palabra que has dicho».

George echa en falta su permiso de conducir justo en el mismo instante en que Ji-hyun y *umma* vuelven a casa. Cuando mi madre se le arrima para darle un beso, él esquiva sus labios fruncidos y la mira torciendo el gesto, con las manos en las caderas.

—¿Has tocado mi cartera?

—No. ¿Por qué iba a tocar tu cartera? —pregunta ella.

Su tono es prudente, comedido. Me parece que no es la primera vez que mantienen esta conversación.

—Pues alguien tiene que haber trasteado con ella. Mi permiso de conducir ha desaparecido.

Le da la vuelta y la zarandea. Tarjetas de crédito, documentos de identidad y dinero caen al suelo formando una montañita. Se agacha y empieza a examinarla.

Ponte de rodillas, gusano infecto.

De pronto se vuelve hacia Ji-hyun.

—JH, ¿has sido tú?

—¿Qué? ¿Por qué me lo preguntas a mí? —dice mi hermana ofendida.

George se mete en la habitación hecho una furia, lo oigo murmurar y soltar tacos, y sale enseguida. *Umma* se pone a hacer cosas en la cocina. Pese al ruido de ollas y sartenes, oigo los estallidos de rabia de George. Ji-hyun se deja caer a mi lado en el sofá y aprieta todo su cuerpo contra el mío.

—¿Lo has cogido tú? —me susurra al oído.

—Claro que no —respondo, fingiendo sorpresa.

No me cree.

—Entonces ¿por qué pones esa cara?

—¿Cara de qué?

—Ya sabes qué quiero decir.

Mi hermana me mira con los ojos muy abiertos, con gesto de reproche. Aparto la cara para que no pueda verme, para que no pueda leer la culpa en mi expresión.

—De verdad que no, Ji-hyun. ¿Por qué no te relajas?

Apoya la espalda en el sofá y sube los pies a la mesa de centro, una costumbre por la que *umma* suele regañarla. Enciendo la tele, pero Ji-hyun se arrima y quita el volumen. Sus labios son una línea plana, infeliz.

—Últimamente haces cosas rarísimas. Siempre estás mirando a George, te quedas en blanco, y...

Me levanto del sofá y voy a nuestra habitación. Ella no me sigue y me tiro en la cama, tapándome la cabeza con la almohada. Siento un dolor creciente en las sienes.

Lo único que oigo en mi cabeza es: «La pequeña tiene un buen culo. Además, siempre va saltando de un lado para otro con unos pantaloncitos cortísimos, la muy zorra». Se lo oigo decir una y otra vez.

Zorra.

Mi hermana pequeña.

Mi Ji-hyun.

Quiero rebanarle el cuello delante de todos.

La puerta de la habitación se abre con un chirrido y la almohada se separa de mi cabeza sin contemplaciones. Parpadeo. La cara de Ji-hyun planea sobre la mía. De sus ojos caen unas gotitas saladas sobre mis mejillas, mi mentón, mi nariz. Me siento en la cama y tiro de ella con dulzura, poniéndola sobre mi regazo, tal y como hacíamos cuando éramos niñas.

—¿Qué te pasa?

—Estoy muy preocupada por ti, por *umma*, por la boda, y a nadie le importa y...

—¿Qué? ¿Por qué estás preocupada por mí? —pregunto.

—Siempre tienes pesadillas y haces cosas raras, y yo... es que no lo entiendo. Quiero que todo vuelva a ser como antes.

—¿Como antes?

Se sorbe la nariz y se pasa el dorso de la mano por ella con un gesto brusco. La mano regresa brillante de mocos.

—Como cuando *appa* vivía con nosotras. Tú también lo quieres, ¿no?

Me quedo mirando la foto que Ji-hyun rescató. También, la colección de figuritas que mi padre le compró y que ella todavía mira con nostalgia. A veces la sorprendo quitándoles el polvo de una en una.

—No. ¿Echas de menos a *appa*? —pregunto.

Ji-hyun se queda callada.

—Quizá a *appa*, no —dice—. Echo de menos... cómo eran las cosas. Tú y yo estábamos muy unidas, pero ahora es como si no habláramos casi nunca. Sé que tienes mucho lío en la uni, pero pensaba que...

La rodeo con los brazos y le doy un achuchón. Es muy pequeñita. A veces parece tan madura que olvido lo joven que es. Solo tiene quince años, es una niña.

—Seguimos estando unidas. Podemos hablar siempre que quieras. ¿No estamos haciéndolo ahora? ¿No estamos hablando?

—Supongo. Solo que... Tengo una sensación espantosa... Una premonición. Primero se marchó *appa*, luego *umma* conoció a George, y tú... —Empieza a hipar y saca la sábana de debajo de mi cuerpo y nos envuelve a las dos dentro. Me recuerda a cuando construíamos fuertes en nuestra habitación—. ¿Qué nos está pasando? ¿Le han echado un mal de ojo a nuestra familia?

—No digas eso. Es horrible decir algo así.

—Es verdad. Lo siento en los huesos. Estamos malditas.

—¡Para ya! Si vuelves a decirlo, no te vuelvo a hablar —le digo pellizcándole el brazo. Ji-hyun suelta un gritito. Nos miramos, a salvo en nuestra pequeña crisálida, y nos echamos a reír—. ¿Te ha contado *umma* alguna vez eso de que, si lloras y luego te ríes enseguida, te crece un mechón de pelo en el agujero del culo? —digo intentando fingir seriedad.

Nos reímos aún más fuerte hasta quedarnos casi sin aire. Ahora yo también lloro, las lágrimas corren raudas por mis mejillas. Cuando por fin conseguimos parar, Ji-hyun hunde la cabeza en el ángulo de mi codo. Sus últimas lágrimas se deslizan en mi camiseta.

—Te quiero, *unni*.

—Yo también te quiero, Ji-hyun.

—¿Crees que todo irá bien? —pregunta.

—Todo irá bien. Te lo prometo.

George no está en casa cuando *umma* enciende el triturador de basura. El zumbido es atronador cuando las aspas baten con furia los desechos antes de detenerse con un chirrido.

—¿Qué es eso? —*Umma* está mirando dentro del recipiente. Sube y baja el interruptor varias veces, pero la máquina se niega a funcionar. Por último, mete la mano en el agujero y extrae el permiso de conducir de George. Está hecho trizas, con la foto totalmente desgarrada. Lo único visible son sus ojos.

Umma tuerce el gesto y murmura para sí: «Es un caso». Tira los ojos de George al cubo de la basura. Siento el impulso de acercarme y sacarlos.

—Está muy despistado últimamente. Primero, las llaves. Ahora, esto. —Mirándonos, comenta—: No se lo diremos, ¿vale? No hace falta que lo sepa.

Ji-hyun y yo asentimos. *Umma* no parece recordar

que George nunca friega los platos ni se acerca al fregadero de la cocina. Cuando termina de comer, se levanta de la mesa y se tira en el sofá frente a la tele. *Umma* siempre va limpiando detrás de él. Pero Ji-hyun sí lo recuerda.

Me pongo en pie de un salto.

—*Umma*, ¿necesitas que te ayude con los platos?

Mientras me pongo los guantes y empiezo a fregar, siento los ojos de Ji-hyun en mí, vigilándome. Está esperando a que me dé la vuelta para poder indagar en mi gesto. Pero me mantengo con los pies bien plantados en el suelo y no me muevo ni un centímetro. Finalmente, se da por vencida y desaparece en nuestra habitación.

Nadie me conoce mejor que Ji-hyun. Si me mira más de un segundo, encontrará las respuestas que está buscando.

41

—¿Has aprobado? —La voz ahogada de Alexis llega a mi oído y me aprieto el móvil contra la mejilla, intentando acercarme a ella todo lo que puedo.

—¡Sí! ¡Ya no estoy bajo vigilancia!

La risa sube como la espuma en su voz.

—¡Felicidades! Sabía que podrías.

—Gracias por creer en mí. —Me echo bocarriba en la cama, sonriendo de oreja a oreja—. No podría haberlo hecho sin tu ayuda. De verdad.

—Qué va. Todo el mérito es tuyo. Yo no he estudiado por ti, ni he hecho tus exámenes, ni...

—Vale, vale. Lo he hecho todo yo solita, sin ningún tipo de ayuda. ¿Más contenta?

—Bueno, si vas a ser tan ingrata, no te invitaré a la fiesta maravillosa que organizo este fin de semana.

—¿Una fiesta?

—Sí. Será tremenda. La lista de invitados es alucinante. Qué lástima que no vengas...

Me quedo callada. En ningún momento comentó nada sobre una fiesta.

Intentando no parecer demasiado interesada, pregunto:

—¿Y quién va a estar?

Por favor, no digas Aaron. Cualquiera menos él.

—Yo. Y puede que tú, si eres maja conmigo.

Me río.

—¿Qué? No hace falta que me invites. Móntate la fiesta sola, entonces.

—¡Ji-won! —exclama Alexis ofendida.

—¿Qué?

—No es lo más bonito que me has dicho, ¿sabes?

—¡Has sido tú la que ha dicho que no me invitabas!

—Bueno, eres la invitada de honor, así que tendrás que venir. La fiesta es por ti. Para celebrar que has aprobado todas tus asignaturas.

—En tal caso...

Miro al techo, imaginando la cara de Alexis. Al otro lado de la línea, la Alexis de verdad carraspea y me hace una pregunta. En lo alto, la Alexis de mentira me mira con sus ojos color miel, enmarcados en pestañas tan suaves como una pluma.

—¡Ji-won!

—¿Qué? —La Alexis de mentira desaparece absorbida por el techo.

Vuelve.

—Te he dicho si me harías el favor de venir a mi apartamento este fin de semana para celebrarlo conmigo.

—Bueno, como ya sabes, estoy liadísima, pero... viendo que soy la invitada de honor, supongo que podré reservarte esa noche.

—Tienes suerte de que no esté allí contigo ahora mismo, porque te pegaría una paliza.

Resoplo.

—Sí, seguro.

Alexis baja la voz hasta convertirla en un susurro. Me cuesta oírla.

—Por cierto, ¿te has enterado de la noticia?

—¿Qué noticia?

—Encontraron a un hombre muerto cerca de mi apartamento hace unos días. Estaba todo lleno de policías. Una locura. Acordonaron la calle durante cuatro horas.

El estómago me pega un vuelco.

—¿Qué? ¿Qué pasó?

—Ni idea. Pero el primo de Melissa trabaja en la policía y dice que lo investigan como homicidio. Creo que faltaban ciertas... partes del cuerpo, y el hombre estaba drogado. Somníferos, piensan. —El aliento se me queda atravesado en la garganta. El tiempo se detiene. Alexis continúa hablando, ajena a lo que me ocurre—: Ahora que lo pienso, lo de los polis y todo el rollo ocurrió por la mañana, horas después de que tuviéramos nuestra sesión de estudio en grupo. Qué locura, ¿no?

—Pues sí. Qué locura —balbuceo—. En fin, ¿de qué asignaturas te has matriculado este trimestre?

Dentro de unos días, George se marcha una semana entera de «viaje de negocios» a Tailandia. Hace el equipaje emocionado, y, mientras lo observo apilar las maletas junto a la puerta, solo pienso en cómo describió a Ji-hyun y en esa misteriosa mujer llamada Jen. Quiero preguntarle a *umma* si está enterada de la vida secreta de George, si es que le importa en lo más mínimo. Pero reproduzco en mi mente las imágenes de ella sentada en la moqueta, con el pelo lacio, mojado, sobre la cara mientras las lágrimas iban cayendo al suelo. Siento el mismo terror, oigo la misma respiración superficial, y entiendo que no puedo decir nada.

42

George está gritando en alguna parte. Busco el origen de su voz, caminando a tientas en la oscuridad. Está solo en la cama de *umma*. Cuando me ve, me mira con los ojos abiertos. En sus córneas se refleja su desesperación.

Lo sabe. Sabe que voy a destruirlo. Paso los dedos por su cara. Rozo su piel.

Me tomaré mi tiempo. Quiero disfrutarlo segundo a segundo.

Oigo un ruidoso ronquido y me desvelo por completo, desorientada, en medio de mi habitación, con los pies hundidos en la moqueta. Mis manos acarician un rostro invisible, un par de ojos invisibles. No recuerdo haber estado de pie ni haber caminado.

Frente a mí, Ji-hyun es un bulto sin forma envuelto en sábanas. Alargo la mano para tocarla. Sin embargo, al hacerlo me doy cuenta de que no es ella en absoluto. Se disipa mi aturdimiento. Hemos compartido habitación desde niñas y tengo grabado en la memoria cada gesto y cada costumbre suya: sus balbuceos cuando sueña, sus pequeños espasmos cuando empieza a dormirse.

Tardo un segundo en recalibrar la situación, pero enseguida entiendo quién es. Es mi madre. Estoy en su habitación. Duerme en su lado, acurrucada en un rincón, aun a pesar de que el resto de la cama está vacía. Quizá duerme así porque está acostumbrada a hacerse pequeña. Quizá se debe a que lleva toda una vida intentando pasar desapercibida frente a hombres como mi padre y George. A lo mejor, con el tiempo, se ha convertido en un acto reflejo, inconsciente. Me da pena, y todavía me la da más cuando escruto sus facciones y nos veo a Ji-hyun y a mí en ellas, todos los retales que nos componen se desprenden y se reintegran en su rostro. Mi madre, Ji-hyun y yo estamos enredadas en un mismo ovillo.

Por la mañana, *umma* sorbe el café con gesto pensativo.

—He tenido un sueño rarísimo —dice. Sin George en casa, va desmaquillada, con un pijama de franela viejo que tiene agujeros en las perneras. Bosteza—. Había un fantasma en mi habitación. Era una mujer. Se quedó plantada a los pies de la cama mucho rato y me miraba dormir. Pero no tenía miedo de ella. Era como si la conociera. ¿No os parece extraño?

—A lo mejor era el fantasma de *halmeoni* —propone Ji-hyun, solícita.

—A lo mejor sí. —*Umma* sonríe, reconfortada por la idea—. ¿No sería maravilloso? ¿Mi madre visitándome en sueños?

43

Faltan apenas tres meses para la boda y, ahora que George no está en casa para distraerla, mi madre se obsesiona con los planes. «Tres meses», murmura en voz baja, asustada. Lleva el pelo y la ropa desarreglados, y sus ojeras han adquirido el tono de una berenjena asada.

Hoy ha ido a cuatro tiendas de manualidades, arrastrando a Ji-hyun con ella. Regresan al cabo de unas horas con diez bolsas de la compra, llenas a rebosar de papel de seda de colores, malla de alambre y cinta aislante. Mi hermana tiene grabado en el rostro un gesto de disgusto. Cuando pasa por mi lado, me echa una mirada de odio, como si fuera culpa mía que nuestra madre la haya elegido a ella para acompañarla y no a mí.

De noche, mientras ve la tele, *umma* trabaja en su vestido haciéndole unos retoques. Habría sido más fácil enviárselo a alguien —seguramente también habría sido más barato—, pero mi madre es terca cuando toma una decisión.

—¿No da mala suerte volver a ponerte el vestido de un matrimonio fracasado? —rezonga Ji-hyun.

Le doy un sopapo en el cogote.

—No digas eso.

Me lanza una mirada asesina.

—Sabes que es verdad. Lo que pasa es que no quieres reconocerlo.

Observamos a mi madre un rato más. No para de pincharse sin querer y, cada vez que le pasa, resopla y se lleva el dedo a la boca.

—¿Cuánto crees que va a durar esto? —dice Ji-hyun—. ¿Crees que llegarán al día de la boda?

Me encojo de hombros.

—A saber.

Umma ya se ha hecho el velo con unos cuantos metros de encaje que ha encontrado en el cajón de saldos de la tienda de manualidades. Está torcido, pero parece satisfecha con el resultado. Lo lleva puesto mientras trabaja en el vestido. De vez en cuando la veo echando miradas a la puerta, al zapatero, y me acuerdo del día en que mi padre se marchó de casa. Incluso ahora le preocupa que George no vuelva de su viaje, que cambie de opinión sobre la boda. Que cambie de opinión sobre ella.

Umma se ocupará a continuación de los centros de mesa, y quiere que Ji-hyun y yo la ayudemos. El papel de seda, la malla de alambre y la cinta aislante que ha comprado servirán para hacer flores, una manualidad que vio en internet. Ya ha preparado unos prototipos, que ruedan de un lado a otro por la mesa de centro del salón. Son unas flores marchitas y torpes, pero Ji-hyun y yo asentimos y le regalamos una sonrisa cuando mi madre nos las muestra.

El armario de los trastos, que en otro tiempo estuvo lleno de paraguas rotos, jerséis, adornos para fiestas y las cosas viejas de mi padre, está ahora lleno de cajas de adornos para la boda.

Hace mucho que no veo uno de esos caramelitos de menta blancos y rojos.

44

Alexis ha comprado una botella de champán para nuestra celebración. Sobre la mesa nos espera un surtido completo de *snacks*: Cheetos picantes, patatas de bolsa, una bandeja de verduras asadas y una fuente de galletas de chocolate recién horneadas. Melissa no está en casa. Nos sentamos en el mullido sofá de Alexis y nuestros muslos se rozan. El contacto, estar tan cerca de ella, hace que se me desboque el corazón. Tomo aire, con la respiración entrecortada, esperando que ella no se dé cuenta.

Como no tiene copas, nos servimos el champán en tazas de café, brindamos con ellas y engullimos el líquido efervescente en ruidosos tragos. Con la excepción del día en que probé el champán después de que *umma* y George anunciaran su boda, no he tomado más que algún sorbito de alcohol y enseguida me mareo. El nerviosismo se evapora y se me suelta la lengua.

—¡Está rico! —Eructo de forma sonora tapándome la boca con la mano—. Uy. ¿Emborracharse es esto? —Nos da la risa tonta.

Vemos una serie cutre en la tele durante unos minutos y entonces Alexis se vuelve hacia mí, con una sonrisa pícara que domina todo su rostro.

—¿Quieres que vaya a buscar algo más fuerte?

—¿Más fuerte?

Se levanta y desaparece en el único dormitorio del apartamento. Sigo sus pasos sin saber qué esperar. Nunca he estado en su cuarto, y miro con curiosidad los pósteres y los adornos de las paredes.

—¿Este es tu lado? —pregunto, tocando su mesilla de noche y la lamparita.

—Sí. No tengo muchas cosas. —Se encoge de hombros antes de agacharse. De debajo de la cama saca una caja de zapatos que abre con un gesto teatral—. ¡Ajá!

La caja contiene una botella de un líquido ambarino. Entiendo que es tequila. A su lado hay una botella transparente de lo que parece vodka y una colección de pastillas blancas que recuerdo haber visto antes. Son los somníferos que me dio la última vez. Me sorprende ver esa reunión de cosas en la caja, tan inocentes en apariencia.

Alexis coge la botella marrón y me lleva de vuelta a la sala de estar. Nunca he probado el tequila y, aunque me preocupa parecer una novata, dejo que me sirva un poco en la taza. Hacemos chinchín y luego Alexis echa la cabeza atrás y se lo toma de un trago. Sigo su ejemplo. El líquido me arde en la garganta. Toso y babeo y Alexis me da palmadas en la espalda, riéndose.

Inmediatamente después, noto que se extiende una calidez por todo mi cuerpo. Tengo las mejillas rojas, lo sé, y Alexis se ríe.

—¡Pareces una langosta!

—Muchas gracias —murmuro—. Quién quiere enemigos teniéndote a ti...

—Ya. No me vengas con que no te ha gustado. —Se queda callada y sirve dos tragos más—. Estoy tan contenta de haberte conocido. Me instalé aquí pensando que me iba a pegar la gran vida, pero... No es fácil estar aquí sola. Echo de menos mi casa.

—Yo también —respondo en voz baja, tomando un sorbito más.

Alexis cree que bromeo.

—Si tanto echas de menos tu casa, ¡vete! —dice en broma—. ¿Qué? Estás a diez minutos, ¿no?

Cómo explicarle que la casa que echo de menos no es un sitio en el mundo, sino un tiempo en el que mi vida tenía sentido. En el que las cosas tenían sentido.

Me muerdo la lengua.

—Veinte.

Entonces me viene la idea de que a veces, cuando estoy con ella, es como si también estuviera en casa. No es el sitio exacto que busco o el que he perdido, pero se le parece bastante.

—En fin, eres la primera amiga de verdad que tengo y el curso está a punto de terminar —continúa Alexis, cortando la deriva de mis pensamientos—. ¿No te da pena?

—La verdad es que no. —Me miro las manos; están temblando—. He vivido toda la vida en Los Ángeles y eres la única amiga que tengo. Eso sí es triste.

Se le endulza el gesto.

—No es tan triste, Ji-won. Por lo menos podemos sentirnos solas estando juntas.

—Pues eso todavía sería peor —digo intentando reprimir una sonrisa—. ¿Tú y yo juntas? Mi vida sería un desastre. Eres una influencia malísima, evidentemente. —Señalo la botella vacía de tequila.

La boca de Alexis se viene abajo en un gesto de fingida indignación. Me pega con el puño en broma.

—Soy un ángel —protesta—. Si acaso, ¡tú eres la mala influencia!

Dejo que me dé empujones, que sus palmas suaves golpeen mis costillas. Es una sensación agradable. Me río y ella se ríe, y de pronto deja de hacerlo. Está jadeando. Soy hiperconsciente de que la distancia entre nosotras se va estrechando, del aroma de su perfume y del modo en que sus ojos no paran de moverse por mi cara. El corazón me martillea en los oídos. Estoy mareada. Pero entonces Alexis se lleva los dedos al cuello y se queda paralizada.

—¡Mi collar! —grita—. ¡No está!

Vuelvo a la realidad de golpe y me aparto de ella. Siento una orfandad inmediata en el punto en que nuestras piernas se tocaban. Alexis se echa al suelo desesperada y empieza a pasar los dedos por las fibras de la vieja moqueta.

—Encontraremos tu collar —digo como un autómata. Me echo al suelo para ayudarla a buscar. No parece darse cuenta de que estoy sudando y sin resuello.

¿Por qué evita tu mirada? La has hecho sentir incómoda.

Cuando llega la medianoche, ya estamos borrachas perdidas. Salimos torcidas a la calle. Las noches son cada vez más cálidas ahora que es abril y la primavera florece en todo su esplendor. Tengo un regusto amargo en la boca del tequila. Mis pensamientos son confusos y me noto el cuerpo ligerísimo, como si estuviera flotando. Es un alivio estar así de borracha. George, sus ojos, la boda, mi madre, Ji-hyun, todo desaparece sin dejar rastro. Ni siquiera pienso en el vagabundo y el agujero profundo en su cabeza. Solo pienso en Alexis y en lo mucho que me gusta estar aquí con ella, existir en su presencia.

No hemos encontrado el collar, pero por fortuna ha tomado suficiente alcohol para olvidarlo enseguida.

—Tengo hambre —se queja Alexis, y, como si la hubiera oído, me gruñe la barriga. Muerta de vergüenza, me la cubro con las manos. Ella se ríe por lo bajo—. ¿Tú también?

—Me muero de hambre —respondo.

Bajamos por la calle, cogidas del brazo. Alexis me habla de todas las cosas que se quiere comer —un *pad thai*, una hamburguesa del In-N-Out, helado—, mientras yo voy mirando los sitios que propone en mi móvil.

—El tailandés está cerrado —digo, y ella suelta un gruñido—. Y parece que el In-N-Out también.

—¡No! ¡Me tomas el pelo! —exclama Alexis.

—No. Yo nunca te tomaría el pelo. —Le enseño la pantalla. Ella afila la mirada mientras lee la página web que he abierto.

—¿Y qué haremos? —Se comporta como si fuera el fin del mundo y no puedo contener la risa—. ¡Ji-won! Para de reírte de mí. ¿Qué vamos a hacer? ¡Nos moriremos de hambre!

—Eres una dramática. —No puedo morderme la lengua. Le doy un empujón y ella se me acerca para devolvérmelo, y al final terminamos en medio de la calzada, en una especie de pelea, riéndonos la una de la otra.

—¡Ríndete, Ji-won! ¡Has perdido!

—Vale, muy bien. He perdido. —Me aparto y ella sonríe de oreja a oreja. Sus dientes brillan blancos bajo la luz de la luna.

—¿Y yo qué gano? ¿Cuál es mi premio?

—¿Qué quieres decir? —pregunto, casi tropezándome.

—He ganado, así que debería recibir un premio.

—Pide lo que quieras —balbuceo. Las palmas empiezan a sudarme.

Alexis se queda callada. Se agarra la barbilla con la mano.

—Vale. Mi premio es hacerte una pregunta. La que yo quiera. Y tendrás que responder sinceramente.

—Claro.

—Dime tu secreto más profundo y oscuro.

—¿Mi secreto? Yo... yo no tengo secretos.

—Vamos. Todo el mundo tiene un secreto.

Todo está tan quieto esta noche que me pregunto por un instante si estoy atrapada en una fotografía. Se oye un rumor de coches en una calle cercana. Escucho el silbido de los motores.

—¿Y bien? ¿Qué es?

Le saco la lengua.

—Mi secreto es que odio cuando la gente me pide que le cuente mis secretos.

Vuelve a darme un empujón y esta vez me pilla tan desprevenida que me caigo de culo. Alexis pone cara de susto, con la mano sobre la boca.

—¡Lo siento muchísimo! Ha sido sin querer.

La agarro y tiro de ella hasta que cae encima de mí. Hacemos tanto ruido que es raro que no despertemos a todo el vecindario. Pero no me importa, y a Alexis tampoco. Entonces, de pronto, aparece al final de la calle una figura envuelta en ropa negra que nos observa con los ojos brillantes. Grito. Alexis grita también y, asustadas, nos acurrucamos.

La figura se acerca, saliendo de las sombras. La farola parpadea, como si quisiera participar de la escena, y vemos su cara. La cara de Geoffrey.

—¡¿Qué coño...?! —grito—. ¡Nos has dado un susto de muerte!

—Lo siento, señoras. Estaba dando un paseo y he oído el alboroto. Me he acercado a ver qué pasaba. ¡Qué coincidencia encontrarme aquí con vosotras!

Alexis se incorpora. Yo también. Ambas lo miramos con furia.

—Ji-won, te he escrito varias veces, pero no me respondes. ¿Todo bien? ¿Sigues enfadada conmigo?

Los mensajes de Geoffrey se han vuelto cada vez más erráticos desde nuestro último encuentro. Han aumentado en frecuencia y siempre van en la misma línea. Me suplica que hable con él. Me suplica que recuperemos nuestra amistad. Es patético, la verdad, y solo consigue que me caiga peor. Pensé que captaría la indirecta y desaparecería cuando se diera cuenta de lo mucho que me había ofendido su regalo estúpido e insensible, pero es insistente y me tiene harta.

—No, Geoffrey —respondo—. Estaba liada. Quería escribirte.

Él mira a Alexis con un destello de desprecio, y recuerdo cómo me habló de ella. Me coloco entre ambos, bloqueando la mirada de Geoffrey.

—Vámonos —le susurro a Alexis.

Antes de que podamos marcharnos, él me agarra del brazo.

—No sabes lo que estás haciendo —me espeta. De

pronto me abruma el terror cuando veo su rostro desencajado. Parece más viejo y más enfadado. Es como si lo estuviera viendo por primera vez. Me recuerda a George—. Ji-won, me estás haciendo daño.

—Por favor, aparta tus manos de mí —digo. Estoy tranquila, aunque el corazón me late desbocado.

Él aparta la mano levantando los dedos de uno en uno, como si le doliera soltarme.

—Vale —dice, y se marcha ofendido.

Mis ojos le perforan el cogote.

Si vuelves a tocarme así, te romperé los dedos uno a uno.

Alexis y yo esperamos a que doble una esquina y entonces volvemos a toda prisa a su apartamento.

—¿Cómo es posible que nos haya encontrado aquí? —pregunta ella, rascándose la cabeza.

—No lo sé —respondo—. Sinceramente, tenías razón sobre él. Es un bicho raro. —Me interrumpo para echar un vistazo al móvil—. Dios, no me he dado cuenta de lo tarde que se ha hecho. Mi madre me matará.

—¡Uy! —dice Alexis, poniendo cara de culpabilidad—. Lo siento. Dile que ha sido culpa mía.

—No sé por qué, pero me parece que no se lo creerá —digo—. Antes de marcharme, ¿puedo ir al lavabo?

—Claro. —Señala hacia el final del pasillo y yo me pongo de pie.

Todo me da vueltas. Sigo borracha y me tambaleo. Con cada paso que doy se me revuelve más el estómago. Sin embargo, hay una voluntad firme en mí. Sé lo que debo hacer.

Tengo suerte. Alexis está hablando por teléfono,

demasiado ocupada para darse cuenta de que me cuelo en su habitación. La caja de zapatos está abierta en el suelo. Me agacho y me meto un puñado de pastillas en el bolsillo.

45

En lugar de usar el ascensor, bajo tambaleándome por la escalera para intentar que se me pase la borrachera. Una vez abajo, empujo la puerta que da al caminito que lleva a la calle.

Oigo un gemido gutural, brusco. Un escalofrío me recorre la columna y cierro la puerta de golpe.

Espero un momento antes de abrir la puerta un resquicio para echar un vistazo. Está oscuro. Saco la cabeza y...

Otro gemido. Los latidos de mi corazón truenan en mis oídos. El sonido viene justo del otro lado de la puerta. Es estúpido quedarse aquí, pero me vence la curiosidad. Enciendo la linterna del móvil.

Hay un dedo en el suelo. Se agita. Levanto la mano y la luz tiembla, va dando saltos, iluminando la basura tirada por el suelo. Cajas aplastadas de comida a domicilio. Una lata abollada. Una cuerda larga. Contengo el aliento y estabilizo el haz de luz, acercándolo al dedo. La mano a la que está unido se sacude sobre el cemento.

Es un hombre. Yace bocarriba en el suelo junto al muro de ladrillos. Sus ojos están cerrados. Tiene un moratón lleno de puntitos en la mejilla y un arañazo en la frente del que gotea sangre.

—Ay, Dios. —Me agacho y enfoco la linterna directamente a su cara—. ¿Necesita ayuda? ¿Está herido?

Vuelve a gemir. Dudo antes de acercarme más.

—¿Quiere que llame a una ambulancia?

Ahora me ha oído. Sus ojos se abren con un aleteo. El color de sus iris me hace soltar un grito ahogado.

Azules. Son azules.

Sin pensarlo, apago la linterna, me guardo el móvil en el bolsillo.

Todo está a oscuras, Ji-won. Puedes hacer lo que quieras.

Mis ojos se adaptan a la oscuridad. Solo se oye mi respiración entrecortada. Hay un hedor insoportable en el aire. Orina. Basura. Podredumbre.

Pese al olor, tengo tanta hambre que casi no puedo soportarlo. Paso los dedos por la mejilla del hombre. Le aprieto el moratón con el pulgar y oigo que gruñe de dolor. Sus ojos vuelven a estar cerrados, pero quiero verlos. Rozo sus pestañas. Son suaves. Delicadas. Debajo de su piel, noto la firmeza del globo ocular, imagino la consistencia de su carne jugosa y tierna. La boca se me hace agua. Levanto su párpado y lo retiro hasta donde llega, mientras observo el rosa reluciente de su interior.

Lo quiero. Lo necesito.

Aprieto la lengua contra el blanco de la esclerótica. Está salada. Son sus lágrimas. Su sudor. Todo lo saboreo.

Saco la navaja de mi mochila. En mi mente solo habita el deseo ciego de comer. De devorar. Introduzco la hoja en su carne y la sangre empieza a derramarse sobre su cara. Brilla en contraste con su tez pálida. Es preciosa. Hago fuerza para romper el cartílago y, entonces, el hombre aúlla.

La navaja cae al suelo con estrépito. Me incorporo y corro a esconderme detrás de un contenedor. Intento acompasar la respiración.

Ha gritado con tanta fuerza que el sonido todavía reverbera en mis oídos. Espero más gritos, y el aullido de las sirenas.

Tengo la frente perlada de gotas de sudor. El tiempo crece, se expande. Imagino todos los escenarios posibles. Armas que apunten a mi cabeza. Que se me lleven esposada. Que me muelan a porrazos.

Pero no ocurre nada. Ningún vecino curioso se asoma a mirar. No hay sirenas. Tampoco policías. Estoy sola con estos ojos azules preciosos. Salgo sigilosamente de detrás del contenedor.

La navaja está tirada en medio del suelo. La cojo y vuelvo a cortar. Ahora el hombre calla, quizá duerme o quizá es insensible al dolor, y puedo trabajar meticulosamente y sin interrupciones. He conseguido cortar un extremo del párpado cuando de pronto se abre. El movimiento levanta la hoja. La sangre rezuma de la herida.

Ahogo un grito. Él grita y me agarra, sus dedos se estrechan en torno a mi muñeca. Me aparto, intento soltarme. Pero me tiene bien agarrada. Es demasiado fuerte. Me empuja hacia delante. La navaja se me cae de los dedos y queda fuera de mi alcance.

Me crujen las articulaciones cuando intento recuperarla con la mano libre, cada músculo de mi cuerpo grita. Él me derriba, me tira al suelo, tirando con fuerza. Estoy de espaldas, deslizándome cada vez más cerca de él, se me levanta la blusa, queda desnuda mi barriga. Noto los arañazos del áspero cemento en mi piel. Un gemido muy agudo reverbera en mi mente. Luces blancas aparecen en mi campo de visión. Danzan como las estrellas fugaces.

No sé qué más puedo hacer. No sé cómo liberarme. Aprieto los ojos. Le doy patadas a ciegas, tratando de alcanzar cualquier parte de su cuerpo. El brazo. Las costillas. La barriga. Nada parece funcionar.

Finalmente, mi pie impacta contra su cabeza. El cuello se le dobla a un lado. Veo cómo cae contra el muro de ladrillo con un golpe sordo que me da ganas de vomitar. Me suelta al instante.

No necesito comprobarlo. Está muerto. Temblando, me arrastro hasta su cuerpo y le toco el brazo. No se mueve. Trato de incorporarlo y ponerlo sentado, pero la cabeza se le vence hacia delante y hacia atrás, sucesivamente. No puedo controlar los movimientos de su cuerpo y al final vuelve a caer al suelo.

Debería estar horrorizada, pero no lo estoy. No siento nada. Me apoyo en la pared, me tapo la cara con las manos y lloro. Sollozo hasta que ya no puedo aguantarlo más y, entonces, me pongo de pie, titubeando sobre mis pies inestables, para tomar lo que por derecho me pertenece.

Introduzco la navaja en los bordes de la cavidad ocular. El primer ojo es fácil. Salta con un chapoteo. Sierro el nervio óptico sin vacilar. El segundo cuesta mucho más. Ya lo he dañado y ahora, con toda la sangre que lo baña, me resbala. No consigo sujetarlo bien y no me queda más remedio que recurrir a mis uñas.

Muerdo en el cartílago. Se parte en mi boca, con una explosión de sangre que me va directa a la garganta. Estoy lloriqueando como un perro, pero no puedo contenerme. La combinación de la adrenalina con el sabor —«ay, Dios, el sabor»— envía olas de placer que recorren todo mi cuerpo. Estoy en éxtasis. Engullo el primero, masticando ruidosamente, antes de meterme el segundo en la boca. Sorbo su sangre, los fluidos y los jugos que encierra, sintiendo cómo se deshincha en mi boca, antes de engullirlo. Limpiándome las manos en los pantalones, salgo tambaleándome a la acera, de regreso a la luz.

46

Empieza el trimestre de primavera. El campus es un estallido de flores y verdor. Las flores de los cerezos y de los jacarandás cubren los caminos como un manto de confeti blanco y violeta. Las flores de la buganvilla, con sus pétalos de papel de un rosa luminoso, cubren los muros de hormigón. No muy lejos, las colinas están revestidas de amarillo, son las matas de mostaza, tan tupidas que se enredan unas con otras.

Entre clase y clase, los estudiantes extienden mantas sobre el césped de la explanada central y se echan la siesta al sol. El ambiente se ha relajado y es mucho menos rígido ahora que estamos en las últimas semanas de curso antes de las vacaciones de verano. Casi todos los días, Alexis y yo hacemos lo mismo y nos tumbamos allí, separadas por escasos centímetros, con las piernas juntas. Leemos y hacemos los deberes, con las cabezas inclinadas sobre nuestros libros de texto. Durante los descansos, Alexis hace pequeños ramos con los dientes de león que parecen haber brotado de la noche a la mañana, salpicando con sus coronas amarillas la brillante superficie verde del césped.

—Unas flores bonitas para una chica bonita —me dice cada vez, cuando me las ofrece.

Me río.

Esta tarde, mientras estamos en la explanada, Alexis parece preocupada. No mira ni una sola vez los dientes de león. No habla. Está ahí sentada, hojeando su libro sin rumbo.

Espero a que hable ella. No lo hace.

—¿Qué te pasa? —pregunto finalmente.

—Dicen que la otra noche robaron y asesinaron a alguien al lado de mi apartamento —explica Alexis, bajando la voz—. Era alguien que vivía en mi edificio. Reconocí su foto en las noticias. Lo había visto alguna vez. Siempre era simpático conmigo. —Aprieta los labios y luego aparta la vista.

—¿Lo conocías? —pregunto, incorporándome sorprendida.

—No del todo. Nos saludábamos cuando nos veíamos, y una vez estuvimos charlando un rato sobre su perro. Pero de todos modos me ha impresionado. Es desagradable..., demasiado cercano.

Me muerdo el labio. Un pájaro solitario surca el cielo por encima de nuestras cabezas. Quiero encontrar las palabras para ayudarla, pero por lo visto no lo consigo.

—Es aterrador. No me imagino cómo debes de estar pasándolo.

—Estoy asustada —dice abatida—. Es horrible. Anoche tuve una pesadilla en la que un psicópata me perseguía empuñando una navaja.

No lo sabe, pero está hablando de mí. Reprimo la necesidad de reírme. Regreso a esa noche, a la sensación de triunfo que experimenté cuando el alcohol empezó a disiparse de mi organismo. Cuando me agaché junto a los aspersores que hay delante de nuestro bloque, esperando a que el agua helada me lavara la sangre, tuve la sensación de que estaba soñando. La escena se repetía en mi mente una y otra vez, hasta que caí de rodillas. La ropa mojada se me pegó a la piel.

El golpe sordo del cráneo contra el ladrillo.
La untuosidad de la sangre.

Alexis sigue hablando, sin saber que yo estoy en otro mundo. En otro universo.

—Ji-won. ¿Se puede saber en qué estás pensando?

Niego con la cabeza.

—En nada. Lo siento.

—Te he preguntado si crees que deberíamos comprarnos un espray de pimienta. ¿Qué piensas? A ver, el asesino podría ser cualquiera. Incluso podría estar aquí ahora mismo, sentado con nosotras. —Mira en dirección al grupo de alumnos que queda más cerca—. Ese tío parece raro. Quizá sea él.

—No necesitas el espray de pimienta —le digo. Una hormiga va caminando por nuestra manta. La observo mientras enfila por el borde de mi zapato antes de detenerse al llegar a mi calcetín. Sin pensarlo, acerco la mano y la aplasto entre el pulgar y el índice—. No tienes de qué preocuparte.

En casa descubro que George ha regresado de su viaje. *Umma*, que ha salido antes del trabajo para recogerlo en el aeropuerto, también está en casa, lo mismo que Ji-hyun. Los tres están comprimidos en el sofá, viendo las noticias con el volumen tan alto que puedo oír la tele antes de abrir la puerta. Están tan absortos mirando la pantalla que no levantan la vista cuando entro en la sala de estar. Muevo la mano delante de la cara de Ji-hyun, pero ella la aparta de un manotazo.

—¡Oh! ¿De qué vas?

—Aparta, *unni*. No me dejas ver la tele.

Me tiro en el suelo, delante de ellos.

—Bueno, chicos, ¿qué estáis viendo?

Ji-hyun me hace callar.

—Dicen que han asesinado a dos personas cerca de tu universidad.

El estómago me pega un bote. Pongo una mano sobre la mesita de centro para equilibrarme y luego me giro para mirar a mi hermana.

—¿Qué?

—Calla y escucha.

La presentadora de las noticias es una mujer de pelo oscuro con los labios pintados de un tono brillante. Veo cómo se mueve su boca, pero la sangre late con tanta furia en mis oídos que no consigo entender ni una palabra de lo que dice.

«... se ruega a los vecinos que pongan en conocimiento de las autoridades cualquier información relevante sobre el caso. Por mi parte, solo me queda desearles que ustedes y sus familias estén a salvo.»

La mujer desaparece de la pantalla, sustituida por el anuncio de un espray limpiador. George agarra el mando a distancia y quita el volumen.

—Esto es una locura —dice Ji-hyun.

—¿Qué decían? —le pregunto, procurando que no se me noten demasiado los nervios—. Me lo he perdido casi todo.

—Han matado a un estudiante y a una persona sin hogar a menos de un kilómetro de tu campus. Dicen que es probable que los dos asesinatos estén relacionados y que la gente debería extremar las precauciones. También han comentado algo sobre la investigación y un incremento de la presencia policial en las inmediaciones.

Quizá sea paranoica, pero percibo algo parecido a un dedo acusador en la mirada de mi hermana. Me giro para no verla más, con un nudo en la garganta.

Me duele el estómago. Trago la bilis que sube a mi boca.

—Deberías tener cuidado —dice *umma*. Aunque habla conmigo, sus ojos no abandonan ni un instante el rostro de George. Tiene la mano colocada detrás de su espalda, como si temiera que pudiese desaparecer. A cada rato echa una mirada rápida a las maletas apiladas junto a la puerta de entrada, pero George parece desconectado de nosotras y tiene una mirada soñadora.

—Os he traído regalos —dice, después de un silencio. Me echa una mirada intencionada con el rabillo del ojo—. Bueno, si JW se digna decirme hola.

Umma no hace caso de la última parte de lo que ha dicho y se pone a gritar y a dar palmas emocionada. Para ella, los regalos siempre son señal de buenas noticias. Significan algo. Cuestan dinero, y tener dinero no es nada fácil en esta vida.

—Hola —digo a regañadientes.

George sonríe con desdén, pero se levanta para ir a buscar la maleta y la sube al sofá. De camino, choca con mis pies. Le lanzo una mirada asesina.

Abre la cremallera de la maleta en un movimiento rápido y fluido. Me asomo para echar un vistazo a su ropa. Hay un revoltijo de camisetas interiores manchadas, calcetines sucios y *slips* blancos de algodón descoloridos y raídos. Asqueroso.

Empiezo a girar la cabeza, pero justo cuando lo hago detecto con el rabillo del ojo un envoltorio cuadrado reluciente. Podría reconocerlo en cualquier parte. Es, sin asomo de duda, un condón. Antes de que nadie pueda verlo, lo agarro y me lo meto en el bolsillo. No me apetece que *umma* lo vea, no ahora. No así.

A mi madre, George le ha traído una flor de porcelana. Cuando se la da, ella la pone al trasluz de la lámpara, riéndose como una colegiala, y la contempla embelesada desde todos los ángulos. Con toda sinceridad, es un regalo estúpido, hecho sin pensar, y no tiene nada de tailandés. He visto las mismas réplicas en los puestos de los vendedores ambulantes del centro de Los Ángeles. No obstante, mi madre sonríe y todo su rostro queda eclipsado por la felicidad. Ver su expresión hace que me duela el corazón. Me clavo el borde afilado del envoltorio del condón debajo de la uña. El dolor me devuelve a la realidad. Me recuerda que tengo trabajo pendiente.

De madrugada me despierto en la cocina, con una ráfaga de aire frío pegándome en la cara. La puerta de la nevera está abierta y la luz se derrama al exterior. Entorno los ojos perpleja, y solo entonces me doy cuenta de que tengo un huevo duro en la mano. La boca la tengo llena de yema. Escupo y babeo, y una lluvia de granitos amarillos cae sobre el suelo. El olor a azufre es fuerte. Me enjuago la boca en el fregadero antes de encaminarme a la habitación de *umma*.

George y mi madre duermen profundamente. *Umma*

está quieta, pero George tose y escupe con cada respiración.

Contemplaré su cuerpo mientras la vida lo abandona. La cara se le pondrá azul.

La escena me da tanto placer que, por un instante, paso la mano por encima de la colcha.

Será pronto.

47

Hace unos meses, cuando se mudó a vivir con nosotras, George nos dejó probarnos «el Rolex». Nos dijo que era «el modelo más caro» y que lo había heredado de su padre cuando este murió cinco años atrás. Nunca más ha vuelto a mencionar a su padre.

Incluso entonces pensé que era precioso. Tenía diamantes engastados en la esfera de nácar, y el chisme brillaba entero como si fuera una joya gigante. Nunca había tenido nada de tanto valor en mis manos y, cuando George dejó que Ji-hyun y yo nos lo abrocháramos a nuestras pequeñas muñecas, supe cómo terminaría la historia del reloj.

—Si algún día lo pierdo, me muero —dijo George, retirándolo con cuidado de mi muñeca. Volvió a guardarlo en un estuche de cuero verde oscuro y lo metió en la cómoda de *umma*—. Es mi propiedad más valiosa. Además, si le pasara algo, seguro que mi padre volvería de entre los muertos para atormentarme. Quería más al reloj de lo que me quería a mí —dijo, como si fuera una broma, aunque no sonrió.

Lo calé enseguida.

No me sorprende que tu padre quisiera más al reloj que a ti, George. Eres avaricioso. Eres egoísta. Es imposible quererte. Finges que tu padre te importa, pero no es verdad. Solo te importa lo que te dejó en herencia. O, en este caso, lo que no te dejó. ¿Cuántas veces te has quejado de la casa que no recibiste? ¿De tu escasa herencia? No guardas ni una triste foto de él.

Esta noche soy la médium del padre de George porque estoy convencida de que verá con buenos ojos lo que voy a hacer: castigar a su hijo como él no podría haberlo hecho en vida. Me lo imagino suspendido a mis espaldas, observándome en silencio mientras sostengo el reloj, sintiendo su peso y el frío de los eslabones metálicos de la cadena en la mano. A las tres de la madrugada estoy fuera del edificio, de pie junto a la camioneta de George.

El reloj es impresionante bajo la luz de la luna. Admiro su brillo y las manecillas que se mueven en la esfera. Todo es tan preciso. Tan perfecto. Es una lástima tener que destruir algo tan hermoso, pero el fin justifica los medios.

Por la mañana, George se marcha pitando sin decirnos adiós, con una corbata de seda azul en la mano. Se ha olvidado el reloj, cosa que le pasa a menudo cuando tiene reuniones con sus clientes. Me mantengo a la espera, incapaz de ocultar el desasosiego que siento. Ji-hyun me da una palmada cuando sale para ir al instituto.

—Para de moverte como una loca —me ordena.

—Mocosa —replico.

En cuanto se marcha, George entra de nuevo en casa, en tromba, con los dedos chorreando sangre. Sostiene en su puño tembloroso los restos del Rolex.

—Mi Rolex —gime—. Mi Rolex.

Umma sale corriendo de su habitación.

—¿Qué ha pasado?

—El reloj de mi padre. Está... está completamente destrozado. —Abre la mano y lo deja caer al suelo. Esquirlas de cristal llueven sobre nuestros pies.

George se deja caer al lado del reloj, con la cara hundida en las manos. Cuando la levanta, veo que tiene una mancha de sangre esparcida sobre la frente.

Umma se agacha a su lado y le pone la mano en la espalda. Le murmura algo al oído. Él la aparta con un gesto brusco.

Conozco esta desesperación.
Es como me sentí el día que mi padre se marchó.

Alcanzo a ver sus mejillas bañadas en lágrimas entre sus dedos. Intenta que no veamos que llora.

—Se me debió de caer al bajar del coche —balbucea—. ¿Qué coño me pasa? ¿Estoy enfermo o qué? —Se clava las uñas en la cara, dejándose un reguero de medialunas sobre las mejillas.

Las lágrimas hacen más intenso el color de sus ojos. Hago lo que puedo para ocultar mi alegría, pero estoy temblando.

La esperanza es algo terrible.

La esperanza es mi madre esperando a la vera de la puerta durante meses. La esperanza es una mesa repleta de *banchan*, de guarniciones, preparadas con esmero a mano. La esperanza es mi hermana acurrucada en mis brazos, con la cabeza sobre mi hombro, preguntándome: «¿Crees que volverá?».

Pero la esperanza también es George arrastrándose por el suelo, recogiendo unos pedacitos de cristal tan pequeños que casi son invisibles.

Durante las semanas siguientes, George está con los ánimos por los suelos. No se ducha, apesta nuestra sala de estar, una nube de putrefacción lo sigue a todas partes. No come, ni siquiera cuando *umma* hace la compra para cocinarle sus platos favoritos: sándwiches de queso, beicon, macarrones.

—Es como si hubiera perdido a mi padre otra vez —dice abatido. Es una demostración insólita de vulnerabilidad, viniendo de él—. Y no para de aparecérseme en sueños. Anoche, fue en la casa de mi infancia, mirando una foto vieja de mi padre. Acababa de morir y yo lloraba. Pero entonces la imagen cobró vida y salió del papel, con la boca abierta de par en par, airado, la piel se le caía a tiras de la cara. Me agarraba y me zarandeaba, y entonces... —George tiene un escalofrío—. Entonces me daba cuenta de que no era una foto suya. Era una foto mía.

Nos quedamos en silencio. No estamos acostumbradas a verlo así. *Umma* suelta una tosecilla y se aparta de la mesa. Es evidente que no encuentra las palabras.

George la mira un buen rato antes de levantarse y retirarse a la habitación.

¿Es esto lo que hay que hacer para que nuestros padres vuelvan con nosotros?

48

A finales de primavera, tan solo unas semanas después del incidente del reloj, reconozco la camioneta de George esquivando coches en una autovía. Va muy rápido, mucho más de lo que es habitual en él. Sus prisas me despiertan la curiosidad. Sin pensarlo, mi pie pisa el pedal del acelerador y empiezo a seguirlo.

Atravesamos Koreatown de camino al centro de Los Ángeles. George habla todo el rato por el móvil. Lo sigo hasta un centro comercial de carretera en el Arts District. Aparca el coche en la calle y desaparece en una cafetería pequeña sin nada reseñable. Yo me detengo junto al parquímetro y espero a que salga.

Aparece al cabo de unos minutos, pero no está solo. Lo acompaña una mujer, asiática, menuda, de piel clara, con el pelo largo con la raya al medio. Lleva un vestido veraniego de flores y van de la mano, riéndose. La reconozco de inmediato.

Me escondo debajo del volante cuando cruzan la calle y asomo la cabeza justo a tiempo de ver cómo George levanta la mano y le pasa un mechón de pelo por detrás de la oreja.

Bajo la ventanilla para oír su conversación.

—Me alegra muchísimo que me hayas llamado —dice George.

—Te echaba de menos. Me he sentido muy sola en el apartamento sin ti... Sé que tienes que viajar mucho por trabajo, pero es lo que siento... ¿No crees que te has pasado? —Tiene un poco de acento. Su voz es tan bonita como su cara.

Caminan hasta el coche de George. Él le abre la puerta y la ayuda a subir a la camioneta, y cuando arrancan, yo los sigo. En un semáforo, se arriman y se besan. Esta mañana, ha besado a *umma* exactamente de la misma forma, y, solo hace unas horas, sus brazos ceñían la cintura de mi madre mientras le llenaba los oídos de promesas vanas.

Los sigo hasta un altísimo edificio de apartamentos de lujo en el mismo centro de la ciudad. Es el apartamento de Jen. George revolotea de flor en flor, cazando a mujeres asiáticas. Se desliza en sus corazones y en sus camas. Se alimenta de la comida que ellas le cocinan. Toma y nunca da.

Jen no es más que un peón en la partida de George. Igual que *umma*.

Ya me he perdido una clase y, aunque seguramente podría llegar a tiempo a la segunda, estoy tan frenética que solo se me ocurre volver a casa. Corro a nuestro apartamento para descansar y poner en orden mis pensamientos. Sin embargo, cuando abro la puerta, Ji-hyun está sentada en el sofá, mirando la tele en pijama, con un paquete de galletas abierto sobre el regazo. Se queda boquiabierta.

—¿Qué haces aquí? —pregunto.

—Yo... no me encuentro bien —balbucea.

—¿Ah, no? —Le pongo la mano en la frente—. Pues a mí me parece que estás bien.

—Es la barriga.

No parece en absoluto que esté enferma. Escudriño su gesto y de pronto lo entiendo.

—¿Has dejado el insti?

—¡No! ¡Claro que no!

—Pero ¿qué locura es esta, Ji-hyun? ¡Sabes lo importante que es tener una buena educación! ¿Cuántas veces te dijo *appa* que...?

Cuando oye que menciono a nuestro padre, Ji-hyun rompe a llorar.

—¡No quiero oír nada de *appa*! ¡Estoy harta de oír hablar de *appa*!

Corre a la habitación dejándome atrás y cierra de un portazo. Espero un segundo antes de seguirla. Se ha hecho una madriguera bajo las sábanas de nuestra cama, como si fuera un topo. Solo se le ve la punta de la nariz. Está sollozando.

—Ji-hyun. ¿Has tenido algún problema?

—Todo —dice ella—. Todo es un problema.

—No seas tan dramática. Hablemos.

Mi hermana se sorbe los mocos sonoramente.

—A nadie le importo. A nadie le importa lo que quiero, lo que pienso o...

—A mí sí me importa —digo, cortándola—. Me importa mucho. Sabes que es verdad. ¿Por qué dices eso?

—Porque ya no me lo parece.

Cuando éramos pequeñas solíamos jugar juntas a un juego que llamábamos el Genio de la Lámpara. Nos turnábamos en el papel de Genio y nos concedíamos deseos.

Desde luego, no disponíamos de los medios para hacer realidad ninguno de esos deseos. Y, en todo caso, en su mayoría eran imposibles. Ji-hyun deseaba un perrito o un gatito, y una vez incluso una Nintendo Wii. Yo pedía montañas de dinero y una habitación para mí sola. Nos consolaba poder hablar en voz alta de nuestros deseos y carencias con la esperanza de que un dios benevolente nos estuviera escuchando. Quizá, algún día, se harían realidad.

Cojo sus manos y las aprieto.

—Soy el Genio —le digo. Las sábanas bajan un poco y Ji-hyun me mira, con unos lagrimones colgando de sus pestañas como el rocío—. Puedo concederte lo que más desees del mundo. Dime tu deseo.

No duda ni un instante.

—Deseo que *umma* y George no se casen —dice.

—Tus deseos son órdenes.

49

Desde su regreso de Tailandia, George ha estado preparando sin descanso una presentación para un «gran cliente». Por ello, ha empezado a pasar una cantidad desorbitada de tiempo fuera del apartamento, lejos de nosotras. Casi todas las noches, su sitio en la mesa queda vacante durante la cena. Asimismo, le han «arreglado milagrosamente» el apartamento y tiene que «trabajar hasta tarde».

—Tendré que quedarme unos días en mi apartamento —le dice a mi madre—. Será solo una temporada. Tengo mucho trabajo y se trata de mi cliente principal. Es difícil concentrarse con JW y JH correteando de un lado para otro todo el día.

Cerdo asqueroso. Lo he visto todo.
Tu perfil en la aplicación de citas. Las imágenes que has guardado.

Me quedo mirándolo, me fijo en sus ojos, imagino su cabeza partida por la mitad sobre el hormigón, un charco de sangre que crece bajo su cuerpo.

Mi madre se ha lanzado con todo su ser a la planificación de la boda. Parece que el giro repentino de George en el afecto y la energía que le dedica la tiene asustada. Consulta el móvil cada cinco minutos y echa miradas disimuladas a la puerta.

Cada noche que George pasa fuera, *umma* dobla flores. A veces nos recluta a Ji-hyun y a mí para que la ayudemos. Nos sentamos las tres en silencio, retorciendo la malla de alambre y el papel de seda para hacer pétalos hasta que los dedos nos sangran. Me pregunto a veces si esta boda iba a celebrarse realmente o si todo fue una broma cruel desde el primer día.

La víspera de su presentación, George duerme en nuestro apartamento esgrimiendo que una cena cocinada por *umma* le dará buena suerte. Mi madre se pasa toda la tarde a los fogones preparando *seolleongtang*, una sopa lechosa y espesa que se hace con huesos de buey; *jangjorim*, que es ternera guisada con salsa de soja; y *kkakdugi*, un *kimchi* con cubitos de rábano. También hay caballa frita, a la que le ha quitado los ojos con antelación.

—Para George —dice *umma*, llevándoselos en un plato.

La comida es deliciosa, pero apenas podemos probarla porque George se zampa la mitad de la cena familiar sin dejar de reírse ni un momento. Trocitos de carne salen volando de entre sus labios y salpican la mesa. Me fijo en sus dientes cuando aplastan los ojos de pescado.

Actúa con total normalidad, como si nada fuera mal. Después de que todos nos hayamos ido a dormir, salgo discretamente a la sala de estar, donde George ha dejado su portátil y un grueso sobre marrón con todas las notas y las copias impresas de su presentación.

Tras entrar en su portátil, echo un vistazo a su presentación de PowerPoint y la borro. Luego creo un documento nuevo con el mismo nombre. Oigo el tictac del reloj sobre mi cabeza mientras trabajo y, cuando termino, dirijo mi atención al sobre. Saco las páginas y las reparto sobre la mesa. En la oscuridad se difuminan ante mí. Tengo que sustituirlas todas. Trabajo en silencio, con dedos expertos y precisos. Luego vuelvo a meterlo todo en el sobre y cierro la pestañita de metal.

50

Por la mañana, George se marcha con una grasienta tira de beicon entre los dedos.

—Voy a cerrar este trato —grita por encima del hombro—. Y cuando lo tenga firmado, ¡saldremos a celebrarlo!

Voy a mi primera clase con la intención de regresar pronto a casa. Paso al lado de Geoffrey, que me espera en la puerta del aula, y le suelto un «hola» con la boca pequeña. Elijo aposta un asiento central entre dos estudiantes. En mi visión periférica, lo veo dirigirse con aire abatido a una fila vacía hacia el final del aula. Cuando nos dejan salir, recojo mis cosas y me dirijo hacia la puerta a toda prisa. Geoffrey me pisa los talones. Me obliga a parar.

—Ji-won —empieza a decir, pero lo interrumpo negando con la cabeza.

—Lo siento. Tengo prisa. Tengo un compromiso al que no puedo faltar.

No quiero perderme el espectáculo.

Regreso al apartamento y me desato los cordones de los zapatos justo en el instante en que George irrumpe por la puerta. Tiene dilatados los orificios nasales y en el cuello le han salido unas vetas rojas. Antes de decirme nada, tira al suelo las cajas con las flores de papel y los adornos para la boda.

—¡Eh! —le grito—. ¿Se puede saber qué estás haciendo? *Umma* se ha esforzado mucho con los adornos.

—Me da igual. —Le pega un porrazo al vestido de novia de mi madre, que sale despedido.

Me agacho para recogerlo, pero entonces me tira al suelo de un empujón y se queda delante de mí, de pie, con el sobre arrugado en la mano. Me lo tira a la cara.

—¿Quién ha hecho esto? ¿Has sido tú, puta zorra? —Una capa de saliva pulverizada cubre mi mejilla. Me la seco con la manga.

—No sé de qué me estás hablando —digo.

El corazón me late a saltos, pero mantengo un gesto neutro.

—¡No me mientas! ¡No me mientas, joder!

—¿Por qué gritas? ¿Te has vuelto loco? ¿Ha pasado algo en el trabajo?

George abre el sobre rompiéndolo.

—Mira...

Saca una página tras otra, tirándolas al aire. Descienden flotando como copos de nieve. Alcanzo a ver algunas de las imágenes cuando caen. Los complicados gráficos y diagramas en los que George estuvo trabajando han sido sustituidos por fotos eróticas de jóvenes asiáticas. Están completamente desnudas, en poses lascivas. Las imágenes se hacen cada vez más gráficas a medida que George va avanzando en el dosier.

—¿Qué mierda es esto? Eres asqueroso —digo, inclinándome para coger uno de los papeles. En él hay una niña de la misma edad más o menos que Ji-hyun; lleva coletas, un sujetador y unas braguitas negras, y una piruleta en la boca.

—¡Yo no lo he hecho!

—No lo entiendo. ¿A quién se le ocurriría hacer algo tan horrible?

—Eso dímelo tú. ¿Ha sido tu madre? ¡Dime la puta verdad!

—¿Qué? ¿Por qué iba *umma* a hacer algo así? No tiene ningún sentido. *Umma* te adora. Lo sabes. Jamás haría nada que pudiera hacerte daño.

—Entonces habrá sido tu hermana, JH. ¿Ha sido ella?

—Ji-hyun nunca se atrevería. Puede que esté cabreada, pero sabe lo que le conviene. Además, ¿qué motivo podría tener?

—¡Deshacerse de mí, joder! —brama George—. ¡Me odia!

—¡Basta! —Levanto las manos—. ¿De qué le iba a servir esto para deshacerse de ti? Si acaso, ¿no te quedarías más tiempo con nosotras si te echan del trabajo? Además, mi hermana no te odia. Simplemente, no le gustas.

La respuesta no lo satisface. Coge la pila de hojas y la tira con todas sus fuerzas contra la pared. Estalla en el impacto y quedamos envueltos entre papeles, un tornado de pornografía. George se queda pasmado en medio de la sala, apretando los dientes.

—Piénsalo bien. ¿Por qué íbamos a querer sabotearte? No tiene sentido. ¿Ha sido solo esto? ¿O también te han arruinado la presentación?

—La presentación también.

—¿Y cómo íbamos nosotras a entrar en tu ordenador? ¿No lo tienes protegido con contraseña? A ver, solo puede haber entrado alguien del trabajo, ¿no?

Veo moverse los engranajes de su cerebro raquítico.

—Mi jefe... —dice despacio—. El muy hijo de puta lleva años intentando librarse de mí.

La furia ha sido sustituida por la duda, y George se queda ahí plantado, oscilando de un lado a otro.

Sonrío para mis adentros.

—Tiene que haber sido él entonces. Nadie más podría hacerlo, ¿no?

—Nadie más. —Se derrumba contra la mesa. Suena entonces su teléfono, como si hubiera esperado el momento oportuno. George lo sostiene apartándolo de sí, como si fuera una bomba—. Mi jefe —dice temblando—. ¿Qué le digo? ¿Qué hago? No tengo ninguna prueba...

—¡No! ¡No lo acuses! No todavía. Escucha lo que tenga que decirte.

George coge la llamada. Lo observo mientras su gesto va saltando de la rabia a la tristeza y la desesperación. Su jefe le está gritando, y puedo oír las exquisiteces que le suelta. Cuando cuelga, George se queda mirando el teléfono con gesto absorto.

—Me han despedido.

Sus ojos miran los míos. Tiene la mirada perdida, la luz de sus ojos se ha apagado. Contengo la respiración. Hace demasiado calor en la sala. Estamos demasiado cerca. Los papeles están tirados a nuestro alrededor. La tentación es cada vez más fuerte, pero me obligo a mirar el estropicio.

—Deberíamos ordenar esto.

Me agacho y empiezo a recoger los papeles de uno en uno, dejando que la sensación de aturdimiento que nubla mi mente se disipe poco a poco. Hay muchísimas fotos.

Quizá más de cien. Tardamos un rato en recuperarlas todas, sobre todo las que han terminado debajo del sofá. George las va cogiendo de una en una, sin soltar palabra, y las tira al cubo de la basura. Coloco cosas encima para que ni *umma* ni Ji-hyun las vean. Luego, él se sienta en el sofá, con la boca mustia y una expresión vacía en la cara.

Es el mismo tipo de expresión que tenía *appa* justo antes de marcharse de casa.

51

—¿Cómo ha ido la reunión? —pregunta *umma.*

George tiene los palillos a medio camino de la boca, pero decide dejarlos sobre el plato. Tardo un segundo en darme cuenta, pero los palillos que está usando son los que me regaló Geoffrey. No sé de dónde los habrá sacado.

—Me han despedido. —La respuesta es cortante y no entra en detalles.

Umma abre muchos los ojos. Me mira a mí y luego a Ji-hyun. Parece avisarnos de que cerremos el pico.

—¿Despedido? —pregunta.

—Sí, despedido —le espeta George—. Despedido. ¿Entiendes la palabra?

Ji-hyun inspira bruscamente. Yo convierto mis manos en puños. *Umma* es la única que no se da cuenta de que George se mofa de ella. Le pone la mano en el brazo para consolarlo.

—¿Qué ha pasado?

—No quiero hablar de ello.

Pese a sus intentos de sonsacarle una respuesta, George permanece con la boca cerrada. *Umma* suelta un suspiro.

—No te preocupes —dice—. Serás mi marido. Yo cuidaré de nuestra familia hasta que vuelvas a ponerte en pie. No es ningún problema.

Lo acaricia. Sus gestos son tiernos.

Se supone que es una muestra de apoyo, pero lo que *umma* ha conseguido es castrarlo delante de nosotras. Sin mediar palabra, George se pone de pie y se larga a la habitación. Lo oímos trajinar hasta que al cabo de unos minutos sale con sus maletas.

—Me vuelvo a mi apartamento por unos días —dice—. Necesito aclarar las ideas.

Se marcha con un portazo y *umma* se queda mirando la puerta. No aparta la vista de ella durante al menos una hora, y durante el resto de la noche la veo echar miradas al recibidor, hasta que finalmente se retira a su habitación, abatida y sola.

No tardo demasiado en encontrar el perfil de George en la aplicación de citas. Guardo la foto de una de las chicas que conocí hace meses en el grupo de estudio de Alexis. Es asiática, por supuesto, y creo una cuenta con su foto. Cuando deslizo el perfil de George hacia la derecha, indicando así que me gusta, aparece un corazón en la pantalla. Es un *match*.

Hola, tecleo. Imagino que me tocará hacer tiempo, pero su respuesta llega al instante, como si hubiera estado esperándome.

Hola, preciosa. ¿Qué eres? ¿Coreana?

No, china.

Yo viví en China. ¿Hablas chino?

No mucho, la verdad.

Durante unas horas me dedico a ganarme la confianza de George. Es fácil. Me he inventado toda una historia vital para «Lindsay». Sus padres inmigrantes, pobres y muy trabajadores, son demasiado estrictos con ella. Viven juntos en un apartamento destartalado, donde lo único que hace es estudiar encerrada en su cuarto. Quieren que vaya a la universidad para ser doctora, pero ella quiere ser artista. Es una chica obediente y está dispuesta a renunciar a sus sueños por el sueño de sus padres.

George se lo traga con la misma fruición que un gato se bebe un bol de leche.

¿Te interesa que nos veamos algún día?, pregunta.

Sí. ¿Puedes enviarme una foto tuya antes?

George envía una foto viejísima, de hace como quince años, y aunque tiene la cara más chupada y mucho más pelo, los ojos son inconfundibles. Lleva un traje bueno, con la acostumbrada corbata de seda azul al cuello.

¿Qué te parece?, pregunta George. Me lo imagino escondido en el cuarto de baño de su apartamento mientras Jen lo espera.

Eres muy guapo, contesto. Ya solo teclearlo me da náuseas.

La respuesta parece excitar a George.

Si quieres, puedo llevarte de compras después de la cita. ¿Te gusta la ropa? ¿Los zapatos?

Me gusta todo —contesto—. Ahora mismo estoy fuera, pero ¿te gustaría quedar dentro de unas semanas? ¿El jueves que viene no, el siguiente?

Me encantaría, responde él.

52

Solo un mes para que termine mi primer curso como universitaria. Un mes para la boda. El tiempo vuela, y George casi ha desaparecido por completo de nuestras vidas con la misma celeridad con la que apareció. Se presenta sin avisar. Y cada vez mi madre se agarra a él. Sabe que lo está perdiendo, que se le está yendo entre los dedos, y que su control sobre él es débil, siendo generosos. Cuanto más intenta agarrarlo, con más fuerza intenta soltarse él.

Todas las noches *umma* se sienta junto a la puerta, con el papel de seda, la malla de alambre y la cinta aislante amontonados a sus pies. Dobla y moldea sin parar como si sus flores de papel pudieran traer de vuelta a George. No se derrumba, no tiembla, no llora. Tiene la cara pálida y gris, y dobla, moldea y enrolla cada pieza de metal hasta que las manos le quedan destrozadas y ya no puede moverlas. Se convierten en unas garras de ave y yo se las masajeo y las curo con unas compresas de agua caliente.

De madrugada oigo su voz. Habla bajito, para no despertarnos a Ji-hyun y a mí.

—Pronto será la boda —dice—. ¿No ves lo que hago por ti? ¿Por nosotros? ¿No te importa?

Un silencio.

Me pregunto qué le estará diciendo George.

—¿Intentas cancelar la boda? Si eso es lo que quieres, ¡no seas tan cobarde! Dime la verdad. No me pongas en evidencia delante de mis hijas.

Espero un rato para ver cómo continúa la conversación, pero, obviamente, George ha colgado. Oigo un gemido y me veo transportada a casi un año atrás, cuando mi padre le dijo que se marchaba de casa.

Es curioso que las historias siempre se repitan. Aquí estoy, completamente despierta. Mi madre llora. Y, una vez más, está desamparada.

53

Ese fin de semana Alexis me invita a cenar a su apartamento. Nos damos un atracón de *nuggets* en forma de dinosaurio y macarrones con queso marca Kraft, todo cocinado en el microondas, mientras vemos *La isla del amor* sentadas en el sofá. Es su programa favorito, pero no consigo concentrarme en lo que ocurre en la pantalla. Estoy demasiado liada pensando en mi madre, en George y en la boda. Intento reprimir el deseo de echar un vistazo a su perfil de la aplicación, algo que ya he hecho como cien veces en lo que va de día. No me ha enviado más mensajes y sé que es inútil seguir mirando, pero el impulso no se apaga.

—¿Va todo bien? —pregunta Alexis.

Me doy cuenta de que la tele lleva un rato con el volumen apagado y de que he estado mirando embobada una pantalla muda.

—¿Eh? Sí, todo bien.

—Últimamente te noto distante. Estoy preocupada.

—Estoy bien. No tienes de qué preocuparte.

Me estudia y, bajo su mirada escrutadora, siento un desgarro.

—Soy tu amiga, Ji-won —dice—. Si necesitas algo, puedes decírmelo. No te juzgaré. Nunca lo haré. —Levanta el brazo para tocarme...

No sé si es por el estallido de emoción que siento hacia ella, pero de pronto me golpea un calambrazo de dolor en la cabeza.

—Cuarto de baño —digo sin aire y, tambaleándome, salgo del comedor.

Me siento en el suelo apoyando la espalda contra la puerta, con una sensación pulsátil en la cabeza. Las luces son demasiado brillantes, el aroma de la vela en la repisa es demasiado intenso. El estómago me da vueltas y se me revuelve.

Alexis llama a la puerta.

—¿Ji-won? ¿Todo bien ahí dentro?

Abro un resquicio.

—No del todo. Creo que tengo un ataque de migraña. Mejor me marcho.

—¿Estás segura? ¿Quieres quedarte un rato hasta que te encuentres mejor? A mí no me importa...

—No, gracias. Tengo que irme. —Me llevo la mano a la sien, que no para de martillearme.

—Vale. Te acompaño abajo.

—¡No! —No quería que mi negativa sonara tan brusca, pero ya no hay remedio.

Alexis da un paso atrás, confundida, cuando salgo corriendo por la puerta.

En la calle sopla una brisa cálida que anuncia el principio del verano. Es sábado por la noche y las calles están llenas de ruidosos estudiantes que se dirigen a los bares y restaurantes que hay en esta zona. El jaleo de la calle no hace más que empeorar mi jaqueca. Me siento en el coche, apoyándome en el respaldo, mientras espero a que pase el dolor.

Cuando por fin deja de dolerme, ya son más de las doce de la noche. Arranco el coche y conduzco hasta la siguiente manzana, donde oigo gritos de alegría y gente que canta. El vocerío viene de un bar muy conocido por sus noches salvajes. Alexis me contó una vez que se había colado con el documento de identidad de su hermana mayor y pidió un «Adiós, Motherfucker», un cóctel que es la especialidad del bar, un mejunje azul neón hecho con vodka, ginebra, ron y curasao azul. Estuvo varias horas vomitando.

Rodeo el local, a la espera. La gente que hay delante conversa animadamente, pero no son ellos los que me interesan. Por fin, del local sale un hombre tambaleándose. Lleva una gorra con la visera baja y, aunque gran parte de su cara queda a oscuras, alcanzo a ver que tiene las mejillas rosadas. Cuando bajo la ventanilla y lo llamo, levanta la mirada, con gesto desorientado y confuso. Tiene los ojos azul oscuro.

—¿Quieres que te lleve a algún lado? —pregunto.

Baja torcido a la calzada, tan borracho que no encuentra la manija de la puerta. Al cabo de unos segundos exasperantes, me desabrocho el cinturón y me inclino para abrírsela desde dentro. Se mete en el coche sin titubeos.

Debe de ser agradable estar convencido de que no correes ningún peligro y que no te preocupe ir solo de noche o meterte en el peor coche posible.

—¿Es un Uber? —pregunta, arrastrando un poco las palabras.

—Sí.

—No sabía que a las chicas asiáticas las dejaran meterse en Uber —murmura, antes de escupir más bazofia ininteligible.

No contesto.

Se inclina en el asiento y al instante se queda dormido, con la boca pasmada. La gorra se le cae al suelo del coche y la recojo y se la vuelvo a poner en la cabeza. Parece un querubín, con su pelo rubio y las mejillas rosadas, y hay algo en él que me resulta curiosamente familiar. No caigo en lo que puede ser hasta que arrancamos. Es Gorra al Revés, de la cafetería.

Vamos rápido por la autovía cuando empiezan a gruñirme las tripas. Tengo hambre. En realidad, me muero de hambre. Hace mucho de mi última comida. Y será una comida muy especial, con lo que ahora sé. No veo la hora de empezar.

Estoy tan emocionada que no veo el coche blanco y negro escondido entre las sombras hasta que ya es demasiado tarde. Pego un frenazo y el coche se detiene con un chirrido de neumáticos. Las luces rojas y azules empiezan a parpadear detrás de mí, oigo el aullido de las sirenas. Observo el espectáculo por el retrovisor y el alma se me cae a los pies.

—Ni una palabra —le susurro a Gorra al Revés, aunque sigue durmiendo como un bendito.

El policía se acerca a mi ventanilla bajada y me enfoca con la linterna en la cara. Intento ver algo en el chorro de luz.

—¿Sabe por qué la he parado, joven? —pregunta. Tiene una voz profunda, y lleva bigote, y sus ojos son tan rematadamente azules que no puedo concentrarme y...—. ¿Joven? ¿Me ha oído?

—Lo siento. Sí... Le pido perdón si conducía con exceso de velocidad, agente. He venido a recoger a mi novio. Está borracho y me ha pedido que pasara a buscarlo. Lo único que quería era llegar a casa. —Señalo a Gorra al Revés sin demasiada convicción.

El policía enfoca la linterna al asiento del acompañante.

No te despiertes.

—¿Ha salido con su novio esta noche?

—No.

—¿Ha bebido algo?

—No.

—¿Ni siquiera un sorbo?

—No.

—¿Lleva su permiso de conducir y los papeles del coche?

—Sí. —Se los entrego.

Echa una ojeada a mi permiso para cubrir el expediente y luego asiente.

—Márchese a casa y sea prudente —dice—. Esta noche quedará en un aviso. Creo que es una joven muy responsable para la edad que tiene. Y dígale a su novio que no beba tanto la próxima vez.

Y, dicho esto, se mete en su coche y se marcha.

Me he salvado por los pelos y ahora estoy en las nubes. Si fuera más inteligente, daría media vuelta, dejaría a Gorra al Revés en el campus y no tentaría más a la suerte. Pero quiero continuar.

Cojo la salida de la autovía y me meto en un solar que lleva años desocupado pese a que hay un cartel que anuncia que está en construcción.

Cuando era niña, *appa* se quejaba de este solar constantemente. En aquella época estaba abandonado y lleno de maleza.

—Está muy bien situado —decía mi padre—. Si no van a construir nada, deberían dárselo a alguien que sí quiera aprovecharlo.

—¿Alguien como tú, por ejemplo? —le preguntó un día Ji-hyun.

—Sí, como yo.

—¿Y qué construirías tú? —pregunté.

Appa puso cara de incredulidad.

—¿De verdad que no lo sabes? —Sí que lo sabía, pero quería oírselo decir—. Construiría una casa grande con tres habitaciones. Una para ti, otra para Ji-hyun y una para *umma* y *appa*. Tendríamos un gran jardín en la parte de atrás, y quizá incluso un perro, si me prometéis que cuidaríais de él.

Umma sonrió.

—¿Podrían ser cuatro habitaciones? Quiero una para los invitados.

—Si quieres diez, te construiré diez. Las que tú me pidas.

Cada vez que pasábamos por el solar, soñábamos con proyectos más descabellados.

Una casa con un cine, una bolera y una sala de máquinas recreativas. Una casa de veinte habitaciones. Una casa de diez pisos, con una gran piscina en cada uno de ellos.

Entonces, un buen día, apareció el letrero. El solar se había vendido. Vimos cómo desbrozaban el terreno y que alguien que no éramos nosotros empezaba a construirse una casa que no estaba a la altura de ninguno de nuestros sueños.

La casa fue creciendo poco a poco hasta que un día las obras cesaron. Desde entonces, silencio total. Lo único que queda es un esqueleto, planchas de madera y lonas azotadas por el viento.

Aparco en la calle y apago el motor. No se oye nada y los cristales de las farolas están rotos. Las que sí funcionan están demasiado lejos para que nos llegue algo de su luz.

—Despierta —gruño, zarandeando un poco a Gorra al Revés.

Abre soñoliento los ojos. Siento una leve descarga cuando veo el azul de sus iris y lo zarandeo con más fuerza.

—Despierta. Ya hemos llegado.

Se cae al bajarse del coche y la gorra sale volando. Cuando lo ayudo a levantarse, siento su peso contra mi cuerpo. En el solar, la maleza vuelve a campar por sus fueros.

Estamos rodeados de matas de mostaza que me hacen cosquillas en los brazos. Las aparto a lado y lado, dando manotazos a sus largos tallos delgados. Llegamos al cartel de PROPIEDAD PRIVADA. PROHIBIDO PASAR. Está oxidado, con unas manchas marrones encarnadas en el metal.

Me llega un olor fuerte. Penetrante. Arrugo la nariz. Gorra al Revés se ha meado encima. Gruñe, como si estuviera satisfecho con su actuación. Lo tiro al suelo, sobre los hierbajos. Cae redondo y su cuerpo desaparece entre las flores. Me inclino sobre él con la navaja en la mano y admiro su cuello desnudo.

Esto es lo más difícil. Tengo que matarlo. Coloco la hoja a la altura de donde sé que pasa la carótida. Aguanto la respiración y la clavo en la carne.

54

En lugar de morir callado como debería, Gorra al Revés chilla. Los ojos se le abren de par en par y la sangre empieza a borbotear en todas direcciones y cae sobre mi ropa, mi pelo, mi cara. Le tapo la boca con la mano, pero la muerde con tanta saña que me desgarra la piel. Doy un salto hacia atrás, gritando, tratando de sacudirme esos dientes que siguen clavados en mi mano.

—¡Cállate! ¡Cállate! —le digo entre dientes.

Él sigue chillando. Se oye el eco de sus berridos en la calle. Mi campo de visión se reduce. Sigo clavándole la navaja en el cuello, una y otra vez. Apuñalo y corto hasta que sus gritos cesan y solo queda una extraña quietud que se posa sobre todas las cosas. Ni los grillos se atreven a cantar.

Su cuerpo está tirado bocarriba. Me agacho para mirar, exhausta, y luego, del susto, pego un bote hacia atrás.

No es Gorra al Revés. Es George. Parpadeo, alucinada, con el corazón golpeando mis costillas. El aire sale entrecortado de mis pulmones. Tambaleándome, me inclino hacia delante, agarro su mentón empapado de sangre y le levanto la cara para que le dé la luz de la luna.

No. No es George. Es Geoffrey. ¿Cómo es posible? Dejo caer las manos, titubeo, doy unos pasos hacia atrás, tropiezo, caigo y me doy un buen costalazo en la tierra.

Vuelvo a acercarme a gatas, y solo entonces el espejismo se desvanece finalmente. Es el mismo chico de la cafetería. Ahora sí estoy segura.

Me duelen los brazos. Me duelen las rodillas. Me duele todo el cuerpo, pero reúno la energía que me queda para sacarle los ojos, arrancándoselos de las cavidades. Se separan del nervio óptico con facilidad. Temblando, me echo el primero a la boca. Cuando le clavo los dientes, se aplasta y revienta. La sangre corre por mi boca, gotea por mi barbilla. Gimo.

El segundo ha rodado por la tierra. El iris ha perdido saturación y ha quedado teñido de un gris asqueroso. Lo recojo, lista para devorarlo, pero antes de que pueda darme el gusto oigo el bramido de un coche a lo lejos.

Corro al coche sin hacer ruido, a todo lo que me dan las piernas. Siento unos martillazos despiadados en la cabeza, pero me obligo a moverme, a marcharme.

Cuando por fin vuelvo a estar dentro del coche, veo el estropicio que he dejado. Hay un rastro rojo y marrón que cruza el camino por el que me he arrastrado. Es una línea certera que lleva directamente al punto en el que yace el cadáver de Gorra al Revés, bocarriba, con las piernas y los brazos abiertos en cruz.

Dejo el ojo en el posavasos del coche. Cae con un leve *plinc* entre las monedas y los pasadores. El dolor de cabeza crece hasta que no soy capaz de sentir nada más. Arranco el coche y me largo sin tener la menor idea de adónde me dirijo.

Al cabo de un par de kilómetros de carretera, me veo obligada a parar. Todo es blanco, una quemazón cegadora, ya no puedo ignorar mi hambre.

El ojo. Lo necesito.

Lo limpio como mejor puedo con la blusa antes de metérmelo en la boca.

Está bueno. Está buenísimo.

Las lágrimas ruedan por mis mejillas. Paso la lengua por el ojo, rompo su duro caparazón. Se resquebraja y revienta. Me recuerda a la crujiente piel de pescado, ruidosamente masticada por los dientes de mi madre.

Cuando he terminado de comer, apoyo la cabeza en el cristal de la ventanilla y lloro.

55

Paro en la gasolinera que hay cerca de mi apartamento para asearme un poco. No tengo ni un solo pensamiento en la cabeza. Me muevo mecánicamente, mirándome en el espejo. Es como si la sangre seca y la tierra hubieran formado una costra en cada pliegue de mi piel. Me asomo al lavamanos y me lavo todas las partes del cuerpo a las que puedo llegar.

Hago varios viajes al coche para limpiar la sangre de los asientos con toallitas de papel que luego hago desaparecer en el váter tirando de la cadena. Las manchas son tozudas. Froto sin parar hasta que se van. Es trabajo duro, pero me siento en paz, o algo que se le parece. No puedo cambiar lo que he hecho, pero por lo menos puedo deshacer cualquier rastro de ello.

En el suelo del coche encuentro un pelo largo, rizado, escondido. Es amarillo dorado, un hilo casi transparente, lo recojo y, soplando, lo tiro por la ventanilla. Se aleja flotando, arrastrado por el viento. Lo veo desaparecer y recuerdo los días en los que Ji-hyun me quitaba alguna pestaña de las mejillas. «Pide un deseo —decía—. Y que sea grande.»

No es una pestaña, pero cierro los ojos y pido un deseo de todos modos.

Cuando estoy a punto de arrancar, el dependiente de la gasolinera sale y me da unos golpecitos en la puerta.

—Perdone —dice frunciendo el ceño—. ¿Qué está haciendo?

—Nada. Ahora me marcho.

—Estoy harto de ver a gente a las tantas de la noche haciendo cosas raras en los lavabos. ¡No está bien! —Niega con la cabeza—. No vuelva a menos que vaya a comprar algo.

Huyo antes de que pueda seguir regañándome. Por el retrovisor, lo veo esperando con los brazos cruzados, asegurándose de que me marche de verdad.

Es tarde y debería estar en casa, pero siento una energía que corre inquieta por mis venas. Quiero ver a Alexis. Quiero hablar con ella, disculparme por cómo me he comportado antes. Cojo el camino largo para volver a casa y paso de nuevo por el bar donde he recogido a mi amigo, ahora muerto y sin ojos. Empiezo a ver el bloque en el que vive Alexis y titubeo por un instante, mientras trato de ver si su ventana en el cuarto piso está encendida.

No lo está. Duerme.

Aparco en la calle y salgo del coche sin saber qué hacer. Quiero llamarla, pero al mismo tiempo no quiero despertarla y molestarla. Me paseo por la acera un momento antes de abrir la puerta del coche y sentarme dentro. La llave está en el contacto, a medio girar, cuando de pronto me viene la idea de que ella es la única que podría entenderlo.

Cojo el teléfono y marco su número. Suena la línea. Un pitido, dos, y entonces oigo por fin el zumbido del ruido ambiente al otro lado de la línea.

—¿Ji-won? —pregunta Alexis, con la voz embargada por el sueño. Me la imagino tumbada en la cama, en pijama—. ¿Todo bien?

—No —respondo. No puedo contener el sollozo que invade mi voz—. No estoy bien.

Oigo un ruido, un trajín, y de pronto su voz suena mucho más despierta.

—¿Ha pasado algo? ¿Necesitas ayuda?

—No. Estoy... estoy delante de tu apartamento.

—¿Ahora mismo?

—Sí. —Miro su ventana y las luces se encienden en su habitación. Aparece su cara. Me saluda con la mano. La imito.

—Bajo enseguida. Un segundo.

Tarda varios minutos en hacer todo el camino hasta la planta baja y, cuando llega, me he fustigado tanto a mí misma que estoy toda sudada.

Alexis se ha puesto una chaqueta encima del pijama, pero el estampado asoma por debajo. Unos dibujitos de muérdago. Lo absurdo de la imagen me hace soltar una carcajada. Ella se me queda mirando perpleja.

—¿Qué?

—¿Por qué llevas un pijama de Navidad? Es junio.

—¿En serio que me has despertado de madrugada para preguntarme por qué llevo un pijama de Navidad? —Se cruza de brazos—. Voy a matarte. —Hay un asomo de sonrisa que retoza en sus labios.

—Adelante. No te lo impediré. —Levanto la cabeza y le ofrezco el cuello.

Ella me pincha en la yugular. Su larga uña me araña

la piel. Me estremezco. Me pongo derecha y la miro a los ojos.

—¿Seguiría cayéndote bien si hubiera hecho algo malo?

Alexis se pone solemne.

—¿De qué estás hablando? ¿Qué has hecho?

—Nada —me apresuro a responder—. Te lo digo como hipótesis. Si hiciera algo, ¿seguirías siendo amiga mía?

—A ver... Me gustaría decir que sí, pero supongo que dependería de lo que hubieras hecho. Si hubieras matado a alguien, entonces... Dependería de si se lo merecía o no. —Se ríe y no parece percatarse de las lágrimas que asoman a mis ojos. Parpadeo para contenerlas—. Ji-won, ¿va todo bien? Empiezas a tenerme preocupada.

—Estoy bien. Solo un poco agobiada con todo lo que tengo encima. —Me dirige una mirada comprensiva y luego me envuelve en un abrazo. Su cuerpo es tan cálido. Le susurro al oído—: Vuelve a la cama. Te llamo mañana.

56

—¿Alguna de vosotras ha tenido noticias de George? —pregunta *umma* mirando el reloj.

Es una pregunta boba. No hay razón para que Ji-hyun o yo hayamos tenido noticias suyas si ella tampoco las tiene.

—Yo no —digo sin mirarla.

—Yo tampoco.

Mi madre suspira.

—Dijo que esta noche llegaría para la cena.

—Quizá esté ocupado buscando trabajo —dice Ji-hyun.

Las lágrimas empiezan a brotar en los ojos de *umma*.

—No lo sé —dice desanimada—. Pero no contesta a las llamadas. ¿Creéis que estará bien? ¿Deberíamos llamar a la policía?

—No, no —digo—. Seguro que está liado con algo.

Nos quedamos en silencio, mientras la cena se enfría rápidamente en la mesa. A Ji-hyun le suenan las tripas.

Esta noche, *umma* ha cocinado *bulgogi*, uno de los platos coreanos favoritos de George. La carne marinada está decorada con semillas de sésamo y acompañada de cebolla, ajo y pimientos verdes picados. Tiene una pinta maravillosa, pero cada vez que Ji-hyun acerca la mano, *umma* se la aparta de un manotazo.

—Tenemos que esperar a que George llegue a casa —dice.

Y esperamos. Y seguimos esperando. El vapor del *doenjang jjigae* y del arroz se disipa, mezclándose con el aire. A medida que se enfría la comida, me voy enfadando cada vez más. Después de media hora de silencio exasperante, Ji-hyun, harta y muerta de hambre, dice:

—¿Podemos comer ya, por favor?

Umma se pone de pie, echando hacia atrás la silla. Golpea en la pared.

—No tengo mucha hambre. Creo que me acostaré temprano.

Las palabras salen flotando de mi boca antes de que pueda atajarlas:

—¿Qué estás haciendo?

Umma se gira muy lentamente. Está angustiada, las lágrimas han dejado una estela brillante en sus mejillas.

—¿Qué? —susurra.

Temblando, me planto delante de ella.

—Ya me has oído. ¿Por qué te comportas así por un hombre que no te cuida nada?

Ji-hyun abre mucho los ojos, asustada.

—*Unni*... —susurra.

Acallo a mi hermana con un ademán.

—Es patético. No puedo entenderte. Nos arrastras a Ji-hyun y a mí a este desastre y luego nos toca a nosotras intentar arreglar el estropicio. Te da completamente igual cómo nos afecten tus actos. Solo piensas en ti misma.

Le tiemblan los labios, se da la vuelta y se mete a toda prisa en su habitación, pegando un portazo.

Ya en nuestro cuarto, Ji-hyun abraza su almohada contra el pecho.

—Me parece increíble que le hayas dicho eso.

—¿Por qué? ¿No estás de acuerdo? —le suelto—. ¿Qué? ¿Te has hecho amiguita de George, ahora?

Ji-hyun titubea.

—No, yo...

—Entonces ¿qué?

Le cuesta contener las lágrimas, pero me da igual. Lo que me apetece es zarandearlas a las dos, a ella y a mi madre, hasta que entiendan de una vez la rabia que siento. Odio ver cómo Ji-hyun se sienta en el borde la cama, callada, haciendo pucheros. Murmura algo que no termino de oír bien.

—¡Escúpelo!

—Encontré... una foto... debajo del sofá, cuando estaba limpiando.

Paro y mi furia se aplaca momentáneamente.

—¿Una foto?

Ji-hyun asiente discretamente. Ahora me tiene miedo. Me arrepiento de haberle gritado así.

—Enséñamela —digo, bajando el tono.

Desaparece en el armario y sale con un papel que ondea en su mano. Tiene varios pliegues por donde ha sido doblado, pero lo reconozco inmediatamente. Es una de las imágenes de la presentación de George. Se nos debió de escapar cuando destruimos las pruebas. Es una foto de una mujer asiática con una falda corta. Lleva unos finos calcetines blancos con un montón de lacitos rosas bordados de arriba abajo. No lleva nada arriba y sus pezones están desnudos.

—¿Qué mierda es esto? Es asqueroso.

Con gesto de incomodidad, Ji-hyun me quita la foto y, doblándola, la convierte en un bonito cuadrado. La mete en el fondo del armario y murmura:

—Creo que es de George. Creo que miraba pornografía en el sofá cuando no estábamos en casa.

—Claro que es suya. ¿De quién iba a ser, si no?

Ji-hyun tiene el mismo aspecto que nuestra madre, con el mentón y los labios temblorosos. Ahora llora a rienda suelta, hipando cada vez que toma aire.

—Estoy muy preocupada por lo que pueda pasar.

—No lo estés —le digo. Ahora estoy tranquila—. Tú confía en mí.

Lo que acabo de vivir no hace más que reafirmarme en la idea de que todo lo que he hecho —y todo lo que me dispongo a hacer— es por el bien de mi hermana y de mi madre.

Si no las protejo yo, ¿quién lo hará?

57

—Ji-won, ¿podemos hablar? ¿Por favor?

Es Geoffrey. La clase acaba de terminar y ha venido corriendo a mi silla.

Estoy sorprendida, pero no lo demuestro. Ha guardado las distancias desde la última vez que intentó hablar conmigo, el día que destruí el Rolex de George. Me pongo de pie y me encamino a la salida.

—Claro. ¿Qué pasa?

Echa una mirada por encima de mi hombro a la marea de estudiantes que salen del aula.

—¿Podríamos ir a un sitio más... discreto?

Dudo.

—Por favor —suplica—. Solo necesito un minuto de tu tiempo.

—Vale.

Caminamos en silencio hasta que llegamos al final de campus y tomamos una callejuela apartada.

—¿Adónde me llevas?

—Ya lo verás. —Me mira con una sonrisa. No se la devuelvo.

Se para frente a un bloque de pisos y me señala unos

escalones. Los coches pasan por nuestro lado, pero, eso aparte, no hay mucha gente en la zona. Dejándose caer, da una palmada en el escalón para que me siente a su lado.

—Siéntate.

—No, gracias. ¿Quién vive aquí? ¿Tú?

—No, no vivo aquí. Vivo a media hora en esa dirección... —La señala y sigo su dedo con la mirada, entornando los ojos bajo el sol—. En el Valle.

—¿Y por qué estamos sentados delante de una casa cualquiera?

—Aguanta aquí un momento, Ji-won. Confía en mí. ¿Tienes miedo de algo?

—Vale.

Me siento a su lado. El hueco es estrecho, de modo que nuestras rodillas chocan. Intento apartar mi pierna de la suya, pero solo consigo que él me la acerque más todavía.

—Estoy muy contento de tener esta oportunidad de hablar contigo —empieza. Mira en todas direcciones salvo a mi cara, y eso hace que me preocupe por lo que pueda decirme—. He intentado encontrar la manera de explicártelo, pero no es fácil. Durante estos últimos meses he empezado a desarrollar sentimientos por ti. —Respira hondo—. La verdad es que me gustas mucho, Ji-won. Más que como una amiga. —Me roza la mano con la suya.

Me aparto al instante y me pongo de pie.

—Lo siento —digo—. No siento lo mismo por ti. Me sabe mal si te he causado otra impresión.

—Vamos —dice él, levantándose de un salto—. Ni siquiera me has dejado terminar de hablar.

—No quiero que te hagas una idea equivocada.

—Pero si casi no me conoces. Yo me he esforzado mucho en conocerte, hacerte saber qué cosas son importantes para mí, pero no me has dado ni una oportunidad. Créeme, Ji-won, si me lo permites, te gustaré. Te lo juro. ¿Es porque soy blanco?

—¡No! Eso no tiene nada que ver...

—Soy una buena persona, ¿vale? No soy como esos tíos que conoces. Como el novio de tu madre. No sufro de fiebre amarilla, si es eso lo que te preocupa. Ya sabes que leo mucho. Creo que habré estudiado todos los temas posibles relacionados con la raza y el género. La fetichización es una forma de opresión. Y yo no soy un opresor. ¡Soy un aliado! Mis sentimientos hacia ti (no, mi amor por ti) trascienden la raza. Te amo por ser quien eres por dentro. —Intenta tocarme y sus dedos rozan mi piel. Lo aparto—. No puedo continuar así, fingiendo que no tengo estos sentimientos. No puedo sentarme en clase sabiendo que estás a solo unos metros. Estamos hechos el uno para el otro.

Trastabillo al dar un paso atrás y caigo por la escalera, aterrizando sobre las palmas de mis manos. Siento un dolor estridente en la cabeza y lo único que acierto a pensar es que debo largarme. Me pongo de pie y, con la respiración entrecortada, digo:

—No, Geoffrey. No me gustas. Por favor. Ahora no puedo con esto.

Vuelvo esprintando al campus. Las sienes me palpitan con cada zancada. Geoffrey me persigue a cierta distancia, lo que me hace correr todavía más deprisa hasta que termino convencida de que el corazón me estallará. Cuando llego a la explanada, me paro derrapando y me giro de golpe.

Geoffrey ha desaparecido. Me inclino con el pecho

agitado, los pulmones pidiendo aire a gritos. Busco mi botella de agua, pero en el sitio donde debería llevar la mochila no hay nada. Cierro los ojos.

Estoy en el borde del césped, temblando.

¿Dónde he puesto la mochila? ¿La he dejado con Geoffrey? Doy media vuelta y empiezo a desandar el camino, intentando recordar dónde están esos escalones. Con las prisas por escapar, no me he fijado en ninguna de las bocacalles.

Barajo qué puedo decirle a Geoffrey para calmarlo. Quizá alabaré nuestra amistad y lo importante que es para mí. O quizá pueda convencerlo de que soy una persona horrible.

Hago daño a la gente a propósito. Cuando tenía doce años le robé a mi primo la Game Boy. Engañé a mis amigas y las manipulé.

Es absurdo. Todos los bloques que rodean nuestra universidad se parecen: edificios de ladrillo pintados con el mismo tono rojo herrumbre. Los mismos jacarandás en cada acera, con sus flores violetas alfombrando el asfalto. Suelto tacos mientras intento localizar alguna calle o coche aparcado que me suene, pero todo lo que veo se fusiona en una masa irreconocible.

Ya estoy a punto de arrojar la toalla cuando reconozco una adelfa en el cruce al que estoy a punto de llegar. Si doblo a la izquierda y camino un poco más, debería encontrar los escalones...

No me he equivocado, pero la mochila no está en

ninguna parte. Me quedo pasmada y pregunto sin levantar la voz:

—¿Geoffrey? ¿Estás aquí?

No lo veo. Me tapo la cara con las manos y hago memoria. Tenía la mochila cuando he llegado a clase, pero no soy capaz de recordar si la llevaba cuando Geoffrey me ha arrinconado. Empiezo a desandar nuevamente el camino, pero enseguida me detengo frente a la adelfa y me quedo pensando.

De niña, *umma* me avisó de los peligros de la adelfa, diciéndome que todas sus partes eran venenosas.

—Ni se te ocurra tocarla —me dijo muy seria, agitando el dedo—. Podrías morir.

—¿Cómo? —pregunté.

—En Corea dijeron en las noticias que un niño y una niña se fueron de pícnic al campo y se olvidaron los palillos. Usaron unas ramitas de una adelfa para comer y se murieron. El veneno de la planta los mató.

No me lo creí. La planta era demasiado bonita para ser tóxica, con esas ramas cargadas de flores rosas, y cuando volví a pasar por esa adelfa con Ji-hyun, la empujé hacia las hojas que se derramaban sobre la acera.

—Pruébala —le dije con una risa tonta—. Sabe a fresa.

Ji-hyun se quedó mirándome. Tan crédula. Volví a empujarla.

—¡Adelante! ¿Qué pasa? ¿Tienes miedo?

Las flores estaban a medio camino de la boca de mi hermana cuando *umma* vio lo que estaba pasando. Vino corriendo y le dio un golpe en la mano. Ji-hyun se puso a llorar. Luego, *umma* se volvió hacia mí con lágrimas en los ojos y la cara arrugada como una bola de papel.

—¿Cómo has podido dejar que tu hermana hiciera algo así? ¡Tu deber es ser su *unni* y cuidar de ella!

—No lo sabía —respondí enfurruñada.

—¡Podría haber muerto!

Cerré la boca y eché una mirada asesina a Ji-hyun, que estaba lloriqueando sin razón alguna. No se había comido la planta, ¿a qué venía tanto cuento? Todavía no me cuadraba lo que había dicho mi madre. Pero entonces *umma* nos rodeó a ambas en un abrazo, envolviéndonos en su olor.

—Debéis tener cuidado —dijo—. Sé que la planta es bonita, pero el veneno puede estar en todas partes, incluso donde menos te lo esperas.

58

He mirado por todas partes. La mochila no está en el aula, tampoco en objetos perdidos. Ha desaparecido. Me fustigo por ser tan descuidada e intento hacer inventario de su contenido para ver lo que he perdido: mi bolígrafo favorito, unos cuantos lápices que le he ido birlando a Jihyun durante años, unos auriculares con los cables enredados, un cargador portátil. Algunos deberes que podré reimprimir en la biblioteca. Nada que no pueda reemplazar, pero aun así siento que la pérdida es inconmensurable.

Ya en casa, encuentro una mochila vieja y andrajosa en el armario y le robo unos cuantos lápices más a Jihyun. Paso el brazo por el asa y me miro en el espejo. Es fea, pero de momento servirá.

Cuando llego a la uni al día siguiente hay una tensión y una inquietud palpables entre los alumnos. Entro en clase y los oigo conversar entre susurros, con el gesto solemne. Alexis está sentada en su sitio habitual en primera fila. Me hace un gesto y corro a sentarme a su lado.

—¿Qué pasa? —pregunto.

—Han encontrado otro cadáver a un par de kilómetros. Un estudiante. —Noto la calidez de su aliento en la mejilla.

La miro. La piel de mi cara ha recogido su calor.

—¿Otro?

—Sí. La gente empieza a preocuparse. Comentan que es un asesino en serie y que quizá ha elegido como víctimas a los estudiantes de la universidad. Alguien me ha dicho que los padres están llamando al decano para reclamar más seguridad y medidas de protección en el campus. Su teléfono no ha parado de sonar.

—¿Qué? Es alucinante —murmuro.

Miro a mi alrededor. Un escalofrío recorre mi columna. No esperaba que descubrieran el cadáver tan pronto. Pensaba que tendría días, quizá semanas. ¿Por qué lo han encontrado tan rápido?

Alexis se estremece.

—Estoy asustada.

—No lo estés —digo como un autómata.

La sangre. Las huellas dactilares. Tu ADN está en todas partes. Con que investiguen un poco, lo descubrirán todo.

Y la navaja. Tienes que deshacerte de ella. Tírala al río Los Ángeles y que el agua se la lleve al mar. Ahoga tus faltas en el océano Pacífico.

Pensarlo me reconforta: la hoja hundiéndose en el agua, hasta el fondo, hasta la arena, asustando a los cangrejos, para terminar reposando entre las algas y los peces dormidos. Cierro los ojos y Alexis se vuelve hacia la tarima cuando de pronto lo recuerdo horrorizada.

La navaja. La tenía en la mochila.

Salgo flechada en cuanto la clase termina, sin despedirme de Alexis.

—¡Ji-won! ¿Estás bien? —exclama, sorprendida, cuando ya me marcho.

No respondo. Cruzo corriendo el aparcamiento hasta llegar al coche y abro frenética la puerta. Busco incluso en los sitios más ilógicos, palpo debajo de los asientos, miro en cada rincón, en cada hueco. Mi mano regresa cubierta de migas y pelos viejos. Hay una solitaria patata frita fosilizada, dura como la piedra, encajada debajo de la funda del asiento.

No está aquí.

Me siento al volante con la cabeza entre las manos, cerrando los ojos con todas mis fuerzas. Sin mirar atrás, salgo como una loca del aparcamiento y vuelvo a toda velocidad al apartamento. Sé que no está en casa, pero tengo tal ataque de pánico que casi no puedo ni pensar. La gente me mira cada vez que paro en un semáforo. Mantengo la mirada al frente.

Echo un vistazo al coche de la izquierda. El conductor no me presta ninguna atención y el corazón, que me latía desbocado, parece relajarse un poco. Pero entonces vuelve la cabeza en mi dirección. El movimiento es casi robótico y, cuando me ve, abre mucho los ojos. Me indica con un gesto que baje la ventanilla. Niego con la cabeza, pero él insiste, abriendo los ojos más si cabe, señalándome con el dedo cada vez con más saña. Finalmente cedo y bajo la ventanilla, incapaz de soportarlo más.

—Asesina —dice entre dientes.

—¡No lo soy! —respondo temblando—. ¡No he hecho nada malo!

—Eres una asesina —dice levantando la voz, con un tono más amenazante.

Me giro para ver si alguien más ha oído el intercambio y el horror me estrangula con sus dedos fríos y húmedos. Los ocupantes de los coches vecinos se han vuelto hacia mí y todos me miran con desdén. En sus labios se repite a coro la palabra. *Asesina.*

—No —gimo. Cierro las puertas y me escurro hacia abajo en el asiento, aunque sé que no servirá de nada. Se ha acabado. Todo se ha acabado.

Oigo un fuerte bocinazo detrás de mí y me incorporo sorprendida antes de mirar a mi izquierda. Ese hombre no me observa. De hecho, nadie me observa. Me quedo completamente inmóvil en el asiento, tratando de asimilar lo que ha pasado, pero entonces pita otro coche.

Detrás de mí, alguien grita.

—¡Arranca, imbécil! ¡Vas a conseguir que se ponga en rojo otra vez!

En el apartamento investigo a gatas por todas partes, debajo del sofá, debajo de la cama. La mochila no está aquí, y noto que el nudo que me oprime el pecho se cierra más todavía. Me siento de rodillas, temblando.

Esta mañana, Ji-hyun me ha soltado en broma que se dedicaba a hurgar en mis cosas. Llevaba una pulsera nueva, pero cuando la he mirado de cerca me he dado cuenta de que era mía.

—¡Eh! —Le he agarrado la muñeca. Se ha soltado enseguida.

—¡Ahora es mía! —me ha dicho, sacándome la lengua—. El que se lo encuentra se lo queda. Y el que lo pierde llora. Además, tú no te la pones nunca. He investigado un poco en tu lado y he encontrado muchas cosas interesantes...

Corro a nuestra habitación y registro su lado del armario, donde tiene la ropa, los zapatos y su diario, todo revuelto en un montón. Hojeo las páginas intentando encontrar algún comentario sobre mi mochila. Me sorprende lo vacío que está, solo hay pensamientos sobre sus compañeros de clase y el insti desde la última vez que se lo espié. Voy tirando todo lo que encuentro por encima de mi hombro hasta que el armario queda vacío. La mochila no está aquí.

Me pongo de pie y corro a la puerta de la habitación de *umma*. George estaba aquí hace una semana, y trato de recordar cómo se comportaba. Estaba callado, con una actitud reservada. Prefería ver la tele sin decir nada a conversar con mi madre, que estaba sentada a sus pies en la cama. Quizá se la llevó él. O *umma*. Pero la habitación de *umma* está vacía, y tampoco la encuentro en ningún otro sitio del apartamento.

Hundo la cabeza entre mis manos, reprimiendo un grito. La opresión en el pecho es insoportable, y lo único que acierto a pensar es en lo mucho que necesito recuperar la mochila. Y también la navaja.

59

Esa noche me encuentro a Alexis hurgando en mi mochila. Su silueta inconfundible está inclinada sobre mi escritorio.

—¿Qué haces? —pregunto.

—Sé lo que has hecho, Ji-won. Quiero encontrar la navaja y te voy a entregar a la policía. Es la única manera de...

—¡No he hecho nada!

Corro hacia ella e intento quitarle la mochila, pero la sujeta con mucha fuerza. Me mira indignada. Es evidente que arde de furia. En el último segundo me doy cuenta de que sus ojos ya no tienen su tono marrón habitual. Se han vuelto azules. Asustada, dejo caer las manos.

—¿Alexis?

—Todo ha terminado para ti, Ji-won —me dice con una sonrisa desdeñosa, el labio replegado sobre los dientes. La hoja de la navaja brilla entre sus dedos—. ¿De verdad creías que me importabas? Lo supe desde el principio. Lo supe todo. No puedes disimular lo que eres. Eres un monstruo. Te voy a destrozar la vida.

—No. —Me tiro al suelo y me abrazo a sus rodillas—. Alexis, por favor.

Ella me agarra, su piel es fría como el hielo. Cuando trato de apartarla, la navaja cae al suelo. Alexis me clava las uñas en los brazos. Siento que me desgarran la piel, que la sangre empieza a manar, pero lucho pese al dolor y busco desesperada la empuñadura de la navaja.

De pie, encima de mí, Alexis grita como un demonio. Sus gritos me provocan un dolor de cabeza atroz.

—¡Para! —chillo, pero es demasiado tarde.

El grito de Alexis se ha metido en mis oídos, resuena, me agita de arriba abajo.

Tengo que hacer que pare.

Sin pensarlo, despliego la navaja y se la hundo en el pecho. Alexis se queda boquiabierta, sus ojos azules brillan, las lágrimas amplifican su color. Se desploma. Su cuerpo queda tendido sobre un viscoso charco de sangre. Yo grito, agachada a su lado, acunando su cara preciosa con las manos.

—¡Noooooo!

Me pongo de pie de un salto y Ji-hyun me da un palmotazo con la mano. Balbucea algo antes de darse la vuelta hacia mí y dormirse de nuevo.

Me separo de Ji-hyun, desenchufo el móvil del cargador en el escritorio y salgo sin hacer ruido a la sala de estar. Los martillazos de mi corazón son tan ruidosos que acallan todos los pensamientos que habitan mi cabeza.

Después de recobrar el aliento, marco el número de Alexis. Aprieto el móvil contra mi oído.

Contesta, aunque es muy tarde.

—¿Ji-won? —dice soñolienta. Me la imagino medio

dormida, vestida con su pijama navideño. La imagen me hace tragar con fuerza.

—¿Tienes mi mochila? —pregunto.

—¿Qué? —Ahora suena más despierta—. ¿De qué me estás hablando?

—La he perdido. He pensado que quizá la tenías tú.

—¿A santo de qué iba a tenerla yo? —Me habla en un tono plano, descontento. Está enfadada.

—No lo sé. Pensaba que... —Me doy una palmada en la frente—. Lo siento. Esto es una estupidez. Soy una estúpida. No lo he pensado bien.

—Vete a dormir, Ji-won. Intenta descansar.

—¿Estás cabreada conmigo? —Hay un largo silencio al otro extremo de la línea—. ¿Sigues ahí? —pregunto con el corazón encogido.

—Sigo aquí. No estoy cabreada. Solo estoy cansada.

En clase, Alexis me trata con frialdad. Intento hablar con ella, disculparme, pero pasa por mi lado sin dirigirme la palabra. Me deja plantada y desaparece por la esquina.

—Ha sido sin querer —digo en voz baja a su cuerpo que se aleja.

Debería preocuparme por la navaja, porque me descubran, pero solo puedo pensar en Alexis. Me siento mal por haberla acusado, aunque también noto que le guardo rencor.

Se supone que es tu amiga.
Se supone que ha de entenderte.
Pero en realidad es como los demás.

60

Todo se va a la mierda.

George solo responde a las llamadas de *umma* esporádicamente y, encima, se niega a hablar de la boda.

—¡Solo faltan dos semanas! —gritó *umma* la otra noche, soltando perdigones por la boca—. ¿Vendrás?

Ji-hyun había ido a casa de una amiga, de modo que *umma* y yo estábamos solas. No salía de mi habitación. Esperaba que ella siguiera ignorándome como había hecho desde el día de mi estallido. Sin embargo, después de colgar, entró cabizbaja en mi habitación y puso la cabeza en mi regazo. Sus lágrimas corrían como ríos y me empaparon los pantalones.

No habíamos hablado de las cosas terribles que le había dicho.

—Siento que todo sea tan doloroso —me dijo—. Pero George es un hombre muy bueno y nunca haría nada que pudiera hacernos daño. No tienes que preocuparte. Sé que las cosas no han sido fáciles para ti y para tu hermana desde que *appa* se marchó. Pero te prometo que después de la boda George estará siempre aquí y será un buen padre para las dos. Te lo juro.

Si no hubiera llorado tanto, le habría dicho que yo ya tenía padre. Y que él, como George, era un hombre como otro cualquiera.

Le habría dicho que esos dos hombres eran los culpables de todo lo que había pasado: su desesperación, el derrumbe de nuestra familia. Los asesinatos. Todo.

Quizá Ji-hyun tenga razón. Quizá haya una maldición, un veneno que acecha en nuestra sangre.

61

Me siento a una de las mesas comunes de la biblioteca, con la cara pegada a la pantalla del portátil que he pedido prestado en la entrada. Estoy buscando solares en construcción que queden cerca del campus, pero no consigo concentrarme. Cada ruido me hace saltar. La adrenalina me tiene histérica y me sudan las manos. Miro las mismas palabras, leyéndolas una y otra vez, hasta que dejan de tener sentido.

¿Dónde coño está mi mochila? ¿Dónde está la navaja?

Me clavo las uñas en la palma de la mano. El dolor hace que mi atención se desvíe. Sé que sin él me derrumbaría. Me imagino mi cuerpo desintegrándose en mil pedacitos, tirados por el suelo.

Alguien se sienta delante de mí, arrastrando bruscamente la silla. El ruido de las patas rascando el suelo hace que me crispe de dolor. Miro quién es.

Es Geoffrey, con una sonrisa de oreja a oreja.

—Hola —susurra.

Pongo una mueca.

—Eh.

—¿Has pensado en lo que hablamos el otro día?

—Geoffrey. De verdad que no siento lo mismo por ti.

La chica que tenemos al lado tuerce el gesto. Estamos haciendo ruido. Me pongo de pie, colocándome el portátil bajo el brazo. Geoffrey no tarda en seguirme. Oigo sus pasos detrás de mí cuando me adentro en una sección desierta de la biblioteca. Nos rodean estantes repletos de libros. La luz del techo proyecta largas sombras sobre la moqueta. Es una luz desagradable.

—Ni siquiera te has dado la oportunidad. —Un rubor le sube por el cuello—. No puedes decir que no cuando no te has dado la oportunidad.

—¿La oportunidad de qué?

—¡De que te guste! No estoy tan mal, pero te comportas como si fuera... una especie de bicho raro...

—No puedes obligar a alguien a que le gustes, Geoffrey. Las cosas no funcionan así.

—¡Yo no te obligo a nada! —Da un paso más hacia mí y yo retrocedo. Mi espalda choca con la pared.

—He intentado ser agradable. He intentado que ocurriera de manera natural. ¡Pero has tenido que echarlo todo a perder, Ji-won!

—Yo no he echado nada a perder...

—No te hagas la tonta. Te he visto con Alexis a cualquier hora del día cuando en realidad tendrías que haber estado conmigo. Has permitido que se metiera entre nosotros. Alexis ha destruido lo que tú y yo podríamos haber tenido.

Suspira y se pasa la mano por el pelo.

Todo encaja de pronto. Esas veces que pensaba que me espiaban. La persona del autobús. El aparcamiento.

—¿Tú? ¿Tú me has seguido?

—Pues claro. Tenía que protegerte. Tenía que asegurarme de que no te pasara nada. Eso es lo que haces cuando amas a alguien, Ji-won.

Me aparto de él con asco. Oigo una alarma en mi cabeza, aguda y penetrante.

—Para —le digo. Noto la dureza de la pared en la espalda—. Tú no me amas. No me conoces de nada.

—Claro que sí, Ji-won. Te he vigilado. Lo sé todo sobre ti. Por ejemplo, resulta que sé que has perdido la mochila.

—¿La cogiste tú? —balbuceo—. ¿Por qué?

—Porque tienes que sentar la cabeza, Ji-won. Si no eres capaz de entender lo que te conviene, tendré que enseñártelo yo. Te devolveré tus cosas en cuanto me demuestres que te las mereces. Tengo tu mochila bajo llave en mi habitación.

—¿Se puede saber qué te pasa? —mascullo.

—Venga, Ji-won. Tengamos nuestro final feliz. Estoy ayudándote. Pero no puedo hacerlo si no colaboras.

—¡No necesito que me ayudes!

Me agarra de la muñeca y me la aprieta. Me muerdo los labios para no llorar. Él me mira a los ojos y se inclina, con la boca abierta, caliente, apestosa, la lengua asomando entre los labios.

Colocada encima de nosotros, la luz roja que parpadea es una cámara de seguridad.

Tengo los ojos clavados en la cámara mientras intento quitármelo de encima.

—Ojalá dejaras de ser tan difícil —dice Geoffrey, torciendo el gesto—. Pero sé lo sorprendida que debes de estar, Ji-won. Te daré tiempo para que lo pienses. Sé que recapacitarás. —Me roza el hombro, un toque ligero, y se marcha.

Las manos me tiemblan tanto que el móvil casi se me cae al suelo cuando lo saco de mi bolsillo.

Voy a destrozarte la vida.

62

Durante tres días, *umma* no va al trabajo porque dice que está enferma. Se queda en la cama viendo dramas coreanos hasta bien entrada la noche. Solo los tristes, en los que todo el mundo la palma al final. Llora con cada escena, los sollozos agitan su cuerpo, como si fuera ella la que estuviera a punto de morir.

Si cancela la boda ahora, en vez de en el mismo día, es posible que por lo menos le devuelvan parte de lo pagado. Pero cada vez que le saco el tema —con tacto, para no herir sus sentimientos—, empieza a berrear, así que he optado por no decírselo más.

Ni siquiera en estas ha dejado de hacer adornos. Se pone el vestido de novia y el velo torcido y se sienta delante de la tele para plegar flores de papel. Es una tarea sencilla pero tediosa. Un giro del alambre a la izquierda: la primera hoja. Hay que forrarla con papel de seda verde. Un giro a la derecha para la segunda. Luego, arriba, hay que moldear el alambre en cinco lóbulos de tamaño medio y envolverlos en papel de seda rosa y violeta.

—Le das más profundidad si utilizas dos colores —dice *umma*.

Al final hay que envolver la parte de abajo con cinta aislante para que todo quede bien sujeto. Luego se cubre la cinta con un lazo de tela verde. Las flores ya eran cutres de por sí, pero ahora, como no para de llorar encima de ellas, están hechas una birria. El montón de flores arruinadas sigue creciendo a sus pies, pero ella no se detiene.

Umma me decía a menudo que nos conocía a Ji-hyun y a mí mejor que nadie. «Os hice a las dos en mi tripa y os alimenté nueve meses —decía—. Creé todas las partes de vuestros cuerpos. Conoceréis a muchas personas y haréis muchas cosas en la vida, pero yo seré siempre quien mejor os conozca a ti y a tu hermana.»

Por eso, de niña, pensaba que mi madre podía leerme la mente. Sabía cuándo decía mentiras. Sabía cuándo hacía alguna maldad. Sin embargo, cuando me hice mayor, llegué a la conclusión de que aquello no era más que una de las múltiples falsedades de *umma*. No sabía qué pensaba ni cómo me sentía. Si lo hubiera sabido, no habría actuado así. No habría hecho cosas que me dolerían, que me ponían triste, que me hacían llorar. Y, sobre todo, no habría traído a George a nuestra casa.

63

Hacía mucho que *umma* no me cocinaba pescado, pero esta noche ha traído una corvina amarilla congelada que me mira ceñuda desde su envase de plástico en la encimera. Cuando se descongela del todo, la echa directamente a la sartén y el chisporroteo del aceite se oye en toda la casa.

Estoy con *umma*, viendo cómo la piel del pescado se tuesta y se hace crujiente. Como de costumbre, hay un plato de más en la mesa, con vaso y cubiertos que nadie usará esta noche.

En los últimos días me he pasado en coche por delante del apartamento de George muchas veces. Su camioneta siempre está ahí, reconocible incluso de lejos. Un par de veces me ha parecido verlo con Jen. Siempre la rodea con el brazo.

Umma mira por la ventana del balcón, con los ojos tristes y dolidos. Veo que tiene los dedos en carne viva, con sangre. No le quedan uñas. La carne rosada está a la vista.

—*Umma*, tienes que comer.

Suelta un largo suspiro. Tiene las mejillas hundidas y

unas ojeras muy profundas y oscuras. Está demacrada, como si estuviera muy enferma. Me preocupa lo flaca que está.

Si se disolviera en el aire, no me sorprendería.

64

El jueves por la mañana, cuando me despierto, el apartamento está siniestramente tranquilo. Sé que Jihyun se ha marchado temprano porque tenía una reunión de tutoría en el insti, pero por alguna extraña razón la habitación de mi madre está en silencio. Debería estar peinándose y arreglándose, porque le ha prometido al señor Lee que hoy se reincorporaba al trabajo. Me acerco sin hacer ruido y pego la oreja a la puerta antes de llamar.

—¿*Umma?* ¿Estás ahí?

No hay respuesta. Asustada, abro la puerta y me la encuentro acostada en la cama, inmóvil. Tiene la piel pálida y está sudando. Mira a las musarañas con un gesto vacío. Cuando vuelvo a llamarla, se vuelve hacia mí muy despacio. Veo que ha llorado.

—¿*Umma?*

—¿Por qué me sale todo mal? —grazna.

—¿Qué quieres decir? —Me siento en el borde de su colchón, procurando guardar las distancias.

—¿Qué hago yo para que todo me salga mal? ¿Por qué me pasa esto siempre? ¿Soy un monstruo?

—No digas tonterías.

Si hay un monstruo en esta casa, soy yo.

—Entonces ¿por qué me ha dejado George? ¿Por qué me dejó tu padre? ¿Por qué me dejaron mis padres?

Cierro la boca y luego la vuelvo a abrir.

—Yo... Seguí a George hace unos días, hasta su apartamento. —Cierra los ojos con fuerza mientras habla—. Y vi a una mujer allí con él. —Acerco los dedos a *umma*—. Era muy joven y muy guapa. No me extraña. No me extraña. —Murmura para sí, bajando la voz; sus palabras se desvanecen—. ¿Recuerdas las historias que te contaba sobre tu padre? No eran verdad.

—¿Qué historias, *umma*?

—Te conté que tu padre se había enamorado de mí a primera vista. No es verdad. Nunca lo fue. —Me dirige una sonrisa dolorida—. Cuando nos conocimos, lo convencí de que se casara conmigo. Yo no tenía ningún proyecto de futuro y no veía el momento de empezar una nueva vida. Al principio tu padre no quería, pero al cabo de un tiempo cedió. Yo ya tenía la nacionalidad y él no. Eso ayudó.

La revelación me deja muda. Sé lo que está sintiendo mi madre ahora mismo, por lo menos hasta cierto punto. Ser la persona que siempre está sola, que siempre es rechazada. Yo nunca he sido la primera elección de nadie. Ni la de mi madre, que quiere más a Ji-hyun que a mí, ni la de mi padre, que prefirió a otra mujer antes que a mí. A todas nosotras.

Respiro hondo.

—*Umma*, tienes que levantarte. ¿No dijiste que la señora Shin vendría a recogerte hoy? Ya son las ocho. Llegará dentro de quince minutos.

La levanto de la cama y la acompaño al cuarto de

baño, donde la ayudo a cepillarse los dientes y le hago una coleta. Me acuerdo de mi infancia, cuando era ella la que me arreglaba para ir a la escuela. Supongo que debería ser divertido ver cómo nos hemos cambiado los papeles, pero a mí me deja aturdida.

La veo marcharse en el coche de la señora Shin y le digo adiós con la mano. Cuando el coche desaparece, subo corriendo por la escalera y me preparo para mi último examen final. Siento una energía vibrando en mis venas. Una rabia. Una furia. El deseo de castigar, de cobrarme justica. Esta noche, finalmente, George recibirá su merecido.

65

Son las tres de la tarde. Los estudiantes están saliendo en alegres manadas de las aulas. Mañana es el último día de exámenes finales, pero casi todos, como yo, han terminado el curso hoy. Liberada, echo la cabeza atrás y miro el cielo azul. Azul como los ojos de George, azul como el océano. Azul, azul, azul.

Me siento en un banco y contemplo el sol. Dejo que el aire caliente del verano acaricie mi cara. Me he puesto la falda ondulante y la blusa de color crema que llevaba cuando conocí a George, y aunque la falda todavía huele a naftalina, me encanta su tacto sobre mi cuerpo, la sensación del viento cuando hace aletear el dobladillo. Cada vez que paso por delante de una ventana, me quedo mirando mi reflejo.

Suena el móvil en mi regazo. Lo abro y veo que es un mensaje de George.

Sigue en pie lo de hoy, ¿no?

Sí. ¿A las cinco?, contesto.

Vale. Hasta luego.

Una hora después me levanto del banco. Tengo las piernas entumecidas. Entro en el coche y me dirijo a la cafetería en la que hemos quedado en encontrarnos. Tiemblo de emoción. En el aparcamiento, saco el lorazepam de Alexis y trituro las tres últimas pastillas hasta convertirlas en polvo.

La cafetería está llena de gente. Como los estudiantes que pululan por el interior, la decoración es ecléctica, como si la persona que la diseñó lo hubiera juntado todo con una venda en los ojos. Hay vinilos y cuadros apelotonados en cada hueco de las paredes. Ninguno de los cuadros combina. En uno, un cerdo bebe de un abrevadero. Me hace pensar en George.

El aire está impregnado del aroma de los granos de café tostado. Inspiro hondo para olerlo bien. En el mostrador, pido dos cafés solos y pago con un puñado de monedas. Al cabo de un momento, me los sirven por el otro extremo de la barra. Las tazas queman. Añado tres dosis de leche y cinco sobres de azúcar para que quede como le gusta a George. Cojo un puñado de tarrinas de leche en monodosis y cinco azucarillos y me los guardo en el bolsillo antes de volver al coche.

Cuando añado el lorazepam en polvo, veo que forma burbujas y se hunde, desapareciendo en el fondo del vaso. Lo remuevo todo hasta que queda disuelto y tomo un sorbito. Hay un regusto amargo que se me queda en la lengua. Aunque creo que George no lo notará, añado otro azucarillo por si acaso.

Las farolas se encienden. George llegará de un momento a otro. Contengo el aliento y marco su número en mi móvil.

A las 17.01, la camioneta de George entra en el aparcamiento.

Cojo el café y me voy a buscarlo flechada. Ni sorprenderse puede, porque abro inmediatamente la puerta del acompañante y me siento a su lado, plantándole el café con la droga en la mano.

Los ojos casi se le saltan de las órbitas. Se me encoge el estómago. Están increíbles. Perfectos. Preciosos. Estoy tan embelesada que casi no oigo su voz cuando me dice:

—¿JW? ¿Qué estás haciendo aquí?

—Tenemos que hablar.

—Bueno... —Mira a su alrededor con gesto receloso—. ¿Y no puede esperar? Estoy un poco ocupado ahora mismo. He quedado con alguien... Un cliente... Dentro de unos minutos.

—Sé que lo del cliente te lo inventas. He sido yo.

—¿Qué? —Abre mucho los ojos sorprendido—. ¿Cómo has podido...? ¿Cómo has sabido...? —balbucea.

—Solo quiero hablar —le digo—. Te he traído este café como una ofrenda de paz. Tómatelo, por favor. —Siento un dolor repentino en la cabeza, un destello blanco. Parpadeo para intentar expulsarlo.

George se arrellana en el asiento en silencio, pensativo. Sostiene el café a una prudente distancia. Tomo un gran trago del mío y luego lo miro. Suelta un suspiro y me imita.

—Quiero que me expliques qué haces aquí, JW. Qué hago yo aquí. ¿Estás tan chalada como para pensar que esto es una broma de buen gusto?

—No es una broma —respondo. Me palpitan las sienes. No hago caso—. Te lo explicaré todo, pero antes necesito un segundo. Tomémonos el café.

Su nuez de Adán sube y baja.

A los tontos no les duran los ojos.

Me apoyo en la ventanilla, mi piel sobre el frío cristal, y espero.

—Quería hablar contigo de la boda. *Umma* no está bien últimamente. ¿Has hablado con ella? No vas a rajarte o hacer alguna estupidez, ¿no?

George suspira.

—Eso es asunto mío y de tu madre.

—Mi madre es asunto mío.

Hay un titubeo en su gesto. Mira al sol poniente. El cielo está surcado de vetas rosadas y puedo ver las nubes reflejadas en sus iris. Estoy tan cerca que puedo verlo todo. Las líneas, los anillos, las estrías. Las motas de oro repartidas por doquier.

—Bueno, de algo no hay duda —dice taciturno—. Eres una buena chica, JW. Muy obediente. —Por un instante, pienso que va a darme una palmadita en la cabeza como si fuera un perro.

Niego con la cabeza y lo miro a los ojos.

—No sabes nada sobre mí. Absolutamente nada.

—Sí te conozco.

—No. De verdad que no.

George levanta las manos, con las palmas hacia mí.

—Mira, no voy a discutir contigo. Has sido tú quien me ha traído aquí. En cuanto salgas del coche, me largo.

No, no te marcharás. Tus actos tendrán consecuencias.

—Hay otra cosa de la que quiero hablar —digo despacio.

Me noto los latidos del corazón en la cabeza. Son golpes fuertes, ruidosos.

—Suéltalo.

—Te oí hablar de mí y de mi hermana.

—No tengo ni idea de lo que dices. —Hace un mohín con los labios y apoya la espalda en el asiento. Sus manos se aferran a los reposabrazos.

—Lo oí —repito en un tono más apremiante—. Estabas hablando por teléfono cuando llegué a casa. Fue asqueroso. Eres asqueroso.

George me mira a los ojos.

—No sé de dónde salen esas acusaciones infundadas.

Golpeo con los puños el salpicadero.

—La llamaste zorra. Sabes que Ji-hyun es una niña, ¿no? ¿Se puede saber qué te pasa en la cabeza? He visto cómo nos miras. Cómo nos tratas. ¿Qué te hace pensar que eso está bien?

Por el tono de su respuesta, casi diría que se divierte.

—¿Por eso me has engañado para traerme aquí? ¿Para sermonearme?

Aprieto los dientes.

—Vale, JW —dice. Miro el reloj del salpicadero, los números rojos se arrastran como hormigas—. Me has pillado. Soy un hombre. Hago lo que hace cualquier hombre. Mi enhorabuena. ¿Ahora puedo marcharme?

Levanta la taza de café como si quisiera brindar por mí, con un gesto de superioridad casi imperial en el rostro, y toma un largo trago.

Mi confianza se tambalea. Noto que empiezo a desesperarme. ¿Por qué no hace efecto?

De pronto se toca la cabeza.

—Uf.

—¿Qué te pasa?

—Creo que voy a vomitar —murmura George, moviendo la cabeza.

Le doy una palmada en la espalda. El tacto de su camisa húmeda por el sudor me da repelús.

—¿Quieres que vaya a buscar ayuda?

—¡No! —exclama.

Se vence hacia delante, con la cabeza entre las manos. No está completamente fuera de combate, pero sí se lo ve mareado. La boca se le queda colgando y jadea. El olor de su aliento agrio impregna el aire.

—Deja que te lleve a casa —digo—. No me cuesta nada. Llamaré a *umma* y le diré que no te encuentras bien. Ella cuidará de ti. —A nuestro alrededor pasa la gente con tazas de café en las manos—. Además, supongo que no te apetecerá vomitar en tu bonita camioneta, ¿no?

—Vale —balbucea George.

Salto del coche y voy a abrirle la puerta. Se baja como puede, con pasos vacilantes. Está a punto de caerse un par de veces, pero se sujeta en el último instante. Lo ayudo a subir al asiento del acompañante a empujones. Me pongo al volante, procurando que no se me vea la cara.

—¿Listo? —le pregunto.

—Mmm. —Tiene los ojos vidriosos.

Me arrimo y le pongo el cinturón de seguridad, bien tenso, y lo abrocho con un satisfactorio *clic.*

No hay necesidad de dañar mi preciosa mercancía.

Arranco y salimos del aparcamiento. Por el retrovisor, veo hacerse pequeño el Honda destartalado de mi madre. A mi derecha, la cabeza de George rueda a un lado y a otro. Intenta mantenerse despierto. Llegamos a un solar vacío y aparco silenciosamente sobre la hierba.

—¿Dónde estamos? —masculla. Casi ni lo entiendo.

—En casa —respondo, sonriéndole.

Él no contesta.

Al otro lado de la carretera, invisible desde donde nos encontramos, hay una calle sin salida flanqueada por unas cuantas casas unifamiliares pequeñas. Nos separa de ella una pequeña arboleda. No se ve nada a través de los árboles. Son frondosos y están muy juntos, y en la calle no hay farolas. Ha anochecido y tengo que abreviar antes de que llegue Geoffrey.

Me quedo sentada en el coche unos segundos, cociéndome en los jugos de mi emoción, antes de sacar de la mochila el cuchillo de pelar de *umma*. Salto al lado del acompañante. George está tumbado, con los ojos cerrados. Su respiración es superficial. Bajo su respaldo para que quede del todo estirado.

Es la comida que estaba esperando, y voy a saborearla.

Toco los párpados de George. Están muy calientes. Siento su pulso bajo la piel fina como el papel. Sus pestañas son muy suaves. Y cuando aprieto con la uña debajo de la aleta del párpado y noto la untuosidad de su globo ocular, casi gimo.

Cojo la punta de la hoja y la empujo debajo del párpado. Una fina línea de sangre inunda la incisión que acabo de hacer, y entonces...

Sus ojos se abren de golpe. Grito, salto, con el impulso termino contra la puerta del acompañante y se me escurre el cuchillo. Cae al suelo y de pronto las manos gigantescas de George, velludas, me agarran los hombros y me zarandean, haciendo que me castañeteen los dientes. No conozco la lengua en que me habla. Su ojo cortado lo salpica todo de sangre. Está aturdido por el lorazepam y se inclina hacia delante, enviándonos a los dos al suelo, fuera del coche. Aterriza encima de mí. Mis huesos crujen.

—¡*Umma!* —grito.

Voy a morir aquí, a manos de George. Me estrangula, me golpea contra el suelo, y cada vez que mi cabeza impacta contra la tierra noto que se me quiebra el cráneo. George suelta espumarajos mientras me estrangula. Su ojo derecho está ahora completamente ensangrentado.

La luz de unos faros salta sobre la carretera. Se me nubla la vista, en los márgenes todo está cada vez más negro. Me falta el aire y jadeo. ¿Estoy viva? ¿Ese coche es real? Llega y se detiene derrapando a nuestro lado. Entonces, el aullido de Geoffrey me revienta los tímpanos.

—¡Ji-won! —grita.

—Aquí —digo con un hilo de voz rasposa, antes de emplear mis últimas energías para señalarle el cuchillo en el suelo, a nuestro lado.

Geoffrey parece confundido, pero al cabo de un momento se agacha y lo coge. Se abalanza sobre nosotros. George, que está emperrado en arrancarme el último soplo de vida, no parece percatarse de su presencia.

Un golpe sordo. Las manos de George se sueltan. Boqueo, intentando inspirar todo el aire posible. Otro golpe. Veo los brazos de Geoffrey, bajando una y otra vez. Blande el puño, pero no agarra el cuchillo, sino una roca, y la estampa contra el cráneo de George. Cada vez que hace impacto, el golpe reverbera en el aire, como un eco. Al cabo de un tiempo de carnicería, George me suelta por fin del todo y termina en el suelo, con las manos levantadas. Luego deja de moverse por completo.

Geoffrey se deja caer. En la penumbra le veo la cara lívida, sin ningún color. Está temblando. El aliento entra y sale de su boca entrecortado.

Hay dulzura en el aire. Abro la boca al máximo y engullo todo lo que puedo. Noto cómo mis pulmones se dilatan en mi pecho.

Otra descarga de dolor me atraviesa la cabeza. Aprieto los ojos y espero que cese. A mi izquierda oigo un gemido. Geoffrey está apoyado en la llanta de la furgoneta. Llora. Coge algo y lo tira a los matorrales. A sus pies, George está inmóvil, inconsciente. La hierba bajo su cuerpo está anegada de sangre.

A lo lejos oigo unas sirenas.

Todo se funde en negro.

66

Estoy en el fondo de un agujero. Hay tierra apilada sobre mis piernas; no puedo moverme. Abro la boca para pedir ayuda, pero de pronto una cabeza se asoma por el borde del agujero. Hay tan poca luz que me cuesta mucho distinguir sus facciones. Entorno los ojos para verlo mejor y entonces me doy cuenta de que es George. Está trabajando enérgicamente y el sudor corre por su frente. Sus ojos son de una belleza deslumbrante aun en la oscuridad. Paladas de sedimentos caen a plomo sobre mi cuerpo.

—¡Para! —grito.

Pero George sigue a lo suyo hasta que quedo sepultada casi por completo y, cuando vuelve a asomarse a echar un vistazo, me doy cuenta de que no es George en absoluto, sino Geoffrey, con ojos azules en lugar de marrones. Ahogo un grito. Tengo tierra adherida a la lengua y a la garganta. Pataleo, doy manotazos, toso y escupo, y de pronto mi madre está conmigo y mi cabeza reposa en sus manos. Sus lágrimas se acumulan a mi lado, hasta que todo queda empapado y empiezo a ahogarme.

—¡Despierta, Ji-won! ¡Despierta! —dice.

—Lo siento —susurro. Nada de esto es real, lo sé, pero aun así quiero tocarla. Consolarla—. Siento no haber sido una buena hija. —*Umma* está muy lejos, y los brazos me pesan tanto que no puedo moverlos.

—¿Qué quieres decir? —pregunta ella con ternura—. Eres la mejor hija.

Esta *umma* soñada me hace callar, y en sus ojos veo una advertencia. «No digas nada más», me dice. Cierro la boca y espero a que me arrastren hasta el fondo, hasta llegar al vacío. Pero, en lugar de hundirme, mi cuerpo se vuelve más ligero y la oscuridad que me envuelve empieza a brillar. Parpadeo confundida.

¿He muerto?

Estoy en una cama de hospital. Oigo un pitido detrás de mí. Me incorporo y noto el tirón de la vía del suero en mi brazo. La cabeza me palpita. Me la toco y noto que me falta la mitad del pelo. En el lado rapado hay una línea de puntos, piel arrugada en una serie de bultitos.

—¡Ji-won! —grita *umma*. Me agarra, sembrando mis mejillas de besos—. ¡Ay! ¡Gracias a Dios! ¡Gracias a Dios!

A su lado, Ji-hyun sonríe llorosa. Me estrecha la mano. Miro a mi alrededor intentando orientarme.

—¿Qué ha pasado?

Umma y Ji-hyun intercambian una mirada.

—Tienes un tumor cerebral —dice mi hermana en voz baja—. Bueno, lo tenías.

Me quedo boquiabierta.

—¿Un tumor cerebral?

Ji-hyun asiente.

—Te hicieron una resonancia porque pensaron que tenías una conmoción cerebral. Pero en las imágenes vieron otra cosa. Tuvieron que operarte de urgencia. Los médicos... no sabían si ibas a salvarte.

—No lo entiendo.

Ji-hyun duda y echa una mirada a *umma*.

—Nosotras tampoco.

—¿Cuánto llevo aquí? —grazno.

—Cuatro días.

—¿Y el tumor? ¿Os han dicho cuánto tiempo lo he tenido?

—Es difícil de saber. Quizá lo has tenido toda la vida. No lo saben.

Cierro los ojos y echo la cabeza sobre la fina almohada. Tengo unos orbes azules impresos en la cara oscura de mis párpados y me concentro en ellos.

Son los ojos de George.

Aunque los veo con toda claridad en mi imaginación, no hay placer ni deseo vinculado al recuerdo. Me esfuerzo en concentrarme, pero no siento nada.

¿Qué significa esto? La esperanza empieza a bullir en mí. Quizá no esté destinada a una vida entera de sufrimiento. Quizá me aguarde una vida normal.

Miro a *umma*.

—¿Dónde está George?

Ella dirige una mirada preocupada a la puerta de mi habitación de hospital.

—¿Está vivo?

—Sí —susurra *umma*.

—Tu amigo lo dejó hecho polvo —dice Ji-hyun.

—Geoffrey no es amigo mío —replico cortante, dejando desconcertada a mi hermana. Carraspeo—. ¿Dónde está?

Hay un silencio incómodo y percibo sus dudas. Finalmente, *umma* dice:

—Ahora estás a salvo. Nadie podrá hacerte daño.

—Pero ¿qué ha pasado? —pregunto.

—Eso es lo que hemos intentado aclarar. Lo que sabemos, lo que sabe la policía, es que os encontraron a ti, a George y a Geoffrey en unas obras abandonadas, en ese solar que hay saliendo de Vermont. Intentaron preguntárselo a George cuando se despertó, pero lo que dijo no tenía mucho sentido. Geoffrey asegura que lo convocaste allí y que cuando llegó te encontró con George. Dijo que George te estaba estrangulando y que tuvo que dejarlo sin sentido para salvarte.

Me toco el cuello. Tengo la piel sensible e hinchada. Me pregunto en qué habitación estará George.

—Por suerte, una vecina estaba paseando a su perro. Oyó gritos y llamó a la policía. Cuando llegaron, os encontraron inconscientes y... En fin, detuvieron a Geoffrey y se lo llevaron a la cárcel. —Ji-hyun se inclina hacia mí y me susurra—: ¿Fue eso lo que pasó realmente? ¿Qué hacíais tú y George allí?

—¡Ji-hyun! —exclama *umma*, dándole un manotazo en el brazo.

—La policía se lo preguntará de todos modos —dice ella—. Será mejor si lo habla primero con nosotras.

—Ji-hyun tiene razón —digo antes de que *umma* pueda llevarle la contraria—. Le pedí a George que viniera a verme. Quería hablar de la boda. —*Umma* me pone la mano sobre el hombro—. Lo siento —le digo—, tendría que haberlo hablado contigo. Solo quería mirar por ti. —Ella asiente y se seca con la mano una lágrima invisible—. Pero luego, cuando George vino y empecé a hacerle todas estas preguntas, se fue sulfurando hasta que empezamos a pelearnos. Fue entonces cuando apareció Geoffrey.

Ji-hyun coge mi móvil de la mesilla y me lo da.

—No ha parado de llamarte y enviarte mensajes. Intentó venir un día, pero las enfermeras no le permitieron entrar.

—¿Quién? —pregunto confundida.

—Geoffrey.

—Pensaba que...

—Ha salido bajo fianza —dice Ji-hyun—. La policía dice que no hay testigos que puedan desmentir la versión de Geoffrey, así que solo pudieron tenerlo encerrado un par de días.

La revelación de Ji-hyun hace que nos quedemos en silencio. Echo un vistazo a la habitación. Está prácticamente vacía. Por no tener, no tiene ni siquiera ventana. El televisor encajonado en un rincón es minúsculo. Hay una puerta en la pared que parece conducir a otra habitación.

Umma sale y nos deja solas. No entiendo por qué, pero mi hermana parece enfadada.

—¿Qué pasa? —le pregunto.

—Nada.

—Ya sabes que eres un libro abierto para mí.

Ji-hyun se muerde el labio y dice entre dientes:

—Ha ido a ver a George.

Me pongo tensa.

Vuelve al cabo de unos minutos. El horario de visitas ya ha terminado y, antes de marcharse, Ji-hyun me da mi mochila.

—Tu móvil está cargándose. Si necesitas algo, llámame. Volveremos mañana.

Espero a que se vayan para levantarme de la cama. Casi no puedo moverme. Es como si pisara cristales rotos a cada paso. Pero me corroe la curiosidad. Quiero ver a

George con mis propios ojos. He de averiguar dónde está. Me agarro al gotero y me lo llevo. Las ruedas traquetean sobre el suelo de vinilo. Observo la hilera de puertas en una de las paredes del pabellón.

¿Dónde estará?

67

Estoy profundamente dormida cuando un par de manos se ciernen sobre mi cuello. Aprietan, me estrangulan, me cortan el flujo de aire. Yo las golpeo con los puños, lucho por liberarme, pero son demasiado fuertes. Y mis ojos, sin que acierte a entender por qué, están sellados. Un líquido pringoso me baña las mejillas y no puedo abrirlos.

Aunque no pueda verlo, sé quién es. La respiración trabajosa. Los gruñidos. Es George, intentando zanjar el asunto.

Le clavo las uñas en la piel, le desgarro la carne. Grita de dolor y me suelta. Me froto los ojos desesperada, frenéticamente, para poder abrirlos...

No. Ya están abiertos. Pero no hay nada en el lugar donde debería tenerlos. Han desaparecido. Oigo a George delante de mí, rechina los dientes y sé que está dándose un festín con mis globos oculares.

Un grito desgarra mi garganta. Me incorporo de un salto en la cama y me toco la cara, los párpados, los ojos...

Todo está en su sitio.

Solo era una pesadilla.

Una semana después recibo una visita inesperada. Es Alexis. Me abraza, chillando de alegría, monta el número cuando ve la triste bata de hospital que llevo y los puntos que cubren la mitad de mi cabeza.

—Pues la verdad es que este peinado nuevo te queda de maravilla —dice riéndose.

—Me parece increíble que te burles de una paciente postoperatoria —le digo haciendo una mueca—. ¡Eres lo peor!

—No me burlo —dice ella con gesto inocente—. Me gusta. Es... atrevido.

Se deja caer en la butaca que tengo al lado y se arrima a la cama. Contemplo embobada sus largas pestañas y cuento de una en una las pecas de su cara.

—En fin... ¿Qué ha pasado? —pregunta—. ¿Te dejan hablar de ello?

Le cuento lo mismo que les dije a *umma* y a Ji-hyun. Alexis ahoga un grito y se queda con la boca abierta mientras escucha la historia.

—Qué locura —dice.

—Sí.

—¿Y has hablado con Geoffrey?

—No. —Cojo el móvil—. Pero me ha llamado y escrito todos los días. No le contesto, pero él insiste igual. —Le muestro la pantalla.

¿¿¿Estás bien???

Ji-won, llámame cuando puedas. Tenemos que hablar. La policía cree que he hecho algo malo.

¿¿¿¿Hola???? ¿Recibes mis mensajes?

He venido a verte, pero no me han dejado pasar. Por favor, ¿puedes decirles que te salvé y que no pasa nada porque me dejen visitarte?

Alexis tuerce el gesto.

—Uf. Yo ya lo habría bloqueado.

—Supongo que eso debería hacer. —Suspiro y dejo el móvil. Contrariada, muevo la cabeza.

—Tienes que descansar —dice ella al verme—. Mejor me voy.

Me pongo nostálgica cuando Alexis se despide, aunque me promete que volverá pronto. Al ver cómo se marcha, una calidez se extiende por mi pecho. Agradezco que me haya perdonado y que volvamos a ser amigas.

El enfermero viene cuatro veces al día con un vasito lleno de pastillas. Es entusiasta y muy hablador, me pregunta cómo me encuentro, si tengo dolor. Aprieto los dientes y finjo alegría, aunque cada vez que asiento con la cabeza es como si alguien me clavara un trozo de cristal en el cráneo.

Me tomo todo lo que me da, salvo dos pastillitas redondas grabadas con una R y una P diminutas. Analgésicos de los potentes. Sé que esas pastillas me quitarían el dolor, pero quiero que siga doliendo para no olvidar.

68

Los médicos me dicen que estoy muy bien, teniendo en cuenta lo ocurrido.

—Es raro ver a un paciente recuperarse tan rápido de la cirugía —dicen.

Umma está orgullosísima.

—No habréis conocido a nadie como Ji-won —dice.

—Queremos que estés cómoda en casa ahora que ya hemos comprobado que te estás curando. Unas semanas más aquí y podrás dormir en tu cama. ¿No estás contenta?

Asiento, aunque no les hago ni caso.

Cada vez que *umma* viene a verme, se marcha unos minutos con la excusa de ir al cuarto de baño o de picar algo. Pero tanto Ji-hyun como yo sabemos lo que hace en realidad. Aun así, miramos para otro lado, fingiendo que no lo sabemos, lo que no hace más que agudizar la sensación de incomodidad entre nosotras.

Como me recupero tan bien, los médicos me dejan salir a tomar el aire, aunque dan estrictas instrucciones a *umma* y a Ji-hyun de que me vigilen y se aseguren de que no me canse más de la cuenta.

—No dejen que camine demasiado —dicen agitando un dedo frente a mi cara.

Hace un día precioso. El aire es fresco y limpio. Echo la cabeza atrás para contemplar el cielo, tan azul que casi me duelen los ojos al verlo. Pienso en George, que debe de dormir en alguna de las habitaciones de este edificio. Me pregunto si sus ojos son tan azules como los recuerdo.

Los otros pacientes pululan en bata, pero paso de ellos. Todos caminamos hasta el final del recinto, donde los matorrales nos resguardan de las miradas desde la calle. Las plantas emanan un maravilloso aroma avainillado. Inspiro hondo y me fijo mejor.

Son adelfas.

Miro la ventana de la puerta cuando *umma* sale de mi habitación. Dobla a la derecha y desaparece. Hay cinco habitaciones al lado de la mía, y al final del pasillo está el ascensor. Intento visualizarlo. ¿Está George en esta planta? ¿Puede estar en otra?

—¿Me traes un vaso de agua? —le pido a Ji-hyun. Ella me señala la jarra que tengo al lado—. No —me quejo—. Quiero agua fría. Con hielo.

Ji-hyun se levanta.

—Ya voy. ¿Quieres algo más?

—Algo de comer.

En cuanto se marcha, me pongo de pie y echo un vistazo al pasillo. Una enfermera me ve y acude a toda prisa.

—¿Necesitas algo? —pregunta.

Niego con la cabeza.

—Buscaba a mi madre.

—Se lo diré. —Me dedica una sonrisa forzada. Espero a que se vaya, pero se queda ahí plantada, negándose a ceder—. Tienes que descansar —dice—. No podemos dejarte salir de paseo.

—Vale.

Cuando vuelvo a la cama arrastrando los pies, oigo una voz que proviene de la habitación de al lado. Pongo el oído sobre la puerta de metal que separa las dos habitaciones y reconozco la voz de mi madre. Giro el pomo, pero está cerrada. Llamo con los nudillos.

—*¿Umma?*

Ella deja de hablar. Vuelvo a llamar a la puerta.

—*Umma*, ¿eres tú?

Oigo que gira la cerradura. Aparece mi madre en el resquicio de la puerta, poniendo una mueca.

—¿Necesitabas algo, Ji-won?

—¿Qué estás haciendo ahí dentro? —Entonces empujo la puerta para abrirla del todo y veo un cuerpo tendido en la cama. Es George.

Antes de que pueda verlo bien, *umma* pasa a toda prisa a mi lado de la puerta y la cierra dando un portazo.

—¿Dónde está tu hermana?

—Ha ido a buscarme agua.

—Vale, vale —dice *umma* angustiada—. Me he perdido buscando tu habitación.

Le sonrío y le doy una palmadita en la mano.

—Claro. No te preocupes, *umma*.

69

Umma y Ji-hyun vienen a verme a diario y no se marchan hasta que las enfermeras las echan. Incluso Alexis viene a verme todas las semanas y me trae a escondidas todo un surtido de chucherías: un paquete de pececitos de caramelo, que nos zampamos en cuestión de minutos; *brownies* que ella misma prepara en casa con una gruesa capa de chocolate, unos Cheetos picantes, que nos comemos haciendo ruido con la bolsa. La única ausencia llamativa es la de mi padre. Sigo esperando que un día entre por la puerta, pero de momento no se deja ver.

—¿*Appa* lo sabe? —pregunto a *umma*.

Se queda pálida.

—¿Saber qué? —pregunta ella. Mira a todas partes salvo a mí.

—Que estoy aquí.

Umma asiente. Aprieta los labios y forman una fina línea que desaparece en su boca.

—¿Y? ¿Qué ha dicho?

—Está preocupado.

—¿Nada más? —Me incorporo y me siento en la cama. *Umma* se levanta de inmediato para ayudarme—.

No te molestes —le suelto—. ¿Y qué más ha dicho? ¿Por qué no ha venido? —Antes de que pueda entender qué me pasa, estoy llorando, sollozando, y las palabras gotean de mi boca como si fueran ácido—. ¿Por qué no me quiere?

Unas manos cálidas me acarician la espalda. Inspiro el dulce aroma conocido del champú de fresa de Ji-hyun y cierro los ojos.

—Tu padre está ocupado —dice *umma* en voz baja. Vuelve a estar sentada, mientras que Ji-hyun me recoge entre sus brazos y me acuna como si fuera un niño pequeño. *Umma* empieza a pellizcarse las uñas estropeadas. Un reguero de sangre inunda una cutícula. Se mete el dedo en la boca y chupa. Sus mejillas se comban hacia dentro—. No quise decírtelo hasta que estuvieras mejor, Ji-won. Pero... tu padre va a tener un bebé. —Se hace un silencio espantoso, dolorido. Miro a Ji-hyun. Ella me devuelve la mirada—. ¿No os parece una gran noticia? —dice *umma* débilmente—. Un niño. ¡Pronto tendréis un hermanito!

Sigo sentada en la cama, mirando por la ventana, mucho después de que se hayan marchado. Un hermano. Un niño. El sueño de mi padre, a punto de hacerse realidad.

Antes de que se fuera, le he preguntado a Ji-hyun si estaba bien.

—Estoy bien —me ha dicho. Se ha agarrado a mí, negándose a mirarme a los ojos—. No podemos hacer nada.

70

George parece dormir, pero me lo conozco bien. Antes de ir a verlo, he triturado las pastillas de oxicodona que guardo desde hace días y las he disuelto en un vaso de zumo de arándanos. Cuando lo vierto poco a poco en su boca abierta, sé que todo el dolor que he soportado estos últimos días ha valido la pena. Su respiración se vuelve más lenta y débil, poco a poco, hasta que cesa por completo.

Tengo envuelto el mango del cuchillo en la servilleta que me dan con la comida. No quiero tocar nada mientras voy serrando los ojos de George para sacárselos. La sangre empieza a manar de las profundas órbitas vacías.

La servilleta tiene manchas rosadas. Doy un paso atrás para contemplar mi obra mientras siento el peso de los globos oculares de George en la mano. Luego, vuelvo a mi cuarto por la puerta que conecta ambas habitaciones.

Esta noche, las enfermeras me han traído una bandeja de arroz con pollo, sopa de verduras y una tacita de gelatina de cereza. Me siento en el borde de la cama y dejo los ojos sobre la montañita de arroz. Los iris, que conservan su azul, me miran.

Con cuchillo y tenedor, corto una pequeña rebanada de córnea. El ojo se abre y derrama un líquido transparente. Pruebo el bocado.

Es un regalo del cielo. Exactamente tal y como lo recordaba. Salado, con una pizca de dulzor y ese regusto metálico que tanto me recuerda al hígado de ternera. Me cuesta muchísimo contener el deseo de metérmelo entero la boca. Comer. Tragar. Devorar.

Debo ser lenta y meticulosa.

Me llevo una cucharada de arroz a la boca. Es un contrapunto al manjar. Voy cortando trocitos pequeños, deliciosos, y me los llevo a la boca de uno en uno.

Cuando solo quedan unos pocos trocitos en el plato, cojo el teléfono y reviso la lista de llamadas perdidas. Todas son de Geoffrey. Marco su número y espero mientras suena el tono de llamada.

—¿Geoffrey? —digo—. Soy Ji-won. ¿Podemos hablar?

71

Llaman a la puerta y veo la cabeza de Geoffrey asomada al cristal. Le indico que pase mientras me seco la boca con la servilleta.

Me he terminado la cena. Tengo la barriga llena y nunca me he sentido tan satisfecha en la vida. Y Geoffrey está emocionado por verme. Se le nota en el interés que muestra en su gesto.

—¡Qué alegría verte! —Está eufórico—. He tenido que esquivar el mostrador de las enfermeras porque no querían dejarme pasar. Oh, ¿qué es eso? —pregunta, viendo la mancha roja que ha quedado en mi plato—. Tiene buena pinta. —Tuerce el gesto cuando ve el vaso que tengo en la mano—. ¿Estás bebiendo vino? ¿Te conviene?

—Es zumo de arándanos.

—Ah, vale. —Se acerca y me aprieta el hombro. Aparto su mano—. Me alegra muchísimo que me hayas llamado. He intentado verte varias veces, pero me decían que no lo tenía permitido. De verdad quería verte, Ji-won. Te lo prometo.

—Te creo. Antes de hablar, ¿te importaría ayudarme a despejar esto un poco? Quiero ponerme cómoda. —Con movimientos agarrotados, le señalo la bandeja y los platos que tengo sobre el regazo—. ¿Puedes coger esto y llevarlo ahí? Ah, ¿y puedes llevarte también el cuchillo? —Lo agarra por el mango.

Veo cómo lo aparta todo. Luego vuelve enseguida a mi lado y se sienta en la butaca.

—Escucha, estoy contentísimo de que me hayas llamado. Esto ha sido demencial. La policía me interrogó sobre todo lo que pasó, y no se fiaban cuando les dije que te había ayudado. —Toma mi mano. Espero un instante antes de soltarla de sus dedos—. Soy un buen chico, Ji-won. Siempre te lo he dicho y es verdad. Solo tienes que darme una oportunidad. Además —dice sacando pecho—, me debes una, Ji-won. Te salvé de ese tipo.

—Tienes razón —asiento—. Pero... he estado muy preocupada. —Bajo el tono de voz y miro hacia el suelo.

—¿Qué? ¿Por qué estabas preocupada?

Le señalo la puerta en la pared.

—Por George. Está ahí. Tengo pesadillas con lo que me hizo. —Suelto un sollozo ahogado y me toco el cuello.

—¿Qué? —Geoffrey se pone de pie indignado—. Me tomas el pelo. ¿Está en la habitación de al lado? ¿Por qué le permiten estar aquí? ¿Después de todo lo que hizo?

—Es espantoso. No pego ojo por la noche, sabiendo que está tan cerca. —Me muerdo el labio y finjo que intento contener las lágrimas.

—No —dice Geoffrey, moviendo la cabeza—. Esto no está bien.

Se levanta y sale disparado hacia la puerta. Cuando la abre, deslizo la mano a un lado de la cama y pulso el botón para llamar a las enfermeras.

Oigo un grito de asombro al otro lado de la puerta.

No puedo ver a Geoffrey, pero sé que está mirando el cuerpo sin vida de George, los agujeros en su cara. Sé que está temblando de la cabeza a los pies, intentando entender el horror que tiene ante sus ojos. Pero no tendrá tiempo de entenderlo. Ya he empezado a chillar.

72

Miro cómo los policías se llevan esposado a Geoffrey. Él les habla, los adula, su boca se mueve deprisa, pero no le hacen ni caso.

Al cabo de un rato se llevan a George en una camilla, su cuerpo cubierto con una sábana blanca. Uno de los agentes, un joven, viene a hablar conmigo. Está muy serio. Sé que es porque ha visto el cadáver. Es una imagen que seguramente no olvidará jamás.

—Entiendo que debe de estar muy impactada. Tengo unas preguntas que hacerle, pero si cree que no se encuentra en condiciones de hablar en estos momentos...

—No. Sí que puedo hablar. Pero... ¿George está bien?

Me obsequia con una mirada compasiva.

—El señor Taylor ha fallecido —dice—. Lo siento mucho.

—Oh, no. Oh, no. ¿Se lo han dicho ya a mi madre? —pregunto nerviosa.

—Todavía no. Se lo comunicaremos. ¿Ha sufrido alguna herida?

—No. Yo... Estaba durmiendo y, cuando me he despertado, Geoffrey estaba encima de mí con un cuchillo en la mano. Me amenazaba. Me ha dicho que iba a hacerme lo mismo que le había hecho a George... —Me estremezco—. Se comportaba como un loco. Ha sido entonces cuando he pulsado el botón.

El agente me muestra una bolsa transparente de plástico. Contiene el cuchillo.

—¿Lo reconoce? ¿El señor Miller la ha amenazado con esto?

Asiento y luego le susurro:

—¿Qué le ha hecho a George? ¿Lo ha apuñalado con esto?

El agente se queda callado un momento.

—No sé si puedo revelarle esta información ahora —dice finalmente—, pero quiero aclararle algo. Geoffrey Miller asegura que usted lo llamó y le pidió que viniera a verlo. Dice que él no tiene nada que ver con lo ocurrido esta noche. Nos ha mostrado su móvil y sí tenía una llamada de usted, a las 21.47. ¿Le suena de algo lo que le digo?

—Sí —respondo—. Me ha llamado todos los días, a veces diez o veinte veces, y me ha enviado cientos de mensajes de texto. Era insoportable. Lo he llamado para pedirle que parase de una vez. Yo... supongo que me he equivocado. —Aprieto los ojos—. No sé si se lo habrán dicho las enfermeras, pero venía todas las semanas para intentar verme. No lo dejaban pasar. Qué horror. Entonces ¿tengo yo la culpa de lo que ha pasado? ¿George seguiría vivo si no le hubiera dicho nada?

—No, señorita Lim. No es culpa suya. Por lo que he visto, parece que el señor Miller sufre un trastorno mental y es extremadamente violento. Al margen de lo que le haya dicho usted, solo era cuestión de tiempo que ocurriera algo así. No puede culparse. —El agente suspira y se pone de pie—. Gracias por su atención. La llamaré si tengo más preguntas que hacerle.

Dudo que vuelva a tener noticias suyas. El cuchillo empleado para asesinar a George está cubierto de las huellas dactilares de Geoffrey. Cuando la policía registre su casa, encontrarán otra arma del crimen, mi navaja de bolsillo, y los forenses dictaminarán que coincide con mis tres víctimas anteriores. Y como George me ha seguido a todas partes, la policía también podrá recuperar las coordenadas de su móvil y situarlas muy cerca de donde se produjeron esos asesinatos, a muchos kilómetros de su casa en el Valle. Tan fácil como sumar dos y dos. Caso cerrado.

73

Pese a todo lo ocurrido con George, *umma* está muy afectada por su fallecimiento. Llora su pérdida y gime sentada a mi lado en la cama. Ji-hyun y yo callamos mientras la vemos llorar.

Ahora entiendo que me equivoqué cuando culpé a mi madre de lo que le había ocurrido a nuestra familia. Y no le reprocho que esté tan triste. Su dolor procede de un espacio de debilidad, de desvalimiento. *Umma* permitió que los hombres de su vida la controlaran, que le dictaran lo que debía hacer, que tomaran todas las decisiones importantes sin contar con ella. Ahora que esos hombres ya no están, se siente perdida, a la deriva en alta mar.

Mi madre tal vez sea demasiado débil para defenderse sola, y mi hermana, demasiado joven. Pero yo no soy ni lo uno ni lo otro. Los médicos me dicen que cada día estoy más fuerte. No tienen ni idea de lo poderosa que ya me siento. Dentro de unas pocas semanas me darán el alta. Y entonces iré a visitar al único responsable de todo esto, la persona que, en última instancia, tiene la culpa de todo: *appa*.

Lo castigaré por todo lo que nos ha hecho: a mi madre, a mi hermana, a nuestra familia.

Esta vez me aseguraré de que no pueda volver a hacerles daño.

AGRADECIMIENTOS

Para empezar, me gustaría dar las gracias a mis maravillosas editoras, Diana Pho y Romilly Morgan, que lograron hacer realidad este librito extraño y espeluznante. Con su inteligencia y su visión, fueron capaces de mejorarlo hasta cotas que jamás podría haber imaginado. Vaya mi más profunda gratitud a los maravillosos equipos de Erewhon Books y Brazen Books.

Gracias a mi fabulosa agente, Nicola Barr, por creer en este libro y en mí. También estoy en deuda con la gente maravillosa de Bent Agency y, en especial, con la formidable Jenny Bent.

Son muchas las personas que han creído en mí a lo largo de este camino y vieron cosas que mis ojos no sabían ver. Gracias a todas por brindarme vuestro aliento y animarme a continuar.

Un millón de gracias a Hali, quien tuvo que soportar preguntas terribles durante la escritura de este libro. Tengo la gran suerte de poder llamarte mi mejor amiga.

Gracias a mis amigos del club de lectura por proveerme de un suministro interminable de risas y por haberme animado a perseverar incluso cuando las cosas no salían según lo previsto. Y un agradecimiento muy especial a Angel y Vaibhav, que leyeron incansablemente todas las versiones beta del libro, incluidas las espantosas.

Un reconocimiento a la maravillosa comunidad r/PubTips de Reddit por darme a conocer el mundo de las consultas y procurarme un recurso valiosísimo para los aspirantes a escritores.

Gracias a Pearl y Jerry por todo el amor que me habéis mostrado a lo largo de estos últimos años y por creer en mis sueños.

Todo mi amor a mis hermanos, Lawrence y Phillip. Siempre he dicho que quería tener hermanas pequeñas, pero supongo, chicos, que vosotros tampoco estáis tan mal.

Gracias a mi *umma*, mi madre, que no se parece en nada a la madre de este libro y que es, por el contrario, la persona más fuerte, más buena y más cariñosa que conozco. Una vez me dijiste que tenía «suerte de haber encontrado una buena madre como [tú]». Le estuve dando vueltas durante mucho tiempo a la palabra que habías elegido: *encontrar*. Esa palabra implica azar, un cara o cruz, que fue pura casualidad que terminaras siendo mi madre, porque la moneda también podría haber salido cruz y entonces yo habría sido la hija de otra mujer. Yo, en cambio, prefiero pensar que es el destino. Nuestro *palja*. Sin ti, no hay yo.

Por último, gracias a la persona que es mi mejor amiga y cómplice. Sin ella, este libro no habría visto la luz. A veces, escribir puede parecerme una empresa solitaria y casi imposible, pero, si te tengo a mi lado, sé que puedo con todo. Gracias por la alegría inconmensurable que has traído a cada faceta de mi vida. Si tuviera que volver a empezar desde el primer día, te elegiría siempre. Te quiero.

booket